城平京

Invented inference

hirodaira

虛構推理

目錄

第一章　單眼單足　004
第二章　鋼人的謠言　037
第三章　偶像死於鋼骨　079
第四章　想像力的怪物　122
第五章　鋼人攻略準備　174
第六章　虛構爭奪　227
第七章　秩序守護者　325

第一章　單眼單足

人常說「愛睡的孩子長得快」，又說「福氣睡時自然來」，但這些話又有幾分是真實呢？

岩永琴子很喜歡在屋外一邊聽著雨聲一邊打盹。

據她的父母說，當她還是嬰兒的時候只要遇到下雨天晚上就不會哭，而且總會搖晃著身體看起來很舒服的樣子。

其實如果只是在家裡睡覺還沒什麼問題，然而自從她懂事之後卻發現，在沒有東西遮蔽雨聲的屋外睡覺才是最舒服的。

每當天空下起雨，她便會跑到有屋頂的公園長椅或是巴士候車亭小睡。只要在氣象預報看到下雨標誌出現，她便會從早上就開始想著：「今天要到哪裡去打盹呢？」

即便如今她已經是十七歲的高中生，這個習慣依然沒變。在高中認識的朋友總會傻眼無奈地對她說：『既然是女孩子就要小心一點呀。雖然這很像琴子會做的事情啦。』

至於從小學時代就認識她的人則是會說：『拜託妳改一改行不行？妳就是因為這樣才……』但說到一半又含糊住嘴。

對於那些人來說，明明遭遇過那種事情卻還是老樣子，行動與個性都完全沒變的岩永似乎讓人感到很恐怖的樣子。

在周圍人的勸說下，岩永後來也多少妥協，盡量避免在人太少的場所睡覺了，但她依舊不覺得那種行為究竟有什麼危險。

「人家不是說愛睡的孩子長得快，福氣睡時自然來嗎？」

每當下雨天，她總是會這麼反駁對方，然後又到屋外去打盹。

然而教人傷腦筋的是，這種話從她嘴裡講出來一點說服力都沒有。

這天，岩永琴子又在打瞌睡了。五月十七日禮拜六的下午四點多，到街上買完東西的她接著搭乘公車來到H大學附屬醫院，在後院露天平臺的一張木製長椅上小睡起來。

其實這天從中午過後便接連下著綿綿細雨，所以岩永才會趁機比預約時間提早一個小時來到醫院打盹的。

這個露天平臺既不會聽到搬送急救患者的吵鬧聲音，來院者的講話聲或腳步聲也都會放低音量。就在岩永閉著眼睛小睡片刻後，她忽然感受到自己那件長度及膝、蕾絲裝飾的連身裙下襬被往下拉扯，於是睜開眼皮。

「嗯，哦哦，時間到啦？」

她還帶著睡意的眼睛看了一下手錶，距離預約時間剩下十分鐘。在她腳邊有個大小如一隻小狗且形狀詭異的人影對她鞠躬行禮後，快步跑進庭院的綠叢中消失了身影。

「嗯，謝謝。」

岩永對著那人影消失的方向如此說道，並坐在椅子上伸了個懶腰，再把放在大腿的奶油色貝雷帽戴到頭上，將開襟衫的釦子扣好後，拄著一把紅色拐杖站起身子。

事實上她就算沒有拐杖也能正常走路，五十公尺短跑也能九秒多跑完。只是因為要是不帶拐杖走路父母就會擔心，所以她才會把這種一點都不像個高中女生的道具帶在身上。

不過這拐杖的握把部分有特別訂製過，換成一個圓滾滾的可愛小貓裝飾。雖然岩永也有考慮過要不要像邪惡組織首領的手杖一樣換成骷髏裝飾，但最後還是克制下來了。她認為自己至少也要遵守一下這種程度的常識。

岩永從十一歲開始就每週來一次的這所大學醫院雖然建在郊外，不過舉凡外科內科小兒科眼科耳鼻喉科泌尿科婦產科，總之幾乎所有科別都具備，支援附近一帶地區的醫療工作。

醫院院區內有許多綠地，大門前種植有不久前還盛開桃白色花朵的染井吉野櫻以及棕櫚樹。後院則是大花山茱萸與杜鵑花點綴的寬敞庭園風格空間。醫院設施內有便利商店、理髮店、咖啡廳與餐廳，最近甚至還開了間書店。

在這個以全國來看沒什麼特色可以宣傳的縣裡，這所大學醫院感覺上無論設備、環境或低就醫門檻，都堪稱是中心城市的醫療設施之中最好的。

岩永一方面是因為父親的朋友在這所醫院工作，再加上既然需要接受許多不同科別的治療就最好集中在同一個地方，所以這裡就成為了她近七年來就醫的醫院。

「岩永小姐，我還想說差不多要去把妳叫醒的，但妳還是老樣子很準時呢。」

就在岩永踏著輕快的腳步走向診療室的途中，一名熟識的護士對她如此搭話。

「別看我這樣，我可是很能幹的。」

「就是這點讓人怎麼也難以相信呀。」

雖然岩永在下雨天打盹的習慣連護士們都知道，然而她就診從來沒有遲到過。身高不滿一百五十公分、體重不到四十公斤的嬌小身體，頭戴貝雷帽優雅地拄著拐杖走路，講話時彷彿都沒有俗世煩惱的岩永，首先給人的印象就有如不諳世事的大家閨秀，與『能幹』這樣的形容應該完全相反才對的。不過關於『大家閨秀』這點就是毫無疑問的事實了。

「啊，對了。還有呀……」

護士小姐把臉湊近岩永，悄聲說道：

「九郎先生好像真的跟女朋友分手囉。」

岩永聽到這句話，即使早有預料也還是不禁感到驚訝。

「可是他們不是都有婚約了嗎？」

「詳細情況我是沒問啦，不過應該不會錯。他女朋友比他大一歲，今年春天早他一步從大學畢業，到別的縣去工作了。或許問題就出在這裡吧。」

情侶間因為變成遠距離戀愛而分手的例子並不稀奇，但岩永還是疑惑歪頭。畢竟年齡大一歲和大學畢業這些照理講都是早就知道的事情，除非是什麼愚蠢無知的人，否則應該不會只因為這事情成真就短短一、兩個月分手才對。而實際上根據岩永的觀察，『九郎先生』與那位女朋友都不是什麼愚蠢無知的人。

「總之，九郎先生今天也有來探望他堂姊。順利的話或許妳可以見到他，就加油吧。」

護士小姐露出帶有深意的笑容如此鼓勵岩永後，又一臉嚴肅地壓低聲量說道：

「另外跟妳說，他那位堂姊可能撐不久了。其實從之前就有出現很多問題，所以要是妳動作不快一點就糟囉。」

只要九郎先生在醫院沒有了探望的對象，岩永或許就沒有機會再跟他見到面了。這樣確實很糟。

岩永對著轉身回去繼續工作的護士小姐的背影輕輕彎腰鞠躬後，在有點潮溼的走廊上拄著拐杖走向診療室。

雖然人家要我加油，但我又該怎麼做才好？總之必須先互相熟識吧。

岩永如此想著，把貝雷帽重新戴好後，把玩著手中的拐杖，朝診療室的方向踏出了步伐。

岩永與『九郎先生』——名為櫻川九郎的青年是在兩年前，岩永還是十五歲的時候相遇的。在中學時代最後一次的暑假剛開始沒多久的某一天，岩永一如既往地來到醫院。就在她心中想著『今天會不會至少黃昏下場雨呢』，並走在通往診療室的走廊上時，同樣走在她前方的一名青年忽然相當難看地朝她的方向倒了過來。

對方似乎是因為有小孩子忽然從轉角處跑出來，為了閃避結果失去平衡跌倒的。然而就算要跌倒也該選個稍微安全一點的跌倒方式吧？岩永雖然心中如此想著，但總不能坐視不管，於是她往前踏出幾步，接住了對方的身體。

那位青年即使身材纖細也至少比岩永高了三十公分，即使看起來瘦弱，體重也應該將近岩永的兩倍。不過岩永有自己的雙腳與拐杖形成的三點支撐，再加上平常就有鍛鍊的手臂應該比一般的小女孩來得有力氣。因此她用右手抱住青年，優美地阻止了青年後腦杓撞地致死的慘劇發生。

「請問你還好嗎？」

「啊、不好意思。」

青年大概是因為自己明明已經做好倒地的覺悟卻被人從背後溫柔又牢靠地接住，而且接住自己的人竟是個年紀很輕，甚至搞不好可以說很年幼的女孩子，所以感到相當不知所措的樣子。再加上那位女孩手中還拄著一根拐杖，對一個男生來說想必無比尷尬吧。青年趕緊從岩永手中起身，並轉過來面對她。

「謝謝妳。啊，抱歉。」

「既然感到抱歉，就請你一輩子記得我這位救命恩人吧。」

「也講得太誇張了吧。」

青年雖然這麼說，不過……

「對喔，正常來說剛才那狀況也可能出人命啊。嗯，我會記住的。」

對方接著又低頭看著岩永如此露出笑容。這位青年就是櫻川九郎，當時二十歲。

岩永當時感覺對方是個像山羊一樣的人。或者也許可以說是看穿了這點吧。

雖然看起來纖細瘦弱，成天呆呆吃草，呆呆度過一生，卻會讓人感受到某種奇妙的生命力。

沒錯，不能因為山羊是草食動物就小看牠們。山羊擁有敏捷的本質，無論在高地或荒野都能輕鬆生活。而且某些種類的山羊還長有兩根強韌的犄角，有如魔鬼般的角。從眼前這位青年的身上就能感受到那樣不尋常的銳利感。

這就是所謂的一見鍾情嗎？岩永抬頭望著自己連名字都還不曉得的這位青年，得出這樣的結論。就在她準備開口詢問對方接下來有何預定行程的時候，忽然有人從背後打岔：

「九郎，你是在做什麼嘛？真是丟臉。」

是一位身高稍微比九郎高一點點，年紀大約跟他差不多的女性。穿著一條能夠將她修長優美的雙腿展現無遺的緊身褲，偏硬的黑髮直直垂到肩頸附近，看起來就像個即使在颱風之中也不會慌亂，甚至連眉頭都不動一下，充滿魄力的女性。

「紗季小姐。呃，剛剛這位女孩救了我。」

「我有看到啦。誰叫你老是心不在焉的，真受不了。」

被稱為「紗季」的女性生氣地打斷九郎的話，接著由衷感到抱歉般對著岩永彎腰低頭。

「對不起喔，給妳添麻煩了。謝謝妳。」

為什麼是妳在道歉？岩永不禁想舉手抗議，但那位女性讓九郎也再一次彎腰致歉後，便拉著九郎的手轉入走廊轉角了。動作迅速到岩永都來不及開口說話，可是又完全不會讓周圍的人留下失禮的印象。

那位女性是九郎的姊姊嗎？親戚嗎？又或者搞不好是妹妹？岩永雖然考慮了各種可能性，但正常來想怎麼看都是年紀比他大的女朋友。才剛剛一見鍾情的瞬間就忽然出現障礙，阻斷了接下來的發展，上天也真是壞心眼。岩永至今從來沒有對命運的流轉懷抱過怨恨，但這次卻是真的忍不住感到火大了。

後來岩永試著向自己長年就醫而變得親近的護士小姐打聽關於那位青年的事情，結果教人意外地真的獲得了情報。

那位青年名叫櫻川九郎，是這所醫院所屬的H大學中法學系的二年級生，因為堂姊長期住院所以經常會來探望。至於跟他在一起的那位女性果然就是他的女朋友，據說是比他大一屆的學姊。兩人從高中時代就開始交往，而九郎似乎是追隨女朋友進入同一所大學的。

「雖然這樣講對妳很抱歉，但妳應該追不到他吧。妳想想，他不但長相好，給人印象也不錯，所以我們這裡的護士們也有幾個人向他搭訕過，可是聽說他總是很愉快地在講他女朋友的事情。」

「那還真是讓人不愉快呢。」

話雖如此，就算他很喜歡那位叫紗季的女性，也不代表紗季就同等地喜歡他吧？

「很難講喔。那位女朋友也是只要見到九郎先生跟護士聊天聊得比較親近，就會笑嘻嘻地插進去，然後在不破壞氣氛的狀況下快快把他帶走。說到底呀，那女朋友明明以前都不會跟著來醫院的，可是自從她察覺到護士們對九郎先生有意思，就變得經常一起過來啦。」

「畢竟那女性感覺是個很強勢的人呢。」

「占有慾應該也很強吧。從這點考慮起來，應該反而是那個女朋友非常迷戀九郎先生吧。」

「難道我都沒有勝算嗎？」

「如果九郎先生的喜好是那種類型的女性，妳可能連他的戀愛對象都稱不上喔。」

那位叫紗季的女性不但感覺個性成熟又聰明，而且身材高挑，雖然不算豐腴但身體看起來充滿活力，配上那頭髮給人整體感覺就是個苗條美女。相對地岩永即使在「不算豐腴」這點上跟對方一樣，但其他部分都是完全相反的少女體型。髮質也柔軟而帶有捲曲，看起來不像個腦袋靈活的人。就算要期待今後的成長，從遺傳因素考慮起來感覺也沒什麼希望。

「唉呀，凡事都有萬一，妳也不用急著放棄就是了。」
護士雖然話語上這麼說，但語氣聽起來明顯是在勸告岩永放棄，並拍了拍她的背。而且偶而會出現在岩永身邊的那些存在們也經常警告她：

『公主大人，請放棄那個人吧。那傢伙不尋常。那傢伙、那傢伙是很可怕的存在。』
自從那樣的邂逅之後約兩年來，岩永每個月都會在醫院見到九郎兩、三次。雖然每次都會觀察對方，但從來沒有上前攀談過（紗季基本上都會跟在身邊，就算不在一起也會很快就現身）。不過護士倒是經常會告訴她關於九郎的近況，像是那兩人約定好大學畢業之後就要結婚，彼此也都已經介紹給家長認識，連下聘的預訂都計畫好了。這些一步步的進展情報直到去年底都不斷傳入岩永耳中，讓她總是嘴角下沉，差點氣得把貝雷帽都扔到牆上。
然而到了今年四月，岩永在醫院大廳見到九郎獨自一個人，而且總覺得他看起來好像彎腰駝背、垂頭喪氣的樣子。眼神也似乎變得陰暗許多。岩永因此向護士提起「九郎先生是不是跟女朋友分手了？」的話題，想拜託對方暗中確認一下。
「這麼說來，他好像從二月左右開始就變得不再提起女朋友的事情呢。咦？還是說幾乎跟誰都不太講話了？」
當時護士如此說著，皺起眉頭。
然後到了今天，終於知道岩永的推測沒錯了。這究竟是不是個好機會很難判斷，但是如果再不去跟九郎搭個話，自己與對方的緣分便會就此結束。只要九郎在學業上進展順利，今年度他就會從大學畢業。開始工作之後想必來醫院的次數也會減少，要是他到別的縣市工作就更不用說了。

而且如果真的如護士的忠告所說，九郎以後甚至可能都不會來醫院了。其實岩永另外也聽說過許多像是那位堂姊反覆自殺未遂過很多次啦，每個月會有兩次為了復甦急救被送進手術房啦，另一方面她甚至被當成派系鬥爭的關鍵人物等等，讓人不禁覺得荒唐的謠言。至於真偽如何，岩永也不清楚。

那樣的堂姊究竟何時會因為什麼莫名其妙的理由過世誰也無法確定。既然護士會特地向岩永提起這點，代表那堂姊的狀況可能真的已經很危險了吧。

若真如此，現在的確是不可錯過的機會。岩永一邊接受著只是在確認身體狀態沒有變化的診察，一邊在腦中思考著醫院的什麼地方會比較有可能遇到九郎。

岩永診察結束後，天空依然靜靜地下著細雨。如果照以往的習慣，岩永這時又會到外面的長椅上睡到回家公車到站的時間，但今天可不能那樣。她根本連找都不用找便看到了九郎。對方就坐在岩永半個小時前才坐過的那張露天平臺的長椅上，眺望著櫻花季節過後綻放花朵、花瓣在雨中接著雨水的大花山茱萸，並翹起二郎腿喝著紙杯中的飲料。

雖然這兩年來岩永無論身高或豐腴度都沒有得到如她所期望的成長，成熟度也沒有增加，不過九郎的外觀也是跟兩人初次見面時相比沒什麼變化。

稍微遮到一點耳朵的頭髮長度，以及似乎很注意不要讓自己高䠷的身體妨礙到別人的舉止動作都跟以前一樣。他今天身上穿著深藍色牛仔褲、白色T恤及枯草色的薄外套，沒有多餘的裝飾。真是個樸素的青年，同時也感覺很不會主張自己。應該是在人群中很快就會變得不顯眼的類型吧。

然而只要仔細一看就能發現他五官端正，手腳長度恰到好處，不論穿什麼感覺都會很適合。或許在學校班上或公司中並不會成為最受歡迎的人物，不過交往起來也比較有現實感。可能在女生之間是被視為隱藏的上上籤吧。

而從高中時代就緊緊抓到他的那位叫紗季的女性——雖然這樣講會讓人不甘心，但也許可以說是很有眼光。不過既然現在兩人已經分手，機會就在岩永手上了。

岩永盡量不發出腳步聲或拐杖防滑墊片的聲音，靠近長椅後從一旁搭話：

「你好，好久不見了。」

九郎於是轉頭看向岩永，雖然對於她的外觀打扮沒有太大的反應，然而臉上卻浮現疑惑的表情。

「呃，妳是誰？」

「你居然忘記了救命恩人的長相嗎？」

「很抱歉，我這十年來可從來沒有感受過什麼生命危險。」

「大約兩年前，就在這間醫院。」

九郎頓時皺起眉頭，但似乎總算把記憶挖出來了。

「哦哦，就是聽說我差點可能撞到後腦杓喪命的那時候。可是當時那女孩沒有戴貝雷帽啊。」

「難道你是用帽子在分辨女生的嗎？」

別說是臉型長相了，居然連「拄拐杖的少女」這樣的特徵都會忘記，這記憶力究竟是差到什麼地步呀？明明那時候說過會記住的，男人這種生物就是這樣。

九郎有點尷尬地從長椅上稍微起身，往左邊移動位置。

「抱歉，我不太擅長記住女孩子的長相。要是我記得太清楚，紗季小姐就會不開心啊。」

看來那位女性真的占有慾很強烈的樣子。心中因此不太高興的岩永把帽子脫了下來，坐到九郎旁邊並用左手握著拐杖抬頭看向九郎。

「那麼就請你重新記住。我叫岩永琴子。岩石的岩、永遠的永、樂器的琴加上孩子的子。今年十七歲，正值青春年華。」

「嗯，這次我不會忘記了。」

「說得也是，畢竟你似乎已經跟紗季小姐分手了。」

九郎頓時停下把紙杯拿到嘴前的動作。

「為什麼妳會知道？」

「我已經在這間醫院就醫了將近七年，跟護士們感情很好，也賣了對方不少人情。所以像是你的名字叫櫻川九郎，今年二十二歲，為了探望堂姊已經持續來這間醫院三年以上等等的情報，我都可以向護士們問出來。」

雨勢這時稍微變強，讓庭院的景色忽然蒙上一層霧，接著又再度變得清楚。感覺有如在雲上灑著雨水的水桶不小心打翻了短短一瞬間。

九郎面露苦笑，把紙杯放到嘴唇上。

「這間醫院的個人資料保密是怎麼搞的？」

「據說院方並沒有義務連探望者的個人資料都保密喔。」

「是這樣嗎？」

「感覺有點可疑。不過她們並沒有連你堂姊的名字或在什麼科什麼大樓為了什麼原因住院之類的事情都告訴我就是了。」

岩永雖然有點好奇，但畢竟這種事情有些人不太希望被別人知道，因此一方面也是岩永自己沒有勉強探聽過情報。

九郎這時稍微望向遠方。

「妳還是不要知道比較好。長期住院的理由通常都不會是什麼趣事。」

岩永也同樣覺得自己長年就醫的理由並不是什麼聽起來有趣的事情。雖然如果真的被人問到，她也會毫不感到抗拒地回答對方就是了。

「這麼說來，我聽傳聞說你那位堂姊已經撐不久了。」

「唉呀，畢竟她本人也不想繼續撐下去嘛。」

這話題不管從哪個角度聊起來感覺都不會讓人愉快。說到底，岩永想講的主題根本不是關於那位堂姊。

「話說，關於你跟紗季小姐大約在今年春初已經分手的事情……」

「我的個人情報還真的完全沒受到保護啊。」

「那要怪你自己老是不經考慮就跟年輕護士們隨口閒聊呀。」

話雖如此，但岩永至今依然不曉得那位叫紗季的女性究竟姓什麼，名字的漢字又是怎麼寫，更不知道她的社會地位如何。醫院內的傳聞終究有其限度。恐怕九郎即使會講關於他自身的事情，但是對於自己無法負責的親朋好友相關的事情就會好好區別什麼話可以講，什麼話不能講吧。應該並不是真的都不經考慮。

然而他和年輕有魅力的護士愉快聊天的模樣，對於岩永個人來說，還是會覺得根本不經考慮。

「總之，你現在正式單身了。要不要試著透過新的邂逅轉換一下心情呢？」

「可以請妳直接講重點嗎？」

「請你以結婚為前提跟我交往。我從兩年前就單戀著你，一直都在等待這一刻到來呀。」

機會到來卻裹足不前並不符合岩永的個性，因此她一如要求，凝視著九郎的眼睛直接講出了重點。

九郎則是看起來總算對坐在身旁的這位少女起了興趣。在這種狀況下通常應該會提高戒心的，然而他卻不但沒有跟對方拉開距離，甚至反而端正坐姿，從頭到腳打量岩永。

「看不出來妳是個這麼直接的人。雖然整整等了兩年感覺有點死纏不休啦。」

「命中注定的人，是可以等待的。」

「可是和中學生交往在法律上不太妥當啊。」

「我就說我已經十七歲，是高中生，明年預定要報考你就讀的大學呀。你的記憶力跟金魚一樣嗎？」

雖然岩永的發育從中學時代就停滯下來，因此被人誤會並不稀奇，但眼前這男人講這句話究竟是認真到什麼程度？

「妳好像很容易被惹怒啊。」

「太失禮了。只是偶爾而已。」

九郎把喝完的空紙杯放到長椅上，搗著嘴巴嘻嘻笑了起來。這個人笑得是何等爽朗、何等快活？讓岩永即使內心火大也忍不住看得有點入迷了。仔細想想自己單戀這兩年來，今天是第一次和對方如此靠近，和對方呼吸著同樣的空氣如此久的時間。岩永頓時感到自己心跳快要加速起來，於是玩弄著垂在右眼前的頭髮試著讓自己冷靜。

坐在旁邊的九郎則是繼續小聲笑著，並望向遠方昏暗的天空。

「跟妳開玩笑的啦。因為我很開心。沒想到自己居然會被女高中生告白，看來我其實也沒那麼差嘛。好久沒有心情這麼好了。」

一個好好的年輕人竟然用聽似樂觀的口吻講出這樣實際上很悲觀的話語，讓岩永疑惑地歪頭。

「你是被紗季小姐甩得那麼狠嗎？」

「那不是紗季小姐的錯。」

「但是她把你甩掉的吧？」

雖然岩永不願接受，不過九郎看來對紗季還相當戀戀不捨的樣子。

明明他們應該已經分手兩個月了，是九郎在個性上比較念舊？還是有什麼不得已的理由？就在岩永開口詢問這點之前，九郎便自己說了起來：

「我們從高中時代開始交往，也經歷過一段遠距離戀愛的時期，不過還是撐了過來。去年秋天我也和她父母見過面，就在彼此說好明年要完成下聘的時候，卻忽然像雪崩一樣演變成分手了。」

對一個幾乎等於初次見面的對象有必要講到這麼深嗎？也許這是他想表示自己是帶著誠意要拒絕岩永的告白吧。或者是他至今從來沒有向任何人講過兩人分手的原委，覺得自己差不多該吐露出來好整頓一下心情了。

大概對九郎來說，像個小孩子而且跟自己只有在醫院才有接觸的岩永，剛好是個可以傾訴又不需要擔心留下什麼麻煩的對象吧。

九郎把右手的指尖放到自己額頭上。

「我根本束手無策。雖然心裡明白，但是有太多事情變得無法相信了。所以我暫時應該都沒辦法跟新的對象交往。」

「講具體一點。」

「咦？」

岩永拿起手中的拐杖，舉到九郎的鼻頭前。

「請講得具體一點。究竟是什麼原因讓你們明明已經準備下聘卻急轉直下，演變成分手局面的？」

對方很明顯是想要把這點含糊帶過，因此岩永才會特地追問。

岩永本來以為這會惹對方不高興，但九郎卻是感到有趣似地摸了摸自己的臉頰。在岩永的記憶中也有看過好幾次類似的態度。就是在復健或上體育課時，醫生或老師並非出自惡意而是因為好奇心，用站在優越立場的人特有的眼光在試探眼前這位小姑娘到底能做到什麼地步、到什麼程度才要逃跑的時候會露出的表情。

九郎大概是認為那個具體的原因對小姑娘來說會負擔很重吧。

也許是輸給好奇心的緣故，他意外乾脆地用輕鬆的態度述說起來：

「去年底，我和紗季小姐一起到京都旅行，計畫在那裡迎接新年，然後走在深夜的古都去神社新年參拜。」

「婚前旅行！太不檢點了。」

「妳是活在什麼時代的人啦？」

既然兩人的關係已經得到家長公認，其實要做什麼都是兩人的自由。九郎重新翹起二郎腿，把身體靠到椅背上，繼續從斜上方看著岩永。

「當時在皎潔的月光下，我們沿著鴨川河岸走在除夕鐘聲迴盪的夜路上。結果就在我們眼前出現了一隻河童。」

在這裡唐突冒出了一個非日常使用的名詞。照內容聽起來，這應該不是在講雨衣的別稱（註1）。

「那個據說會出現在水邊的妖怪？」

「對，就是那個河童。」

「不是河太郎、水虎或兵主部？」

這些都是會出現在水邊的妖怪，而且明明是不同的存在卻經常被人隨便統稱為『河童』。

「知道得還真詳細。妳在很多方面都讓人感到意外呢。當時出現的那是全身溼淋淋，用雙腳站立，背後有個像鱉殼的東西，嘴巴尖尖，大小跟人類差不多，可是顏色上完全不像人類，稱為河童應該是比較適當的『某種存在』。」

真不愧是都市再開發、高樓建築、便利商店和速食餐廳都難以自由發展的傳統城市——京都。

正常來想，這應該是什麼過年喝醉酒掉到河裡的可悲中年男子，在爬上岸時被人

註1　日文中「河童」和雨衣的別稱「合羽」皆讀作「かっぱ（Kappa）」。

眼花看錯之類的笑話吧。

然而九郎即使臉上露出淺淺的笑容，那對黑色的眼睛卻完全沒有笑意。彷彿是為了刺激岩永感覺理解力很遲鈍的反應似的，他又繼續開口說道：

「可以確定的是，那並不是人類，不是生物學上已知的動物，然而卻是活生生在動的某種生命體。感覺要是承認了那樣的存在，自己原本生活的世界法則就會瞬間出現裂痕一樣，非常恐怖。」

明明只不過是出現在那裡而已就被講到這種地步，河童也未免太可憐了。

岩永忍不住挺身為這個有名的妖怪辯護：

「河童並不是什麼壞東西，而是到最近甚至會請人家吃蝦餅或壽司的時髦傢伙呀。」

「我們當時見到的是身上散發泥巴味，感覺會把人拖到河底吸乾體液的傢伙啊。而且隔天在那附近也發現了溺死的屍體。雖然被當成意外事件處理了，但真正的原因至今依然不明。」

這下傷腦筋了。或許那單純只是運氣很差偶然有人溺死，但狀況上對河童實在很不利。

水邊的妖怪們對於生活在水邊的人類來說，本來感覺就像是危險的存在，實際上也可能真的做過那種事情。畢竟河童也必須攝取營養才能活下去嘛——即使用這樣的說法辯護，應該也沒有太多的說服力吧。

「別說是妖怪了，連幽靈或靈異照片都不相信，給人感覺心臟很強的紗季小姐，當時光是看到那妖怪一眼居然就嚇得發抖，緊抱著我不放。明明她即使在床上也從來沒有那樣做過的說。雖然那種感覺很可靠的地方也讓我很喜歡啦。」

「不要跟我炫耀你們的恩愛，很沒意思。接下來怎麼樣了？」

九郎彷彿在貶低自己般張開雙手：

「當時完全不理會那樣驚嚇的紗季小姐，怕得連聲音都發抖起來，就丟下她快快逃離現場啦。」

雖然岩永不清楚半夜十二點多、剛進入新年的深夜鴨川岸邊究竟有多少人，但真虧那時候沒有引起大騷動。聽在別人耳中會覺得很沒出息，但對於當事人來說根本顧不得那麼多也是常有的事情。

「唉呀，畢竟是河童嘛。畢竟是河童。」

岩永為了盡可能表達出同情而重複說了兩次並點了三下頭。

「但嚇到逃走仍是事實。後來紗季小姐就說她從沒想到我是那樣的人，然後我們之間的關係變得很尷尬。最後紗季小姐趁著自己為了就職三月要離開這裡的機會，對我提出了分手的要求。我是覺得事情會變成這樣也是理所當然啦。」

九郎從牛仔褲的口袋中拿出手機，看了一下螢幕上的時間。

「紗季小姐現在應該在警察學校研修吧。但願她不要留下什麼精神創傷，導致今後只要見到溺死屍體就以為是河童作祟。」

「那種無情的女人將來會如何根本無所謂吧。」

「她並不是那種無情到就算人生被河童糟蹋掉也無所謂的人啊。」
九郎把手機插回口袋中，並抓起空紙杯站起身子。
「要不要相信我說的話都是妳的自由。如果不相信，就把我當成是個把自己被甩的責任推卸到河童身上、腦袋有問題的大學生。不，應該說是個因為被甩而大受打擊，結果腦袋變得有問題的大學生吧。反正不管怎麼說，應該都不配當妳的男朋友啊。」
語氣溫和地如此說道後，他又貶低自己似地聳聳肩膀，對岩永笑了一下。
「公車差不多快來了。妳是在等人開車來接嗎？」
九郎的態度彷彿只要岩永開口拜託，就會牽起岩永的手護送她到接送處。然而岩永伸出右掌心表示婉拒了。
「不，我也是搭公車，而且照時間看來應該是跟你搭同一班。可是我們的話還沒有講完。」
大概是聽出她語氣中帶有責備，九郎頓時感到疑惑似地停下腳步。
「請你把主詞講清楚。丟下紗季小姐逃離現場的是誰？」
九郎剛才省略了這點。究竟是誰從誰的面前逃跑了？
從故事脈絡聽起來會覺得逃走的是九郎，但即使反過來其實也說得通。這種表現方式也可以解釋成九郎雖然沒有說謊，可是也沒有傳達真相。
天空下著雨。蝸牛爬在砂漿鋪成的地板上。落下的雨水流向排水口，被吸了進去。
「逃離現場的並不是你，而是河童對吧？河童見到站在紗季小姐身旁的你而感到恐懼，嚇得逃跑了。畢竟河童擁有智力，很清楚你有多可怕。對河童來說真是一場災難，居然在深夜不小心遇上你，實在教人感到同情。然後紗季小姐是因為看到那樣恐怖的妖怪居然只是見到你就嚇得逃跑，不禁懷疑你的真實身分而感到毛骨悚然，才會說她從來沒想到你是那樣的人。對不對？」

九郎凝視著岩永放在大腿上的貝雷帽好一段時間後，抬起頭來。

「妳在最根本的一點上搞錯了。」

「哪一點？」

「這世上不可能會有什麼河童吧？」

「沒有嗎？」

「那當然。」

「可是你剛才說有喔？」

「那是騙妳的。我才不會對一個女孩子老老實實說出自己失戀的理由。如果妳還是覺得河童存在，我勸妳到這裡的精神科去給醫生看一看。」

「很可惜，我早就每個月固定就診一次了。」

雖然說是就診，但其實這五年來都只是跟主治醫生閒聊而已。醫生微笑表示過岩永已經沒有來就診的必要了，不過岩永還是把這當成讓自己父母安心的一種儀式。搞不好主治醫生也是為了讓岩永安心，才會騙她說已經沒有必要就是了。

「這樣啊。那我奉勸妳繼續接受治療。」

正常來說，九郎就算覺得自己被腦袋有問題的女孩子纏上而露出傷腦筋的表情也不奇怪的，但他現在反而像是覺得這女孩講出來的話，其他人應該也不會相信而露出放心的表情。

「那麼，請多保重啦。」

他接著一副『再見啦』地裝得像個逃跑的小丑般，轉身準備離開。

然而岩永立刻用拐杖的前端往地板一敲，「磅」地發出響亮的聲音。爬在地上的蝸牛都彷彿被嚇到似地把伸出殼的身體轉向她的方向。

「讓我們繼續講下去吧。我雖然只見過一次河童，不過我很熟悉與其類似的存在。即使在這樣的城鎮、這樣的醫院中，也潛藏著被稱為妖怪、鬼妖、怪異或魔物的『存在們』。就算沒有河童那麼出名，但是在這庭院的杜鵑花陰影下或是大花山茱萸的樹梢上，也有那些存在們偷偷窺探著我們。他們多半無害，然而無所不在。」

岩永「嘿咻」一聲從長椅上起身後，把連身裙的褶皺拉平，將貝雷帽戴到頭上，用手包覆拐杖握把處的小貓，直挺站立。

「那些『存在們』看到你都會輕聲對我呢喃：『那傢伙不尋常。那傢伙、那傢伙是很可怕的存在。』」

名叫櫻川九郎的青年立刻瞇起眼睛，後退一步與岩永對峙。這次他就明顯對岩永提高了戒心。

「妳是什麼人？為什麼如此確信有那樣的存在？」

看來九郎似乎並沒有感覺到那些理所當然潛藏於周圍的存在。不過這也是沒辦法的事情，畢竟那些存在只要見到九郎就會逃之夭夭。九郎在日常生活中幾乎可以說沒有機會遇上那些存在。他與河童的那場遭遇，只能說是雙方運氣都太差了。

岩永微微揚起嘴角，笑著回答：

「我在十一歲的時候，曾經被那樣的存在們抓走過兩個禮拜左右。他們把我抓到深山中，並懇求我說：『請務必成為我們的智慧之神。』」

「智慧之神？」

對於九郎懷疑的聲音，岩永點頭回應。

「對。那些存在們大部分智力都不高，因此一直在尋求願意把智慧與力量借給他們，幫助他們平息、調解糾紛的存在。當時十一歲的我就回答了：『好的，我願意。』而從那之後，每當那些存在們發生什麼糾紛或問題時，就會從全國各地跑來找我幫忙仲裁或尋求解決方案。當中也有和人類之間發生的麻煩問題，經常讓我很傷腦筋呢。」

岩永敲響鞋跟，往九郎踏出一步。

「相對地，他們也會幫我的忙。像是我在椅子上睡覺的時候，會在就診時間前把我叫醒。在醫院什麼東西不見了會告訴我在哪裡，或是跟我說有哪裡點滴換錯、哪個患者病情驟變等事情，讓我可以向護士們賣個恩情。」

屏住氣息低頭看著岩永的九郎接著忽然放鬆全身力氣，搖搖頭。

「實在讓人難以相信。」

「那也是當然的。」

但至少引起了九郎的興趣。就算他不相信岩永說的話，也會知道岩永『不尋常』。這一點九郎本身應該是最清楚的。

「那麼請你去查查看六年前七月左右的報紙吧。在這個市有一名叫岩永琴子的小學五年級女生失蹤了一個禮拜之後，警方決定展開公開搜查。照片也有刊登在報紙上。」

當初父母以為岩永是遭人綁架，而猶豫該不該向警察報案。然而過了三天都沒有接到歹徒聯繫，因此認為其他的可能性很高而聯絡警察，又過了四天後警方便下達公開搜查的許可了。

「接著又過了一個禮拜之後，有一名女孩子在市內一座公園的長椅上被人發現悠悠哉哉地在打盹。因為顧慮到個人隱私，詳細狀況並沒有報導出來，也沒有炒作成什麼大新聞。然而某些當地報紙上還是清楚地寫著……」

岩永把左手的拐杖輕輕轉了一圈，稍微撩起蓋在右眼上的頭髮，彷彿在享受九郎的反應般接著說道：

「被發現的女孩子左腳膝蓋以下被切斷，右眼遭到挖除。」

九郎似乎一直都沒有發現岩永有裝義肢與義眼的事情。或者現在就算聽到岩永這麼說，九郎從外觀上可能還是無法分辨出來。尤其是從連身裙的下襬中伸出來的腳穿有覆蓋到膝蓋以上的襪子，而且形狀線條和另一隻腳根本沒有區別。近年來醫療器材的進步發展實在教人刮目相看。

岩永不理會啞口無言的九郎，又繼續說了下去：

「當然，綁架犯並沒有被抓到。而從那之後，我便成為那些存在們的智慧之神了。」

她接著看一下手錶，公車快要到站了。

「時間到了。那麼剩下的我們改天再聊。」

九郎看起來應該到發現自己錯過公車之前都無法動彈的樣子。於是岩永丟下那樣的九郎，自己拄著拐杖「叩、叩、叩」地走向醫院大門了。

在日本最古老的文獻『古事記』中記載有「久延毘古」這樣的神名。雖然只有一條腿而無法走動，不過是個詳知世上事物的智慧之神。因為只有一條腿的緣故，據說和「案山子（稻草人）」也有關聯。現今祀奉「久延毘古」的神社主司學業、教育方面的願望，也經常舉辦許多祭典。

另外，「獨眼者」有時候也會被當成神明或是接近神明的存在。像是為神明獻上活祭品時為了與人類區別——這時候稱為「聖別」——而故意傷害一隻眼睛，並奉祀成為聯繫神明與人類的存在。世界上的鍛造之神具有獨眼或單足特徵的例子也相當多，而且有不少是將此特徵描述為神明的條件。在眾多的傳說中都能見到獨眼或單足的神明。甚至連經常被當成妖怪描述的「獨眼小僧」也有實際上是山神墮落之姿的說法。

抓走岩永的存在們之所以會奪去她的左腳與右眼，岩永認為就是為了藉此讓她成為神明，也接受了這件事情。

雖然為了習慣這個狀態花了不少時間，但是也因此讓她獲得了力量，變得能夠與過去看不見或不知道的存在進行接觸，以交換條件來說還不算差。

十一歲的岩永在公園長椅上被人發現時雖然服裝沒有凌亂的感覺，但從裙襬底下很不自然地只有伸出一條右腿，臉頰上還有看起來應該是從緊閉凹陷的右眼流出來的血跡。以那樣的姿態坐在長椅上動也不動的她，據說當時完全被人以為已經死了。

然而只要豎起耳朵便能聽到岩永發出規律的睡覺呼吸聲，將她送到醫院也沒有檢查出什麼異常。她的左腳雖然看起來像是被什麼東西粗魯咬斷，但傷口在大量出血之前就被某種酸性物質溶解凝固進行止血，醫院也沒有重新對她施行外科治療的必要。

被挖掉的右眼也是一樣，眼窩明明被弄傷挖空，卻幾乎沒看到化膿或腫脹的症狀，代表已經大致上接受過治療了。雖然不清楚那些妖魔鬼怪們究竟擁有什麼樣的醫學知識，但看來他們即使行為野蠻，事後處理還是相當細心的樣子。

岩永本身並不記得自己被抓走的那段期間中身體是怎麼被動手腳的。即使記得那些存在們說過或懇求過什麼，也記得自己是怎麼回答的，但是無論腦袋或身體都完全不記得伴隨的疼痛或難受。明明失去了一隻眼睛與一隻腳，自己卻感受不到事態有如周圍人們所騷動的那麼嚴重。原來成為神明之後會變得這麼沒有緊張感呀。岩永心中不禁湧起這樣的感想。

當搜查行動的相關人員委婉詢問她被抓走的這段期間發生過什麼事情的時候，當時岩永十一歲的腦袋勉強察覺出自己要是回答「我被一群像是怪物的東西抓走然後成為了他們的神明」應該會非常不妙，因此只有含含糊糊地回應「我不太記得」，結果沒多久後便不再有人向她問話了。

警察應該本來就不期待能問出什麼有力的情報，父母也覺得如果岩永不記得也想不起來被抓走的這段期間遭遇過什麼事情反倒是好事而感到放心。就算除了兩部位的缺損之外沒有其他外傷，光是這兩個部位應該就甚至足以讓不相關的人都能想像出各種恐怖的情景了吧。

既然岩永沒有記憶，而且能夠一如往常地生活，警方也就不會想勉強調查了。搜查行動最後因為線索少到驚人的程度而將事件歸為懸案，岩永也沒有再被要求接受問話了。

事件之後，岩永每週至少要進行一次眼睛與腳部的診察、義眼與義肢的檢查以及為了可能回想起什麼事情時的心理諮商。中學的時候不只醫院，就連去學校都是開車接送，但因為這樣行動上實在過於受限，在岩永努力對父母反覆說服之下，如今她也可以自由外出了。

唯有下雨天隨處打盹的自由依然不被允許，但這也是沒辦法的事情。畢竟她當初就是因為這樣，在睡覺時被那些存在們抓走的。

「可以說是一如預測吧。」

與九郎成功接觸後的隔天週日，岩永站在市立圖書館前仰望著那棟建築物如此說道。一反昨日的細雨，今天從早上都很晴朗，到了現在下午兩點多甚至會讓人感到炎熱。

「你好。查完資料了嗎？」

看到從自動門內走到屋外、身上服裝跟昨天幾乎一樣的九郎，岩永便輕輕彎腰鞠躬，低下她一如往常戴著貝雷帽的頭。對於那樣簡直像是埋伏在外等他出來的岩永，九郎頓時停下腳步，把右手放到額頭上，不過很快又放棄掙扎似地垂下肩膀。

「真虧妳知道我在這裡。」

「這是很初階的推理。你為了確認我說過的話，想必會上網搜尋看看。然而一椿六年前的事件，受害者不但未成年也沒有死亡，而且事件又尚未解決，肯定搜尋不到什麼足夠的情報吧。何況網路上寫的東西並不確實，如果是個性慎重的人應該也會想確認實際的報紙新聞。畢竟從網路情報可以大致鎖定事件的日期，要在圖書館申請閱覽並找到事件的相關報導不會是什麼費勁的事情。所以我估算時間，認為你大概在這時候查完資料準備離開了。」

事實上岩永是拜託非人的存在們看到九郎進入圖書館就向她報告，而在接到報告之後才過來的。不過虛張聲勢有時候也是必要的行為。

「然後呢？你查完資料的感想是？」

「六年前確實有個名叫岩永琴子的少女遭遇不幸，公開的照片也跟妳一模一樣。」

「說來丟臉，我雖然右眼都被挖掉了，長相卻從小學以來都沒有變化。」

岩永裝的義眼相當精巧，若沒有非常仔細觀察，應該看不出眼球的動作貧乏。再加上她只有右邊的頭髮微微垂下來在眼睛前搖曳，更讓人難以察覺。喪失右眼對她的容貌可以說完全沒有造成影響。

九郎這時露出嚴肅的表情。

「但也只是這樣而已，還不能證明妳成為了那些所謂妖魔鬼怪的神明。」

「是的，那或許只是我的妄想。如果是這樣，我就是個被精神異常的傢伙綁架，身體遭人玩弄後、腦袋變得奇怪的女孩子了。」

因此岩永在向人提起自己與那些存在們之間的事情時都會謹慎小心。她個人是不在乎別人對她怎麼想，但她也不想給父母增添多餘的煩惱。

「要不要相信都是你的自由。不過在這世上能夠理解你的人或許就只有我喔。」

雖然說九郎也許並沒有尋求受到理解的必要性。畢竟妖魔鬼怪害怕九郎，都會刻意迴避他。名叫紗季的女性那次的遭遇算是一場不幸，然而九郎跟岩永不一樣，就算想過正常人的生活也不是不行。

不過這樣心中將會懷抱著同樣的不幸隨時可能再度降臨的不安心情，以及對自己身邊的人無法吐露，就算說出來也不會被當真的祕密活下去。只要想像到這樣的未來，心靈上會不會逐漸受到侵蝕？

對岩永來說也是，如果今後九郎願意陪在她身邊，不但在戀愛方面是好事，在解決妖魔鬼怪的問題上同樣也是好事。只要那些存在們所害怕的九郎提供協助，無論交涉或仲裁肯定都會變得更容易。可謂一舉兩得。

九郎大概是感到認命而嘆了一口氣，對岩永從頭到腳看了一遍後，又再度嘆氣。

「被弄成單眼單足的存在，據說有時候會被當成獻給神明的活祭品，是嗎？」

「是的。那樣的人會被當成聯繫神明與人類的祭品，又或是傾聽神明聲音的巫女。」

「那應該是妳擅自的解讀吧？」

「反正我就是被擅自抓走變成了現在這個樣子，要怎麼說都可以呀。」

岩永用拐杖敲敲自己那陶瓷與碳纖製成的義肢，對九郎露出笑臉。

當初她並沒有同意被抓走，後來雖然同意成為智慧之神但也沒聽說連腳和眼睛都要被奪去。即便岩永對於這點並沒有感到後悔或可惜，不過在描述自己的事情時稍微講得美化一點應該也可以被原諒才對。

九郎往前踏出腳步，走到岩永身邊。

「妳午餐吃過了嗎？還沒的話我請客。」

「我才剛吃過京都蔬菜的懷石料理，飽餐過一頓呢。」

「妳的遣詞用字真讓人搞不懂究竟是有教養還是沒教養啊。」

「至少我是居住在小孩失蹤時首先會被懷疑是遭人綁架的那種有錢人家。只要和我結婚，就能連帶獲得那塊土地與房子，在就業方面也能得到不少關照喔。」

「呃不，我不想為了那種利益目的談戀愛。」

「講那什麼像黃花閨女一樣的話。既然要跟不合自身喜好的我交往，至少也要有這點程度的甜頭可嘗，否則不划算吧？」

「妳不覺得妳講了什麼不應該自己講出口的話嗎？」

「那麼你願意承認我是你喜歡的類型？」

「這點我倒是不承認。」

雖然剛才提出過一起吃飯的邀情，但九郎卻用一副『妳沒跟上來也無所謂』的速度邁出步伐。於是岩永轉身追在他的背後。

「唉呀，話說九郎先生，我才想問你，連妖怪們都會恐懼的你究竟是什麼人呢？」

「那些向妳尋求智慧的傢伙們沒有告訴妳嗎？」

或許是以為岩永早已知道的關係，九郎感到意外地轉回頭大聲詢問。結果岩永點點頭。「對於自己真正恐懼的東西，任誰都會想避諱提起呀。」

岩永雖然有從那些存在中挑選出智力較高的對象問過好幾次，但都得不到清楚明白的回答。感覺那些存在們似乎也沒辦法看透九郎的真實身分，只是感受到他可怕得讓人不敢接近而已。

九郎一臉不服氣地抓了抓鼻頭。或許是對於自己居然會被一群擄走小孩子奪去眼腳的傢伙們害怕恐懼的事情感到很不合理吧。

最後，九郎不耐煩地坦白說道：

「這個嘛，如果套用妳的講法，就是我在十一歲的時候吃過兩種妖魔鬼怪，飽餐了一頓啦。」

就算是岩永，聽到這樣一句話還是忍不住感到詭異了。

第二章　鋼人的謠言

不曉得妖魔鬼怪的名字並不是什麼奇怪的事情。如果是女性就更不用說了。

弓原紗季過去只知道河童和人魚。至於『Kudan』則是聽櫻川九郎告訴她之後才曉得的。

Kudan，漢字寫作『件』，據說是一種人頭牛身的妖怪。會講人話，一旦預言未來就會死。預言之中雖然也有像豐收或家族繁榮之類美好的未來，但大多數的案例都是預言到歉收、流行病、自然災害等等的禍事，而且必定會成真。甚至有傳聞說第二次世界大戰期間出生的件就預言到日本會戰敗。

以生命為代價講述未來的件，在統稱為『預言獸』的怪物之中可說是最為有名，出名的文學作家也有拿來當成小說的題材，然而紗季以前還是不知道。說到底，她壓根沒有想過自己現實的人生中會與那樣莫名其妙的存在扯上關係。

有誰能夠想像到自己有一天居然必須認真思考，該怎麼跟擁有預知未來能力的怪物相處呢？

與九郎分手並出社會工作之後已經過了兩年半，紗季卻依然沒辦法忘記關於件、人魚和河童的事情。明明自己是就職於『警察機關』這種既沒夢想也沒浪漫，徹頭徹尾扎根於現實的職場地說。

這天，當紗季在警局內的餐廳享用稍遲的午餐時，刑事課的寺田只端著一個茶杯、板著臉坐到她對面的位子上。

「嘿，弓原。上次我約妳一起去吃烤肉時，妳說過『吃牛肉會讓我想起以前分手分得很糟糕的男朋友，覺得不舒服』而拒絕了我對吧？」

「是，我確實說過。」

紗季停下正在吃牛五花套餐的手，看著理平頭的寺田如此回答。在紗季任職的這間真倉坂市真倉坂警察局中，寺田已經工作十年以上，是一位三十四歲的巡查部長。柔道五段，在警局間的交流比賽中也是赫赫有名的強者。

有如一道石牆般高聳寬大的背，因勤練柔道而變形的耳殼，平時多半冷淡緊閉的雙唇等等，即便是黑社會的人見到也會害怕的容貌相當符合他老練刑警的身分。只要待人處世再圓滑一些應該就能升上更高的位階，只要眼神再柔和個百分之幾應該就不愁結婚對象的說。這就是警局內對他的評價。

紗季則是在交通課擔任制服員警，主要處理交通事故，因此在職務上很少與寺田碰到面。然而自從她到這警局就任之後，寺田就經常找她攀談或是約她去用餐喝酒。老實講感覺很煩的紗季曾經向組長委婉商量過，可是……

「那也沒辦法啊，畢竟弓原剛好符合寺田的喜好嘛。妳就陪陪他吧。」

對方的回應卻是這種對紗季來說，根本不是用一句「沒辦法」就能帶過的內容。不想繼續被糾纏的紗季總希望能有人出面制止一下，然而警局內卻整體呈現支持寺田的傾向……

「他雖然長相恐怖，不過心地很善良呀。」

「別看他那樣，他其實對戀愛很生疏，總是很努力鼓起勇氣找妳搭話的。」

「我沒聽過那傢伙有什麼異性八卦或沉迷的興趣，所以存款應該相當多喔。」

大家甚至還會如此幫寺田講好話。其實紗季也知道即使老是被她拒絕邀請也依然態度親切，不會因此想欺負她的寺田是個一反外觀與口氣而溫柔善良的紳士。光從局內整體都為他加油的氣氛，也能知道他是個值得信賴的人物。

但問題就在於個人的喜好。紗季喜歡的類型跟粗獷的寺田剛好完全相反。即使和條件徹底吻合的前男友——櫻川九郎以如此糟糕的方式分手之後，紗季的喜好也依然沒變。而九郎是個單薄細瘦，身高比紗季稍矮一些，年齡也比她稍小一些，像隻山羊般樸素的青年。

明明當初是自己主動向九郎提出分手的，紗季至今卻依然對他的長相與回憶念念不忘。兩人分手是在紗季從大學畢業的三月初，而現在是經過了兩年半的九月二日星期四，紗季已經二十五歲了。

雖然說這段期間紗季都忙於警察學校的研修以及新職場的工作，但對於遲遲交不到新男友，到現在還動不動就回想起九郎的自己，紗季還是不禁會氣憤覺得沒有出息。

不久前聽到傳聞說九郎那位長期住院的堂姊過世的時候，紗季腦中甚至湧起『要是那堂姊可以在那趟京都之旅前過世，旅行計畫就會取消，也就不會發生那種事情的說』這樣自私到不行的念頭，讓她半夜氣得毆打枕頭。

再怎麼沒出息也該有個限度才對。

「那麼弓原，為什麼妳現在卻在吃牛五花套餐？」

寺田繼續如此說道。於是紗季依然看著對方的眼睛，也保持著動筷子的速度回答：

「我認為自己不能一直受到過去束縛，所以正積極努力地克服心理障礙。」

「既然這樣，我可以再約妳去吃烤肉嗎？」

「我是希望避免連私人時間都拿來修練。」

「要不然去吃壽司如何？我找到一家不錯的店。」

「可是魚類也會讓我回想起以前的男朋友，我不太想吃呀。」

「妳跟那個男朋友到底是怎麼分手的啦？」

寺田表現出與其說是生氣不如說是傻眼的態度，在椅子上調整坐姿。就紗季來看，用如此明顯的謊言拒絕邀請的自己，就算被對方露出不愉快的表情應該也無從抱怨的說，可是寺田在這點上相當有風度。然而也因為這樣，讓紗季能較容易掌控對話。

「雖然是用餐休息時間，但是在局內叫一個女性後輩說明自己過去失戀的原因，這種行為可取嗎？無論是以一個男性來說，還是以一個前輩來說。」

紗季動作端莊又機械性地把烤牛五花送進口中並如此拒絕說明。這五年來在訊問嫌疑犯上從沒輸過的寺田聽到這樣義正詞嚴的講法似乎也只能閉嘴，搖著手中的茶杯好一段時間。

「話說對方居然會甩掉像妳這樣的好女人，肯定不是什麼好男人吧？」

話雖如此，但寺田大概是還無法放棄，而又提出了這樣的話題。

自己究竟是不是個好女人，紗季並沒有自信。她甚至覺得自己無論容貌還是個性都不像個女性。這輩子交往過的男性就只有九郎一個，而且以一個女性來說，過高的個子與強勢的態度，紗季也都自認是扣分要素。自從和九郎分手之後，她還把原本及肩的頭髮剪短到可以看見後頸的程度，穿便服的時候偶爾還會被人從背影誤以為是男性。

以前紗季還聽過一個傳聞，說某個來自警察總局的人見到穿制服的紗季，就問人說是不是哪裡的女模特兒跑來當一日局長。不過那大概是針對身高不輸局內男警們的紗季進行的一種調侃或挖苦吧。

寺田應該也有寺田喜好的類型，因此對於「好女人」這樣的誇獎，紗季就老實接受了。然而她對於不正確的部分還是提出了糾正：

「不，當初是我甩掉對方的。我個人是覺得很對不起他。」

「但就是因為對方不是個好傢伙，妳才會甩掉他的吧？」

「我們都有介紹彼此給父母認識，也有論及婚嫁。兩家都贊成我們大學畢業之後就結婚。如果當年沒有分手，我現在應該已經結婚了。但當時在無可奈何之下，我們只能分手。」

「用那麼嚴肅的表情盯著眼睛講出那種話，妳是要我怎樣接受才好啦？」

「就請你溫柔接受吧。這些都只是事實罷了。」

被說到這種地步，寺田應該也能明白紗季的過去充滿各種最好不要問的內容，知難而退了吧。

紗季至今從來沒有向任何人提過自己為何和九郎分手的理由。即使與兩人熟識的朋友表現出無比驚訝或懷疑的態度，她也始終只會含糊其辭。

如果狀況允許，其實紗季巴不得能找個人訴說。只要說出口，自己應該就能整頓心情，把九郎的事情都忘掉吧。然而那內容就算講出來肯定也沒人會相信，而且很難判斷究竟可不可以隨便講出口。

兩人因為河童而分手，這種事到底要怎麼向人說明才好？

別說對方相不相信了，自己搞不好會先被人笑死。如果是什麼比較不常聽到的妖怪，或許還能增添幾分真實性。可是「河童」這種一般世人的印象中屬於可愛角色的妖怪，越說明只會聽起來越像笑話吧。

要是連「件」跟「人魚」的事情都講出來，搞不好還會讓對方尷尬得倒退三尺啊。

京都之旅的那晚，在鴨川岸邊遇到的那隻河童。紗季即使到了現在依然光是回想起來就會豎起雞皮疙瘩。正常來講，這種事情就算當成是自己眼花看錯也不奇怪的，可是那河童有如來自什麼異世界的存在感實在讓人難以否定。

紗季當時嚇得緊抱住九郎，害怕到連自己都覺得丟臉的程度。如果九郎也表現出害怕的態度，或是反過來勇敢抱住紗季的肩膀，也許兩人的關係就不會改變了。

然而在九郎有所行動之前，河童就明顯凝視著九郎，抽動著充滿稜角的臉，連身體都嚇得往後仰，呻吟似地大叫：

『啊啊，人類真是可怕。你們什麼都吃，跟什麼都能融合。居然還誕生出像你這樣的怪物，啊啊啊，太恐怖了。』

接著那隻河童便連滾帶爬地逃走了。讓紗季在本能上全力表現出抗拒反應的存在，見到她身旁這位感覺有點不可靠的男生居然會嚇得逃之夭夭。

這讓紗季腦中無論如何都會湧起一個念頭：會被那個全身呈現溼黏的綠色、感覺應該叫河童的恐怖生物叫成「怪物」的這位男朋友，究竟是什麼存在？

寺田接著將茶杯放到桌上。

「呃，不，我這次並不是來約妳吃飯，也不是來挖苦妳的。三天前發生在X川的意外事故是妳處理的吧？」

「並不是只有我而已，不過請問怎麼了嗎？」

三天前的晚上十點多，發生過一樁汽車撞破路邊護欄，掉入市區外的河川X川的意外事故。而紗季也是當時趕到現場的人員之一。

雖然這內容乍聽之下會讓人以為是什麼重大事故，不過被撞破的護欄本身就已經老朽，道路與河川的高度差也僅有兩公尺左右，加上河岸是平緩的斜坡，汽車速度也勉強在速限之內，因此整起事件只不過是駕駛失誤誤闖河岸斜坡，結果衝進河裡罷了。

河川水深也不到三十公分，沒有溺死的危險。雖然車子本身一方面因為浸水而不得不報廢，然而駕駛的二十一歲大學生只有受到輕傷而已。

車上沒有其他乘客，也沒有波及到其他行車或路人，大學生也承認自己有錯，因此最後就只是按照一般程序處理了這起事故。事發現場是右側為山、左側為河，沒什麼人車會經過的道路，所以也沒有造成什麼堵車現象。

對於負責處理傷害或殺人案件的刑警來說，這應該不是什麼值得注意的事故。就算感到興趣，跑來找根本不是調查負責人的紗季問話也很奇怪。

「關於肇事原因，資料上寫說是駕駛人感覺好像看到前方有狗，急忙打方向盤轉彎結果撞破護欄衝進河裡。但肇事者一開始好像不是這麼說的吧？」

相對於壓低聲音的寺田，紗季則是端起套餐的味噌湯，放到自己嘴邊並冷淡回答：

「那是肇事者從泡水車中被救出來時，處於激動狀態下講出來的話。後來當事人有說是自己誤會而加以否認了。」

「那麼就是事實了。」

「什麼事實？」

「那大學生一開始是說：『有個手持約兩公尺的細長鋼骨，身穿荷葉邊、顯眼的紅黑雙色短裙，頭上綁有很大的緞帶，而且沒有臉部的女性突然現身在車子前方，所以才會緊急打方向盤，衝進河裡』對吧。」

紗季放下湯碗，視線依然看著寺田的眼睛。

「當事人的講法並沒有那麼條理分明，不過大致上就是那樣沒錯。另外關於那位女性的特徵，還有再加上一個『胸部很大』。」

大學生恢復冷靜之後大概是覺得自己的證詞不會有人相信，萬一被懷疑是喝酒或嗑藥反而會變得很麻煩，所以才會從途中改口說是看到狗的。而就算是那樣其實也沒什麼問題，因此紗季就按照那樣處理了。

然而紗季也認為那位駕駛人並不是真的打從心底否認自己講的話。紗季很清楚世上確實有那類型的存在，她的直覺也可以感受到那位大學生恐懼的樣子跟當年的自己很像。因此她才沒有深入追問，並且用比較不會有問題的方式統整了大學生的證詞。

可是為什麼寺田卻會想要把這件事挖出來？

「寺田先生，難道你在尋找『鋼人七瀨』嗎？」

紗季臉上不帶一絲笑容地，提出了最近以這個真倉坂市為中心謠傳的這個名字。

而寺田同樣不帶一絲笑容地端起茶杯回答：

「要是能夠抓到『都市傳說』裡的怪人，妳不覺得總部部長搞不好會頒發什麼獎章之類的嗎？」

究竟『鋼人七瀨』該不該被歸入都市傳說的範圍？這點紗季並不清楚。畢竟那定義也相當模糊，甚至可以說是比較接近於『怪談』的存在。

今年初，一名偶像在真倉坂市喪命了。那偶像名叫「七瀨花凜」，本名為「七瀨春子」，當時十九歲。雖然直到她死之前，紗季其實都不知道她的名字跟長相，不過據說她是個經常在平面雜誌或綜藝節目上露臉的人氣偶像。而且胸部很大的樣子。

那偶像後來因為某種黑色謠言而在負面意義上引起了媒體的關注。為了閃避媒體，她逃到了這個與日本各主要都市都有一段距離的真倉坂市，躲在一家飯店中。然而就在一月三十日星期六的時候，她被人發現死在飯店旁一處工地的大量鋼骨底下。

事件雖然是發生在市內，但並非紗季所屬警局的管轄範圍，因此紗季並不清楚詳細的調查經過。可是人口僅五十萬左右的地方都市（註2）忽然湧入大量的採訪媒體，使交通課忙於處理車流管理與些微增加的交通事故，也讓紗季對「七瀨花凜」這個名字留下了印象。

到頭來，即使七瀨花凜的死很有可能是因為受不了包含媒體在內的世間對她的毀謗中傷而選擇自殺，但最後警方調查的結論還是把事件當成一起意外處理。而且話題不到一個禮拜便退燒了。就算事件充滿意外性又內容轟動，偶像明星終究只是那樣的存在。若沒有繼續露臉，大部分的人都會漸漸遺忘。紗季也是如此。

註2　「地方都市」指日本東京、大阪、名古屋三大都市以外的都市。

然而就在大約兩個月前，關於那位偶像的謠言又開始在市內流傳起來。據說七瀨花凜的亡靈會身穿她偶像時代的服裝，單手拿著壓死自己的鋼骨，每晚現身襲人。彷彿是在對逼死她的這個社會報復。

另外，七瀨花凜的遺體當時被鋼骨毀容。或許就是因為這樣，亡靈據說也是像遭到毀容般沒有臉孔。

這傳聞剛開始是在國高中生之間流傳，但不知是誰給那亡靈取名叫『鋼人七瀨』，結果那奇怪的名字在網路上被介紹出來，成為了全國性的話題。

可能是因為她從鋼骨底下爬出來重生，且無視於重力揮舞著與她纖細的女性身材不相襯的鋼骨，才被取了『鋼人』這樣的外號吧。

雖然說是全國性的話題，但也僅限於網路世界。報章雜誌或電視媒體都還沒介紹過那個名字跟外觀，因此在一般世人間的知名度還很低的樣子。即使每到週末就會有幾名好奇心強烈的年輕人跑到七瀨花凜的死亡現場參觀，但也頂多只是那種程度。就算在真倉坂市內，較高年齡層的人不曉得這個傳聞的比例應該還比較多吧。

紗季也是頂多只聽過『鋼人七瀨』這個名字，然後三天前的意外事故讓她隱約回想起成為傳聞源頭的那起事件而已。

被黑色謠言迫害，在逃亡藏身之地離奇死亡的偶像化身的亡靈。再加上「單手持鋼骨襲人的怨靈」這樣的話題本身或許也很有趣。『鋼人七瀨』這個名字也莫名讓人容易留下印象，大概是因為偏偏不是『鐵人』而是『鋼人』這樣子有點非日常的講法會刺激人的記憶。或許可以說七瀨花凜就是因為被取了這樣一個名字，結果變成了有如都市傳說的怪人吧。

然而這終究只是謠傳。就好像裂嘴女、人面犬、消失的計程車乘客或站在隧道入口誘發意外事故的少女等等，只不過是在都市誕生的傳說、怪談。

如果追溯起傳聞源頭的證詞，也只能找到像是聽朋友說的、朋友的朋友看見了、學長的女朋友的朋友親身經歷過、親戚叔父的後輩遭遇到了等等模糊不清、缺乏確信的內容，沒有任何一項證據可以證明那些話是真的。

誕生於都市暗處，間接表現出都市空間特有的冰冷現實與不安定的故事傳說。即使帶有真實感，讓人不禁相信，但只要追本溯源想必會發現只是謊言罷了。

「追捕亡靈或怪人並不是警察的工作，因此應該不會獲頒什麼總部長獎吧。」

紗季將烤牛五花放進口中，態度冷淡地對寺田如此說道。不可否認，她原本就很缺乏的食慾又變得更缺乏了。

「妳怎麼看？」

「我就說應該不會有獎賞。」

「我不是講那件事。妳認為那個不知道是亡靈還是怪人的『鋼人七瀨』，真的在這一帶四處徘徊嗎？」

那才真的是不值得討論的話題，但紗季還是放下筷子，端正坐姿。

「三天前的意外事故中，駕駛汽車的那名大學生雖然知道『鋼人七瀨』的傳聞，不過是在向我說明事發狀況的途中，才注意到自己看見的就是那個存在。然後在發現這點之後否定自己講過的話，改口為比較正常的肇事原因。」

「對方看起來不像在說謊吧？」

「不管忽然出現在車子前方的究竟是亡靈還是流浪狗，最後結果都是一樣，因此我並沒有追問得很詳細。如果以『亡靈或怪人之類的東西不存在』為前提，那位學生講的話就毫無疑問是謊言了。所以我判斷不應該寫進書面報告中。」

其實原本向那位學生聽取事發狀況的是其他調查員，但或許是在聽到「打扮奇怪的女性」之類的內容就感到麻煩，而在途中把工作丟給紗季了。然後不知為何對『鋼人七瀨』感到興趣的寺田從那位調查員口中聽說了那起意外事故，才會跑來向紗季詢問詳細內容的吧。

「我並不是針對那點要責備妳什麼的，我是想問以妳感受到的印象來看，那傢伙究竟是不是真的有看到手持鋼骨的女人？」

寺田雖然說有興趣，但似乎並不是抱著好玩的心態在調查的。於是紗季立刻回答：

「有看到。那位學生是因為看見超乎常理的存在，才會失控肇事的。」

大學生恐懼的眼神，緊急的車輛操作與留下的胎痕，被撞破的護欄，更重要的是當時殘留在河岸邊的氣氛，都刺激著紗季的感官，告訴她不同世界的存在曾經一時出現在這個地方。

自從在鴨川遇過河童之後，紗季就好像變得對那樣的存在感受性很強的樣子。雖然沒有被直接搭話或是威脅到日常生活，但她怎麼也無法覺得這個世界的顏色跟以前一樣。然而她也並沒有因為這樣得到什麼特殊能力，也沒有什麼活用這個感覺的方法。要說產生的變化，頂多就是個性變得比以前稍微陰暗一些，然後沒辦法率直地看待事物而已。

不知有沒有察覺紗季內心鬱悶的寺田靜靜點了一下頭。

「雖然還沒有被當成事件，也還沒有收到什麼正式的被害證明書，但市內的幾個派出所都收到民眾反映說看到了像是『鋼人七瀨』的可疑人物，或是差點遭到攻擊之類的。」

「親自到派出所反映嗎？」

當一個傳聞越滾越大，有時候也會影響到現實社會。像是如果「有怪人會現身襲擊小孩或女性」的傳聞擴散到社會，大家就會盡量減少夜間外出，或是學校會施行集體上下學等等措施。

然而傳聞甚至波及到警察的例子應該就很稀奇了。而且不是親戚朋友見到看到什麼的，而是自己親眼目擊或遇襲。

「雖然負責應對的員警大多都當成是報案人看錯、誤會或耍人取樂而隨便聽聽敷衍了事，不過從上個月中開始，市內陸續有幾件可疑的傷害未遂和路上隨機傷害事件報告上來。因為這些事件的受害人都只是逃跑時跌倒或擦傷等等，沒有造成什麼嚴重傷害，所以當中搞不好也有像三天前那起事故一樣，不願明講自己是被手持鋼骨、胸部很大的女人襲擊，而選擇含糊過去的受害人。」

又或者可能是眼睛看到自己被什麼人物襲擊，但是大腦處理不過來的狀況。要是在夜間遇到一名打扮花俏顯眼的女性，而且對方還揮舞著一根鋼骨，想必很難保持冷靜的思考吧。

「寺田先生，你認為『鋼人七瀨』真的存在，而且到處攻擊人嗎？」

如果這位貨真價實的刑警是如此判斷，未免也太恐怖了。紗季頓時感受到自己背上流出冷汗。一想到自己的人生又要與莫名其妙的怪物扯上關係，她的胃都緊縮起來了。

寺田因為紗季緊繃到很不自然的聲音而微微睜大眼睛，接著露出苦笑。

「喂喂喂，妳別講得好像我腦袋出問題啦。我才不相信有什麼亡靈，而且就算真的有，也輪不到我們刑警登場啊。」

既然這樣，寺田為何要收集情報？

「即便亡靈不存在，也應該要把有人目擊到那樣外觀的人物，甚至差點被襲擊的事情看作是事實。如果只是在謠言中說誰遇襲或被殺倒還沒什麼問題，可是通報到警察層級就太異常了。那樣絕對不是什麼亡靈作祟，而是活生生的人類在搞的事情。」

紗季聽到這段話稍微嘆了一口氣。對於人生沒有遭到似人非人的存在扭曲過的人來說，會這樣解讀事件也是理所當然的事情。

這次換成紗季臉上露出了苦笑。

「所以你的意思是說，有個人每天晚上假扮成已故的偶像，隱藏面孔、身穿洋裝、手持鋼骨在城市內徘徊嗎？」

「為了讓胸部看起來很大，或許還有塞填充物。畢竟據說已故的七瀨花凜胸圍超過一百公分。」

「真大呢。」

「是很大。要扮成『鋼人七瀨』也不輕鬆啊。雖然那並非我喜歡的類型就是了。」

「這是在暗中挖苦我尺寸很小嗎？」

「才不是。」

就算把胸圍尺寸的問題先擺到一邊，要模仿成『鋼人七瀨』實在不太可能。如果相信傳聞內容或目擊情報，『鋼人七瀨』手持的鋼骨比自己身高還要長三十公分，約一百八十公分到兩公尺。若那是真的鋼骨，重量應該不下二、三十公斤，即使是魁梧強壯的男性也無法單手抓著揮舞吧。

就算是用木材或保麗龍做成像鋼骨的形狀，以便單手抓著揮舞，刻意費工準備那種東西也太蠢了。更何況要帶著那麼長而明顯很礙事的東西移動，就算有車也不輕鬆。太容易引人注意了。

還有紅黑相間的迷你裙洋裝搭配頭上的大緞帶這樣異質的服裝。要打扮成那樣在市內到處移動又僅留下少數的目擊情報，肯定需要消耗相當多的精神力吧。如果不是像幽靈一樣可以自由現身又消失，這實在不是正常人能做出來的事情。

「以惡作劇或犯罪取樂來說，這未免也太辛苦了。」

這樣思考起來，說是七瀨花凜的亡靈現身搞不好還比較合理。要不然就是被人加油添醋而不具有實體的傳聞。『鋼人七瀨』的存在就是奇異到讓人會這麼想的程度。不管怎麼說，應該都不是警方需要認真調查的東西。

然而寺田的看法似乎不同。

「就是這點讓我覺得不對勁。若犯人有其必要耗費如此大的心力去假扮成一個亡靈，背後搞不好隱藏有什麼重大的理由或目的。不是用『惡作劇』就能帶過，而是帶有犯罪性質的某種計畫。」

看來寺田覺得『鋼人七瀨』的出現是某種重大犯罪的伏筆。接獲民眾反映的派出所員警之中，或許也有人感受到不尋常的氣氛才會來找寺田商量的吧。

原來如此，這就是身為刑警的直覺嗎？不愧是在局內人望高到大家甚至會操心結婚對象的人物。

「『鋼人七瀨』的傳聞是大約兩個月前開始流傳，也是從同時期開始被人用那個外號稱呼。至於在市內開始出現直接性的受害通報或目擊證詞則是近兩週的事情。網路上的部落格或相關網站也是大約從這時候開始情報忽然增加。從傳聞出現到這段時期之前有一段時間可以讓人準備服裝與像是鋼骨的玩意。然後到了最近，犯人才終於開始行動。」

「關於犯人要假扮成巨乳亡靈的理由，請問你有什麼推測嗎？」

「還沒有。畢竟是這樣的事件，所以我沒辦法大動作展開調查，搜集情報的時候也必須格外小心。畢竟把謠言當真的刑警會給人不太好的印象。可是這其中肯定有什麼問題。最近越偏僻的地方都市越容易成為組織性犯罪的溫床。即使像我們這樣的都市，未成年人吸毒的舉發件數也在增加喔，也可以說正因為是流傳於小孩之間的傳聞，更可能反映出什麼真相。所以我認為現在應該要有人架起天線搜集情報才行。」

寺田說著，把剩下的茶喝光。

「如果妳也願意幫忙，我會很感激。這並不是要妳特別做什麼工作，只要稍微幫忙搜集一下街上的傳聞或網路上的情報就好。我現在正在把『鋼人七瀨』出現過的場所整理到地圖上，或許可以看出什麼規則性。」

所謂優秀的人物，有時候就是能看出一般人看不見的東西，背負起一般人不需要背負的辛勞。刑警其實只要等事件真的發生之後再行動就可以了，而且現在明明還不知道這起事件是不是轄區警局可以處理的問題，不過寺田依然沒有鬆懈警戒。

紗季本身也並沒有吝於幫忙的意思，不過她同時也知道寺田所不知道的事實。

「寺田先生，有件事情請你姑且放在心上。那就是這個世界上可能真的有所謂的幽靈或妖怪。當那樣的存在出沒的時候，會讓人感覺到很不吉利、很危險的氣息，像是有什麼事情即將發生一樣。」

「嗯？」

紗季可以感受到。這個『鋼人七瀨』是真的，是不抱有犯罪或謀略等等其他意志的、真正的亡靈。無論接下來將發生什麼事情，都不是警察可以處理的對象。

「如果被人目擊、現身嚇人的那個存在，真的是今年一月喪命的七瀨花凜的幽靈，我們剩下能做的事情就是請人來驅邪了。太過拚命去調查也只會徒勞無功。」

或許是聽到個性正經八百的紗季竟然會講出這種話而感到意外，從座位準備起身的寺田頓時停下動作，目不轉睛地注視紗季。

「怎麼？弓原，妳相信那種東西？」

「雖然幽靈我是沒看過，但我見過妖怪。」

「妳到底在講什麼？如果妳不想幫忙就直說沒關係喔？畢竟是我提出了勉強的請求。我是因為聽說妳在處理那件意外事故的時候，應對肇事者的態度莫名認真的樣子，所以覺得妳或許比較能溝通。」

「不，我會幫忙的。我只是認為應該做好心理準備，認知這世界上也有那樣的存在。」

講了大概也沒用吧。若沒有體驗過會讓自己至今深信的世界規則徹底變樣的經歷，每天抱著那樣的事情不知何時又會發生的不安心情度日，就很難感受到那樣的存在們散發出的氣息。

紗季暫時閉上眼睛，把手指放到眉間思考一下後，重新看向寺田粗獷的臉。

「總之，請你小心。要知道這世上其實存在有超乎我們常理的對象，要不然可是會跌得很慘的。」

為了多少增添幾分說服力，紗季接著說道：

「我就是因為以前沒有這麼想，結果落得跟男友分手的下場。」

而這句話似乎見效了。

「難道妳的前男友是妖怪或幽靈嗎？」

「該說是比那種存在稍好一些呢，還是更糟糕呢？」

據說吃過一般被稱為怪物的存在，讓身為妖怪的河童都感到害怕的九郎，究竟應該怎麼分類才好？

紗季本身對這個問題也一直以來都沒得出一個答案。雖然現在努力思考該怎麼說明才好，但怎麼也想不到一個好的講法。而且在那之前，她的胃倒是先起了拒絕反應。

紗季趕緊對寺田致歉一聲後便摀著嘴巴，衝進洗手間，把剛剛才吃下去的牛五花套餐大半都吐了出來。真不應該在吃牛肉的同時回想起九郎的事情。雖然九郎本身並沒有錯，但紗季在心理上似乎還存在著無法接受的部分。

紗季接著走出洗手間，卻看到寺田縮著他魁梧的身體等在外面。他大概是覺得在意而追了上來，然而想當然無法跟著進入女廁，但又覺得回去餐廳會放不下心，只好留在廁所門口。可是站在女廁門前等待的狀況又讓他覺得無比尷尬吧。

「原來妳吃肉真的會不舒服啊。要不要我去拿點喝的過來？」

「不，沒關係。我不能給你添那種麻煩。我剛才只是稍微鬆懈了一點而已。」

即使才剛吐過，胸口和肚子都還很不舒服，但紗季依然直挺背脊，伸手制止了寺田。要是自己接受了寺田的好意，難料局內會傳起什麼八卦。雖然大家恐怕都會用祝福的眼神靜靜觀望就是了。

「總之，寺田先生，超乎常理的事物是確實存在的。要是跟那種東西扯上關係，會讓你的資歷留下汙點。請你務必要小心。」

對於紗季如此強調的態度，寺田不知是感到無奈還是折服了，露出一臉明白的笑容。

「好啦，我知道了。我充分明白妳談過一場很複雜的戀愛啦。」

「呃，那只是就結果來說變得很複雜而已。」

人與人要相互理解真的很困難。畢竟像紗季自己就有深深體認到，自己明明跟九郎交往了五年以上卻一點都沒有理解對方。

到最後，紗季答應協助寺田並在餐廳分開後，把套餐中除了肉以外的餐點吞進肚子，回到了交通課的工作崗位。

紗季雖然不清楚寺田來找她尋求協助究竟是純粹為了工作，還是想增加交談機會以提升親密度的想法占多數，但總之放著不管也會讓人覺得內疚。縱然和寺田變得親近或是跟怪物扯上關係老實講都讓紗季感到沉重，不過看到自己身邊的人陷入深淵導致對世界產生不信更會讓她覺得難受。必須想想辦法讓寺田在適當的時機抽手才行。

這天沒有發生什麼重大的意外或事件，紗季在晚上九點半結束工作後便準備回家了。畢竟在上班時間調查『鋼人七瀨』的事情，再怎麼說都讓她覺得不妥，因此她打算早點回到家再開始調查。三天前那場意外事故後，紗季雖然有稍微感到在意而大略查了一下概要，但當時她覺得要是增添太多相關的知識，搞不好會讓自己更容易跟怪異現象扯上關係，所以很快又把注意力移開了。

身穿灰色褲裝西服的紗季將同色的包包掛到肩上，走出警局。她的住處是從警局徒步約十五分鐘距離的丘地上一棟屋齡十五年的套房公寓，保全設備方面姑且有裝設自動上鎖的大門。其實局內本來有規定單身職員如果沒有和家人同居就要住在警局宿舍，但那宿舍卻又是老舊問題又是房間不夠，因此紗季才會自己在外面租房間住的。而那棟公寓雖然住起來普普通通，房租也還可以，然而缺點就是從警局回家必須爬上將近十分鐘的坡道。

如果騎腳踏車下坡是很輕鬆，但想當然回家就會很辛苦了。整條坡道又沒有什麼房子，一邊是山壁另一邊是護欄。雖然隔著護欄可以眺望到漂亮的街景，可是每天看同樣的景象還是難免會膩。到了晚上總會讓人覺得寂寥，而且就算距離警察局很近，還是會讓女性感到不安。

紗季今天也一如往常地踏著固定間隔的路燈照耀的柏油路，爬上斜坡。即便是紗季，要說走夜路不恐怖也是騙人的。而且自從她知道不屬於這個世界的存在之後，搞不好還比一般人更害怕夜路。

話雖如此，但人不可能一輩子都不走夜路。既然這樣，每天持之以恆地爬這十分鐘左右的坡道或許還可以讓自己多少訓練出一點抗性。因此紗季總是俐落地動著她修長的雙腿，有如機械人或生化人般走在昏暗的路上。但或許是她走路的樣子實在太過機械化的緣故，曾經還讓同樣在爬坡的公寓居民被嚇到就是了。

自己究竟要害怕黑暗、害怕異世界到什麼時候？如果能把九郎遺忘，對妖怪之類的東西是不是也能變得比較沒真實感呢？在九月微溫的夜風吹拂下，紗季腦中思考著這樣的事情。

就在這時，從斜坡上忽然傳來聲音。

「嗚、哇！」

雖然聽起來有點呆蠢，不過應該是有人在慘叫吧？緊接著紗季便看到某個像躲避球般彈跳的影子滾向自己。即使路燈只有照到一部分也能看出來，那是人。而且似乎是個嬌小的少女。

紗季趕緊抓住那名少女的身體，讓她停下來。如果這少女是在坡道上不小心跌倒失去平衡，結果像這樣丟臉地一路滾下來也不是不可能的事情，然而紗季從沒見過這位受害者。

「妳還好嗎？」

「我沒事。跟破處時的痛比起來，這根本不算什麼。」

「為什麼要在這時候舉那種莫名尷尬的例子？」

「有什麼辦法嘛，畢竟那是我人生中最痛的經驗呀。」

就算如此，一個年輕女孩到底在講這什麼話。不過既然還能這樣耍嘴皮，應該就表示她身心上都沒問題吧。

「雖然不清楚妳是誰，但總之謝謝妳挺身相救。」

少女把剛才滾下來時似乎用手壓在頭上而沒有飛走的奶油色貝雷帽重新調整位置，並冷靜制止打算把她扶起來的紗季後，拄著紅色的拐杖自己站了起來。她左腳的動作看起來有些僵硬，不知是剛才滾下來時扭傷了，還是原本就那樣。

少女站起身子後更顯得身材嬌小，跟紗季的身高大概差了將近三十公分。從一旁看到的臉蛋有如陶瓷人偶般端整而年幼，彷彿一名惹人憐愛的深閨大小姐。然而從眼神散發出的力量以及絲毫不帶動搖的嘴角，又會感受到豐富的歷練所醞釀出的風格。年齡難以推測。說是中學生也會讓人相信，但如果說比紗季還年長也莫名可以接受。是個存在感很奇妙的女孩。

「雖然不清楚妳是誰。」

那女孩拍掉以綠色和白色為基礎的寬鬆開襟衫與裙子上沾到的灰塵，把瀏海抓成微微遮住自己右眼的形狀並抬頭看向紗季，又如此說了一次同樣的話。

「但相信我的話，請快點逃走吧。」

「為什麼要逃？」

女孩把視線移向斜坡上。在那裡又有另一個人影。紗季忍不住停住呼吸。那人影的頭部綁著一條大大的緞帶，身上穿著一套能夠清楚看到大腿線條、有如裡面藏了什麼鐵絲般完全不會變形的迷你裙洋裝。服裝呈現紅黑雙色，設計上特別強調纖細的蠻腰。

然後那人影的右手抓著一條長長的物體，前端微微朝下。乍看之下像是握著一把薙刀，但那毫無疑問是一根鋼骨。寬十公分，長約兩公尺的H型鋼。沉重的鋼製建築材料，感覺隨便一揮就能把人的頭蓋骨像番茄般輕易打爛。

人影讓鋼骨前端在柏油路上一敲，「嗡……」地發出低沉而帶有餘音的聲響並緩緩走下斜坡。在胸襟敞開而強調出乳溝的洋裝底下，那對雄偉的雙峰隨著步伐輕輕搖晃。

「鋼人、七瀨！」

遭世間流言所苦，最後被建築用鋼鐵悽慘壓死的偶像亡靈。

聽到紗季用沙啞的聲音叫出那名字，眼前的女孩微微挑動了一下眉頭。

「妳知道呀。」

「雖然我一點都不想知道。」

那存在與傳聞所描述的外觀完全沒有差異，而且即便在夜晚昏暗的燈光下也能清楚看到她沒有臉部。既不是戴面具遮住也不是靠化妝塗抹，而是彷彿把肉砸爛再整平似的，握著鋼骨走下斜坡的那個存在臉部只有一片的黑。

那不是人類。是來自異界的某種兩隻腳走路的東西。沒想到自己居然會比寺田先遭遇到那個存在。難道這也是因為跟九郎扯上過關係的緣故嗎？

「請快逃吧。那並不是妳眼睛的錯覺，也不是什麼人在惡作劇。那就是那樣的存在，一般被稱為亡靈、怪物或妖怪等等的東西。」

女孩目不轉睛地注視著一步步接近的都市傳說怪人，並語氣平淡地如此說道。

「我知道，那散發出來的氣息就是真貨。」

「那對豐滿的胸部也是真貨呢。」

「問題不在那裡吧？」

鋼人七瀨比起河童更恐怖，讓人雙腳發軟，心跳也不斷加速。要是開車時車燈忽然照到這樣的存在，會打錯方向盤也是無可厚非吧。

「開什麼玩笑。我已經受夠了。」

紗季如此小聲呢喃。女孩不禁「咦？」的一聲微微轉回頭，但紗季卻是雙眼凝視著鋼人七瀨，彷彿要把對方的身影烙印在自己的視網膜般。

無論黑夜還是怪物都讓人恐懼，如果可以逃，紗季也巴不得馬上逃走。然而與此同時，對於自己的人生被那些存在們擺弄的事情也讓她心中湧起了一股憤恨。自己當年逃離河童，也逃離九郎，結果就是過著這樣鬱悶的每一天。

紗季思考到一半便把肩上的包包往旁邊一丟，朝前方的鋼人七瀨衝了過去。身為警察的她平常都有在鍛鍊身體，而且為了能隨時應對狀況也都會挑選適於運動的衣服和鞋子。即使面對手持凶器的殺人犯，她也不會輸。

這是個好機會——要是不這麼想就未免太沒道理了。趁這個機會讓自己正面對抗怪物吧。狠狠揍這個鋼人七瀨一頓，就在今晚把自己的恐懼與迷惘都克服掉。

眼前的鋼人七瀨緩緩停下腳步後，幾乎沒有預備動作就光靠右手把鋼骨水平一揮。紗季立刻彎下身子躲開攻擊，看不見的冷風霎時掃過她的頭頂上。

紗季接著吸氣半拍，趁鋼骨甩回來之前朝鋼人七瀨緊實的腹部狠狠揍出一拳。哪管對方是女性還是亡靈，紗季都沒有半點手下留情的意思。

然而，她的拳頭卻穿了過去。不是被躲開，而是有如把手伸向立體影像般，紗季的手臂穿透鋼人七瀨的腹部。這時紗季才唐突想起，鋼人七瀨是個亡靈。而自古以來的約定俗成就是幽靈無法直接碰觸，而且可以穿透牆壁或天花板。

剛才躲過的鋼骨猛然回甩而來。紗季後仰身體勉強閃避，可是H型鋼卻勾到外套，讓她更加失去平衡而摔倒在柏油路上。一方面也因為地面傾斜使她腳步不穩，沒辦法立刻站起身子。鋼人七瀨接著高高舉起鋼骨。

太不講道理了。人類明明沒辦法觸碰到幽靈，幽靈卻可以影響到人類。

「所以我才叫妳快逃呀！」

就在紗季抱著被鋼骨追擊的覺悟時，那位嬌小的女孩忽然用肩膀撞向鋼人七瀨，把那穿著洋裝的身影給撞飛了。鋼人七瀨踏著凌亂不穩的腳步，讓胸前雙峰誇張地搖擺。女孩似乎也保持平衡失敗而全身往前倒下，又趕緊拄著拐杖撐起身子。

鋼人七瀨用宛如橡皮人偶般的動作恢復姿勢，重新抓起鋼骨。然而或許是攻擊過這兩人已經感到滿足了，她的身影忽然消失。不是用跑的也不是用飛的，而是如霧氣或幻影般原地消失，簡直就像真的亡靈一樣。

「撤退了嗎？不過那難道並不是靠蠻幹就能打倒的存在？」

女孩一屁股癱坐在路上，用彷彿感到更加擔憂的口吻如此說道。紗季則是站起身子，撿起女孩剛才用身體衝撞時掉到地上的貝雷帽，並走到女孩身邊。

「明明我碰不到那傢伙，為什麼妳卻可以碰到？難道妳也是妖怪的同類？」

雖然這女孩身上散發出奇妙的氣息，不過並沒有讓人感到恐懼或不祥的感覺。即使充滿神祕，但看起來像個人類。紗季抱著警戒心與對方抱持距離，並遞出手中的貝雷帽。那女孩則是一臉尷尬地把手伸出來。

「哦哦，不是啦。我算是介於兩者之間的存在吧。」

結果拄著拐杖要站起身子的女孩左邊的腳忽然發出「喀咚」一聲、怎麼聽都不像是流著紅色血液的肉體會發出的聲響，竟掉落到路面上。她的左腳從膝蓋上方一些些的部位分離了。

一方面因為太過突然，讓紗季連聲音都叫不出來。果然這女孩也不是人類嗎？

「請放心，這是義肢。它要是超過負荷就會自動脫落，因為要是沒這樣設計反而會傷害到身體的。」

單腳站立的女孩從講不出話的紗季手中收下貝雷帽，戴到她微鬈而長及肩膀的頭髮上，並語氣開朗地如此說道。接著彎下身體抓起義肢，靈活地用單腳走到路邊靠在護欄上，把一方面因為有穿長襪所以遠看起來跟真的腳難以區別的義肢裝回自己腿上。

紗季簡直搞不清楚狀況了。這女孩年齡不詳又裝義肢又能用身體衝撞幽靈。從舉止和打扮上看起來感覺是個有錢人家的小孩，可是一個富家千金怎麼可能晚上獨自一個人走在這樣長長的山坡道上？要說她也是妖怪還比較講得通。

「雖然不清楚妳是誰，不過這位勇敢的小姐，請妳把今天遇到的事情忘記吧。關於鋼人七瀨的問題，我近日內會想辦法解決。畢竟我就是為了這個目的才來到這裡的。請妳千萬不要去報案，關於我的事情也煩請妳保密。」

女孩彬彬有禮地鞠躬後，準備離開。然而紗季卻壓抑著心中的恐懼靠近對方，抓住她的手並亮出自己的警察證件表明身分。

「妳跟我到警局去告訴我詳情。就在這條坡道下面。」

「什麼！」

今晚運氣很差的不知是這女孩還是紗季自己。雖然不能一下子就把這女孩交給寺田，可是又不能讓她就這樣離開。而且紗季本身也不想逃避這樁怪異事件。要是選擇逃避，自己不知道又要抱著心裡疙瘩與不信度過多少年了。

「就算那隻腳沒問題，妳全身上下也到處有瘀青和擦傷吧。我也會幫妳治療一下。妳放心，我並沒有打算寫成筆錄，也不會隨便聯絡妳的家人。畢竟警方已經接獲幾樁可能是鋼人七瀨引發的事件，我也不能忽視……」

「交通課巡查，弓原紗季。難道妳就是紗季小姐嗎？」

女孩一開始是看到警察證件感到吃驚，然而現在似乎是見到警察證件上寫的所屬單位階級與姓名而感到極為驚訝的樣子。

「呃，我不懂妳在說什麼。」

「弓原紗季」當然就叫「紗季小姐」沒錯。女孩接著又張大嘴巴注視著紗季的臉。

「原來妳頭髮剪短，又稍微瘦了一點呀。怪不得我沒認出來。啊啊啊，早知道是紗季小姐我就不救妳了。啊啊不對，我是不至於見死不救啦。」

莫名覺得火大的紗季朝女孩頭上揍了一拳。不過力道只有開開玩笑的程度而已。

「妳給我說明清楚一點。妳認識我嗎？我倒是完全不記得妳呀。」

女孩痛得用手壓著自己的頭，但很快又露出得意的笑容挺起胸膛。

「我們雖然見過一次面，但這是第一次打招呼吧。我叫岩永琴子，是櫻川九郎學長現任的女朋友。」

對方刻意強調『現任』的部分。紗季不管三七二十一又賞了這個叫岩永的女孩一拳。這次的力道或許不能算是開開玩笑的程度了。

猶豫思索後，紗季決定不要把岩永琴子帶到警局，而是拉到位於公寓五樓的自己房間。畢竟紗季不希望自己舊情人的名字在警局內被提出來，而且她個人也有一堆事情必須質問這女孩。

岩永也二話不說就贊成紗季把她帶回公寓自家，並且用實在不像是裝義肢的輕快腳步爬上了坡道。在紗季詢問之下知道了這女孩今年十九歲，就讀於跟紗季和九郎同一間大學。對方說以前在醫院跟紗季見過面，然而紗季怎麼也想不起來。

「妳說妳是九郎的女朋友，那是騙人的吧？」

「一個跟妳分手了兩年半，今年已經二十四歲的人交了新的女朋友也沒有任何問題吧？」

「但妳又不是九郎喜歡的類型。」

「也可能是因為他被那所謂喜歡的類型狠狠甩掉，結果大逆轉喜歡上完全相反的類型呀。」

岩永喝著紗季泡給她的即溶咖啡，一臉輕鬆地如此回應。這女孩明明外表看起來像個深閨大小姐，怎麼這麼會耍嘴皮子？

這麼說來，九郎的堂姊聽說過世了。也可能是九郎因為這個契機試著向自己過去迴避的類型搭話，結果反被對方纏上而正傷透腦筋吧。

秉持簡約主義的紗季房間中只有最基本的家具與日常用品而已。畢竟她被分派到真倉坂警局還不到一年，也沒什麼空閒時間增加工作相關以外的東西。剛才岩永進到這房間時就一副『怎麼這麼沒有生活感』似地瞪大了眼睛，不過其實紗季本身也有刻意把房間氣氛營造得像只是暫時居住的地方。雖然有電視但一個禮拜連幾小時都沒打開過，冰箱的聲音顯得莫名清楚。

紗季讓岩永坐到自己平常用餐或電腦工作時使用的桌子邊，自己則是靠在廚房邊端著一個馬克杯。

「要不然我讓妳看看我跟學長恩愛的照片。」

岩永說著，拿出手機給紗季看。畫面中確實可以看到九郎跟岩永貼在一起、勾著手臂的樣子。大概是請誰幫忙拍的照片吧。

「九郎根本板著一張臉呀。看起來很不情願的樣子。」

「因為學長怕羞嘛。」

「對一個跟他交往過五年的女朋友來說，撒那種謊沒用的。」

雖然看不出這兩人之間真正的關係，不過從照片可以判斷岩永跟九郎並非完全沒有關係的樣子。那麼說九郎正感到傷腦筋的推測依然可以成立。

岩永將手機放到桌上後，紗季開口詢問：

「話說九郎現在在做什麼？」

「學長現在還在大學喔，他考上研究所了。聽他說是既然已經不跟紗季小姐結婚的話，也就不必要急著找工作的樣子。我想那肯定是因為學長想要盡量跟我一起在大學相處吧。」

「他從以前就考慮要讀研究所了。我們的結婚計畫也有把這點算進去。」

「可是你們最後並沒有結婚呢。因為妳逃離了九郎學長。」

岩永「哼哼～」地得意說道。紗季頓時不太愉快地用雙手握住馬克杯。這女孩究竟知道自己和九郎之間的事情到什麼程度？

「那有什麼辦法？我萬萬沒想到他竟然不是人呀。」

紗季抱著套話的打算如此說出口後，又覺得這聽起來像是自己不服輸在找藉口，於是趕緊接著說道：

「抱歉，我說得太難聽了。」

雖然嘴上這麼說，但她自己也搞不懂究竟是在向誰道歉。至少她並沒有向岩永道歉的意思。岩永則是一副完全明白紗季心中感受似地用她小小的手包著杯子，靜靜看著杯中的液面，然後用帶有安慰的語氣回應：

「不，妳那麼說是雖不中亦不遠矣。九郎學長雖然帶有人類的性質，但應該不屬於人類的範疇。可是妖魔鬼怪卻又會害怕他，所以也很難說他是那些存在的一分子。」

岩永對九郎的狀況知道得很清楚，而且似乎還對這點感到有價值的樣子。這女孩究竟是什麼人？

「唉呀，我也是類似的存在啦。因此我覺得我跟學長應該是不錯的組合吧。所以妳應該也能同意妳並沒有立場對我們之間的關係多說什麼。」

岩永雖然很乾脆地說自己是『類似的存在』，但紗季還是完全無法理解。這女孩說過她來這裡是為了解決鋼人七瀨的事情。而且她能夠觸碰到不屬於這個世界的存在。

「妳到底是什麼？」

「對一般所謂的妖魔鬼怪和幽靈等等存在來說，我是他們的智慧之神。妳可以想成是幫忙那些存在們仲裁、解決糾紛的巫女。」

「巫女應該不能破處吧？」

「那是因為九郎學長對人家硬來……」

「九郎的個性才沒有那麼強硬。」

他是個個性淡泊又被動，然而希望他在身邊時又絕對會排除萬難陪在身邊的那種人。如果他是那種會硬來的人，當初分手時想必會拖更久吧。

現在到底在講什麼？對了，是關於岩永琴子。聽起來她應該算是專門針對怪物對象的調停、交涉人員。這點感覺也很超乎常識，但是除了常識以外又沒有其他可以否定的材料。而紗季本身也很清楚，所謂的常識一點都不可靠。

「現在重要的問題是鋼人七瀨。請問警方已經開始搜查了嗎？」

岩永一反剛才的態度，相當認真地如此詢問。她搞不好是覺得如果繼續講九郎的事情，自己可能會不小心把兩人其實並非情侶的事情說溜嘴，所以故意轉開話題的吧。

不過岩永是為了鋼人七瀨的事情來到真倉坂市這點應該沒有錯。畢竟普通的千金大小姐不可能會用身體衝撞一個手拿H型鋼揮甩的亡靈才對。

如果她真的可以解決那個問題當然最好。畢竟紗季也正傷腦筋該如何讓寺田從這件事情上抽手，而且她也沒有什麼必須隱瞞的情報。

於是紗季把馬克杯放到廚房桌上，將手臂交抱在腹部上方。

「是有一名刑警注意到市內發生異常，正開始著手調查。然而那個人完全不相信鋼人七瀨是真的亡靈，所以要是放著不管可能會讓調查行動越搞越大。」

「有收到受害申報嗎？」

「還沒有收到正式的申報，但可能只是早晚的事。剛才見到的那個鋼人七瀨比傳聞中描述的還要凶暴。要是繼續放著不管，搞不好會引起真正的殺人事件。」

「是的，我就是擔心這點。這問題必須盡早處理才行。」

這個感覺老奸巨猾難以對付的義肢女孩表情憂慮地點點頭，然而有一件事讓紗季怎麼也感到在意。

「但不管是妖怪也好都市傳說的怪人也好，那樣明目張膽地現身鬧事甚至驚動警方的例子曾經有過嗎？像是幽靈引發的轉角意外事故、害人溺死的河童詛咒或是七人御先（註3）之類的怪談，其實都可以當成是意外事故或巧合，也能解釋成個人的精神錯亂或錯覺。這些都是看不見犯人、充滿不確定性而曖昧不清的東西不是嗎？」

這些怪談雖然有傳出受害者，也有感受到詛咒作祟或怪異的存在，但難以明確判定。可以解釋為腦袋有問題的人犯下的罪行，也能說是受害者一時發瘋。正因為如此，這些怪談才顯得更加撲朔迷離，教人毛骨悚然，帶著這樣的陰暗面廣為流傳。總覺得就是因為真相模糊不清，才會被認定為幽靈或妖怪作祟。正因為大家不會公開講，不會攤到陽光下，才讓這些怪談顯得恐怖。

與紗季以前遭遇到的河童可能有關係的那起溺斃事件，最後也是被當成原因不明

註3　「七人御先（七人みさき）」為最早傳自日本高知縣的傳說。描述七個遭遇意外事故或災難而死的亡靈，在自己遇害的地點詛咒人至死後，其中一個亡靈便得以升天，由受到詛咒而死的人遞補空缺。

但偶爾會發生的意外事故而處理掉，混進了一般的日常生活中。而「原因不明」這點相信至今依然讓受害者身邊的人感到耿耿於懷吧。然而就算說那是河童搞的鬼，也不可能找出什麼確實的證據，警方也不可能有所行動，即使找人商量應該也不會被當真吧。

正因為這樣，永遠無法消除的心裡疙瘩才會更加深不吉祥的色彩，深深殘留在人的心裡與傳聞中。

然而鋼人七瀨卻不一樣。萬一事情演變成鋼骨搥打導致的連續殺人事件，就不可能輕易被結案。警方將會正式展開搜查行動，也讓事件深深留在人們的記憶中。雖然目前還沒有發生那麼嚴重的狀況，但已經有民眾向警方提出自己親眼見到鋼人七瀨的證詞了。隨著事件發生，連那奇特的外貌也被人看到。

自我主張那麼強烈的妖魔鬼怪存在於這世上真的沒問題嗎？在現代社會中，會有人相信那麼明確的存在是妖怪或亡靈嗎？

「妳這個著眼點不錯。正常的怪物們其實行動時會更加謹慎，不會行為過火。那個鋼人七瀨並不正常。正因為如此，從以前就居住於這個地區的正常幽靈或妖怪們被那存在的出現威脅到生活，傷透腦筋，才會特地跑幾百公里的距離到我的地方，拜託我設法解決的。」

「妖怪的問題不能讓妖怪之間自己解決嗎？」

「我就說鋼人七瀨並不正常呀。無論是那個存在，或是那個力量。」

聽起來真複雜。然後正因為很複雜，那些存在們的智慧之神才會被拜託出面設法解決的吧。雖然前提是這個叫岩永琴子的女孩真的是站在人與妖之間的存在就是了。

岩永接著一副不甘不願模樣地皺起眉頭。

「要不是這樣，我才不會跑來這種半吊子的偏僻地方都市呢。」

「什麼偏僻，我們那間大學在的地方也是地方都市呀。」

「但那裡至少是政令指定都市（註4）。」

關於真倉坂市是個半吊子都市這點，紗季也無法否定。但是那所謂的政令指定都市還不是被財政赤字壓得苦哈哈嗎？

紗季嘆一口氣後，提出心中的另一個疑問。

「話說九郎為什麼沒有跟妳一起行動？既然他是連妖怪都會害怕，像人卻不是人的存在，妳要討伐妖怪應該就會帶他一起來呀。而且如果妳真的是他女朋友，就算妳拒絕他也應該會跟著過來吧。」

就算不是男女朋友，照九郎的個性應該也不會對身邊的人可能遇上的危險視而不見。即便這個岩永琴子是個神經比鋼骨還粗壯的女孩，九郎應該也不會讓一個裝義肢、拄拐杖的大學學妹單獨一個人過來才對。

註4　「政令指定都市」指透過行政命令指定的特別城市，為各地方重要都市，擁有較多的地方自治權。

「我本來想說應該一天就能解決問題回去，就沒找他一起來了。」
「照妳的個性應該會當成旅遊找他一起來吧。說什麼可以順便觀光之類的。」
「九郎學長他……對了，他罹患法定傳染病呀。」
「妳為什麼要把視線移開？」
「請再給我一杯咖啡。」
「別想蒙混過去。」
原本態度可以說是旁若無人的岩永現在卻看著通風扇的方向，嘟起嘴脣。
「其實九郎學長從上個禮拜就下落不明，音訊全無。打手機留言也沒回應。而他最後發給我的郵件是這個。」
岩永操作手機打開收件夾，打開其中一份電子郵件紀錄。收件時間是八月二十四日下午五點十八分，寄件人是九郎學長，沒有寫標題，內文只有一行字：
『我有事情要辦。別找我。』
「妳果然是被九郎討厭吧。」
「我就說那是九郎學長不善於表達感情。」
「我就說妳撒那種謊沒用。」
岩永似乎內心也因為九郎這郵件的內容而受到打擊的樣子，沮喪地把額頭靠在桌面上。挖苦她的紗季其實也感到心中靜不下來。九郎的個性姑且不論好壞都很溫和厚道，不會隨便討厭人或對人苛刻。可是他對待岩永卻似乎不太留情，毫不掩飾自己的感情。或許那是因為他打從心底討厭岩永，但也可以解釋成他對岩永沒有心防。

實在靜不下來。明明是幾年前自己提出分手的，現在看到前男友和完全跟自己相反的女孩子相處得很好，卻讓紗季又覺得難以接受。

「真讓人擔心。」

「擔心什麼呢？」

「妳說九郎音訊全無。聽起來就像是失蹤了一樣呀。」

「哦哦，是啊，雖然我並不是完全沒有頭緒啦。但也輪不到已經毫無關係的前女友擔心就是了。」

隨口敷衍回應，還不忘加上一句嘲諷的岩永依舊把臉貼在桌面上甩甩手，接著緩緩把頭抬了起來。

「而且學長是個殺了也死不了的人，甚至反而是殺他的人要倒大楣的可能性比較高。所以只要沒發生什麼大問題，他總會活著回來的。」

這句發言中可以聽出，岩永連九郎那特殊到妖怪撞見都會逃跑的能力也知道的樣子。也就是跟妖怪件以及人魚相關的能力。而且在知道之後還能跟九郎繼續相處。她表面上看起來好像一點都不擔心，但內心其實對於九郎遇到煩惱痛苦都自己默默承受、不會求助他人的個性感到火大的樣子。

這女孩肯定是真的喜歡九郎吧。即使心中靜不下來，紗季也可以感受到這點。岩永很自然地就辦到了過去紗季所辦不到的事情。就算岩永具備某種超乎常理的特質，至少她並沒有選擇逃跑。
紗季把交抱在腹部上方的手臂解開。
「說得也是。我不應該再插手管九郎的事情了，而且我自己也有工作在身。」
自從分手之後，兩人之間甚至連新年賀卡都沒有寄過，如今也不知道自己還有什麼臉去面對對方。
「另外，鋼人七瀨的事情並不是警察的工作。因此這也不是紗季小姐應該插手管的事情。跟非人的存在們積極扯上關係也不會得到什麼愉快的經驗。雖然我想這點不需要我來說，妳也很清楚就是了。」
岩永把手機收回口袋，從椅子上起身後，將放在大腿的貝雷帽戴到頭上，並稍微拉了一下蓋在右眼上的瀏海。
「這問題我會盡早解決，但萬一妳下次又遭遇到鋼人七瀨，請妳不要遲疑，立刻逃跑。畢竟那存在應該還沒有變得凶暴到即使對方逃跑還窮追不捨，繼續追殺才對。」
就算是紗季，也沒勇猛到面對自己根本觸碰不到的對象還想再度魯莽挑戰的程度。
可是岩永又是如何？
「我才想問妳，憑妳那身體能夠奈何得了那個怪物嗎？不只是左腳，妳的右眼也是義眼吧？」
雖然這句話有一點是在套話，不過岩永還是「咚」一聲把手指放到自己額頭上。
「唉呀，被妳發現了？」

其實只是因為紗季常看的外國連續劇中有個演員是裝義眼，而岩永的舉止和身體動作跟那演員很像的緣故，所以才猜了一下而已，不過看來是被她猜中了。

「單眼單足。這就是我近似於神或妖怪的理由。因為有這特質，我不會有問題的。」

雖然岩永大概是為了消解紗季的疑慮而如此說道，但正常解釋起來，這問題反而更大。

究竟這女孩過去是遭遇過什麼事情？是什麼事情讓她明明外表如此年幼卻散發出如此老練的風格？

岩永露出讓人猶豫該不該繼續發問的微笑，並輕輕彎腰鞠躬。

「那麼，謝謝妳招待的咖啡。不嫌棄的話，我和九郎學長結婚時會寄喜帖給……」

「不需要。」

見到紗季二話不說地拒絕，岩永便滿意地點點頭，抓起靠在玄關邊的拐杖離開了。

接著好一段時間，紗季就像在等待岩永的體溫與氣味都從房間消散似的，靜靜靠在廚房邊。接著她撐起身子，收拾桌上的杯子。

鋼人七瀨是亡靈、怪人，也就是所謂的妖怪。不是警察可以逮捕的對象。

「但我已經決定不再逃避了。」

就算沒辦法逮捕，身為知道怪異存在的人也應該做出什麼對策。更重要的是，聽從那女孩的話乖乖退場會讓自己感到極為不爽。

紗季在流理臺非常仔細地把杯子洗乾淨，放到瀝水架上後，打開電腦。

首先必須收集正確的情報才行。畢竟以前自己只是隨便看過的情報，甚至連可不可信都沒有確認過。

歸根究柢，成為鋼人七瀨誕生原因的偶像——七瀨花凜的死究竟是在什麼樣的來龍去脈下發生的？她是被媒體糾纏而躲到這個真倉坂市時死亡的。如果她當初沒有受到糾纏，搞不好也就不會死了。

偶像明星會被媒體纏上的理由最典型的就是戀愛八卦，然而七瀨花凜的狀況不一樣。照紗季在網路上收集到的情報看起來，七瀨花凜可說是相當特殊的例子。

七瀨花凜——本名七瀨春子——是遭人懷疑殺害了自己的親生父親。

第三章　偶像死於鋼骨

弓原紗季與岩永琴子相遇的隔天中午過後，她在真倉坂警局的餐廳一個人吃著唐揚雞套餐。她決定暫時一段期間停止挑戰吃牛肉或魚肉，以養足體力為優先。要處理鋼人七瀨的問題就很頭痛了，現在可沒餘力去管理胃酸逆流的風險。睡眠時間也變得較短，而且光是想起那個叫岩永的女孩就會一股氣湧上心頭。

就在這時，寺田端著盛有一盤咖哩飯的餐盤過來，坐到紗季對面的座位。

「讓妳久等了嗎？」

「沒有。」

紗季在上午寄了一封郵件給寺田，告知他有事相談以及自己預定的午餐時間。但畢竟寺田也有自己的工作，紗季本來想說對方可能不會赴約，可是紗季才剛動筷五分鐘左右，那個有如兩個世代前的冰箱般壯碩的身影就出現在她眼前了。

「抱歉，我有太多事情處理不完。等一下還必須馬上出去才行。」

寺田說著，探頭看了一下紗季在吃的東西。

「今天是唐揚雞啊。妳吃雞肉就沒問題嗎？」

「是。畢竟我跟鳥類妖怪沒什麼瓜葛。」
對於紗季這樣語氣平淡又讓人不知該如何解讀才好的回答，寺田忍不住閉嘴思考了一下，但最後似乎決定裝作沒聽到了。
「妳拜託的東西我會在傍晚交給妳。但畢竟是管轄範圍外的案件，我也沒辦法把全部資料都借出來。」
「不好意思，麻煩你了。」
「不會啦，弓原妳願意幫忙，我也會感到比較有把握。」
寺田粗獷的臉上露出笨拙的笑容後，拿起了湯匙。然而紗季聽到他這麼說還是不禁感到愧疚。昨晚自己遭到鋼人七瀨襲擊的事情，以及那位嬌小的女孩來到市內討伐鋼人七瀨的事情，紗季暫時都沒有向寺田報告的打算。
「話說昨天又有人報案說遭到鋼人七瀨襲擊啦。」
寺田用湯匙攪著白飯與咖哩醬的同時，雖然沒有刻意壓低音量但還是裝出讓周圍人看起來只像是在聊天的態度如此說道。
「在哪裡發生的？」
就在昨天身為遇襲受害者之一的紗季頓時內心動搖。
「深夜一點多的時候，有個喝了酒的中年男子慌慌張張衝進西真倉坂的派出所，說自己『在附近差點被一個手拿鋼骨的奇怪女人攻擊』。當然，負責應對的員警到了男子說的遇襲地點也沒看到什麼女人，就認為對方應該是喝醉酒看到幻覺而請他回去了。

然而那個中年男子看起來並沒有喝到爛醉，腳步也走得很穩，所以那員警也有點在意自己這樣處理是否正確的樣子。」

西真倉坂是紗季所屬警局的管轄範圍外，距離上約有二十公里遠。

「然後那員警想起最近在市內流傳的謠言，就透過一些人脈把情報送到我這邊來了。剛才我看了一下網路上的部落格和討論區，雖然不知是真是假，但昨晚似乎發生了四起遇襲事件。地點和時間都很分散，如果假扮成鋼人七瀨的傢伙只有一個人，實在不可能涵蓋這麼大的範圍。」

畢竟鋼人七瀨是真的靈異存在，能夠一如字面上的意思辦到神出鬼沒。就算距離再怎麼遠的地點、再怎麼大的範圍，應該也能無視於時間問題到處現身、消失、移動吧。紗季自己昨晚也有親眼目睹到鋼人七瀨消失身影。這話題講起來實在讓人很沒食慾。

但寺田並沒有在意紗季的臉色，上下動著湯匙發出聲響。

「如果不是一個人，那麼組織性犯罪的可能性就更高了。現在目擊證詞越來越多，網路上甚至已經出現專門收集整理鋼人七瀨相關留言的統整網站了。」

昨晚紗季也有看過那個網站，內容是從許多討論區收集相關留言，並貼上有提到鋼人七瀨話題的部落格或網頁的連結，將感覺雜亂無章的傳聞整理得有條有理。而且那網站本身也提供留言功能，是網路上議論與提供話題最熱烈的留言區。

就某個角度來看，那個網路空間彷彿是為了防止情報擴散得過於雜亂，導致謠言早早消失而試圖整理出一個秩序，但實際上也讓人覺得是在加深謠言內含的混亂特性，促使謠言變得更加黑暗。

網站的名字則是一點也沒有個性或創意，就叫〈鋼人七瀨統整網站〉。

「雖然這對於要收集情報的人來說很方便，但也可以說是鋼人七瀨的存在感已經強烈到甚至會出現那種網站的證據。亡靈的存在越來越明確，這不是什麼好徵兆。雖然我想這發展肯定是合了那個企圖搞什麼鬼的傢伙的意啦。」

「可能吧。」

寺田所說的內容雖然偏離事實，不過這確實不是什麼好徵兆。紗季用筷子撥著高麗菜絲並隨口回應的同時，腦中回想起昨晚自己查到關於七瀨花凜這個偶像的經歷。

七瀨花凜，本名為七瀨春子的這個偶像其實並不是那麼出名。即使因為離奇的死亡方式提升了知名度，但不曉得她這號人物的人還是比較多。

在網路上看到的照片確實臉蛋很可愛，身材又充滿女性特有的柔軟肉感，讓人可以理解她為什麼會受到男性粉絲支持。會穿暴露的泳裝或以將近全裸姿態的寫真照片登上雜誌封面，寫真集據說也賣得還不錯。即便如此，在那業界中似乎也頂多只能算「中上」，跟她同等級的女孩也一點都不少的樣子。

她是在十七歲的六月，就讀高中時出道。是演藝經紀公司的社長親自挖掘出來的。居住於首都圈內，雖然相較於鄉下地方感覺有比較多外表出色的女孩，但即使在那樣的環境中，七瀨春子依然從中學時代就相當出眾顯眼，周圍的人對於她的出道並不感到意外的樣子。

挖掘她的社長據說一開始是用「那胸部保證會紅，如果這都紅不起來還有什麼可行！」這樣對一個女高中生來說相當失禮的方式向她搭話的。而七瀨春子雖然因此畏縮一下，不過很快又回應了「居然只覺得胸部會紅，真是太沒眼光了。」這樣一句話。由此便可知道她並不是一個徒有外表出色的女孩。社長後來也回憶道，當時因為七瀨春子這樣的回應，讓他更覺得這女孩有潛力了。

然而這個業界的競爭果然還是非常激烈，七瀨花凜剛出道的時候幾乎沒有受到注目，人氣也不高。據說一般對她的評價是雖然臉蛋好身材佳又光鮮亮麗，可是看起來腦袋聰明的眼神讓人不太喜歡，感覺很會耍心機的樣子。

而實際上就算撇除當初受社長挖掘時的那段事蹟，七瀨花凜的學業成績在她就讀的升學學校中也的確屬於前段，校方一開始也反對她踏入演藝界的樣子。

然而她卻親自來到校長室放話說：

「好，既然這樣我就讓大家見識見識。我會同時兼顧學業跟演藝事業，讓這間高中變得更加出名。」

而且還接著毫不畏懼地問道：

「那麼，請問我要考上哪間大學才能讓各位接受呢？」

真的是個很有膽識的女孩子。

可是像這樣的一段軼聞不但沒有為她達到加分效果，反而造成了「臉蛋很可愛但個性應該很壞吧？」「態度很尖銳吧？」等等的負面評價。一般的偶像粉絲們所追求的東西跟七瀨花凜的容貌、知性與行動力並沒有互相吻合。

總之，花凜七瀨一開始並沒有人氣。然而就在她出道一年後，十八歲的七月，機會降臨了。她在一齣低預算的深夜連續劇《青春！噴火少女！》中成為固定演員，而這齣連續劇在一部分觀眾間博得好評，使她的知名度大大提升了。

「那齣連續劇會變得熱門，有一半左右要歸功於七瀨花凜吧。」

連續劇導演事後受訪時似乎感慨地如此表示。

「我當初萬萬沒想到，她會願意那麼認真又充滿知性地出演那麼蠢蛋的角色，而且又不吝於展露自己的胸部。」

七瀨花凜在劇中出演的角色非常直接地就是『沒什麼名氣的寫真偶像七瀨花凜』，讓人很容易記住她的名字。而且以一名寫真偶像來說，她的演技相當好。原本對她是負面要素的「看起來腦袋聰明的眼神」在劇中也被襯托為她的個人特色，以演員來講似乎也得到相當高的評價。

再加上七瀨花凜在劇中過場橋段時有如胡鬧般演唱的〈火焰噴射器與我〉一曲，竟是她自己作詞作曲的事情也引發了話題。

正常狀況下應該不會把劇中歌曲交給一個外行人的寫真偶像創作才對，然而這是一齣低預算、人手少的連續劇成了很大的因素。

就在製作團隊開會討論劇中歌要怎麼辦的時候……

「乾脆就由我自己作詞作曲怎麼樣？」

七瀨花凜相當有自信地如此說道。

導演們想說反正就試試看而放給她創作之後……

「哦哦，這在好的意義上是一首日文很古怪、完全靠節奏帶氣氛的曲子呢。」

「乍聽之下很蠢，但其實是有經過設計。很有『七瀨花凜』的風格。」

「莫名會留下一股餘韻啊。這樣的感覺剛剛好吧？」

大家二話不說便採用了。

而且對這首曲子相當中意的導演還把它用在片頭曲與下集預告，播放許多次。在網路的影片分享網站上也造成話題。另外更靠著CD、線上播放與KTV等等方式傳播，讓不曉得、沒看過那齣連續劇的人也漸漸知道了七瀨花凜這號人物。

導演事後也描述道：

「現在回想起來，那些其實都在七瀨花凜的計算之內啊。經紀公司跟電視臺起初都不覺得那種曲子會賣得好，所以把歌曲相關的權利都放給了七瀨花凜個人。但我想她本人其實是有觀察過時代潮流，看出這樣的曲子有得賺吧。」

沒錯，因為那首曲子是七瀨花凜自己作詞作曲的關係，讓她賺得大量的版稅，在經濟上也一口氣變得優渥。獲得的收入據說是以一個出道剛滿一年的寫真偶像來說，根本無法想像的金額。

順道一提，七瀨花凜在劇中演唱這首曲子時，以及拍攝CD封面時所穿的服裝，就是鋼人七瀨那套緞帶髮飾配紅黑洋裝的打扮。那或許就是七瀨花凜最讓人留下深刻印象的模樣吧。

就這樣，七瀨花凜在電視與廣播的曝光機會增加，機靈的腦袋與講話技巧也獲得了好評。寫真集即使沒有到熱銷的程度，至少也因為有固定的粉絲群而經常可以看到擺在書店販賣。升學方面則是一次就考上了當初校方要求的知名國立大學，而這點也引起了話題。

從這些經歷來看，或許會讓人覺得她是個非常成功的人，但實際上依然只能算是在一部分族群中稍有名氣的偶像而已。要不是因為她喪命於真倉坂市，紗季可能連她的名字都沒聽過。這就是七瀨花凜只被評價為「中上」的原因吧。

然而即便只是「中上」程度，對於「中」或「下」的人來說，還是會覺得自己忽然被她超前，使她成為了被嫉妒的對象。根據網路上的分析，後來七瀨花凜的醜聞就是起因於那樣的嫉妒心。

「寺田先生，請問你完全不考慮鋼人七瀨真的是亡靈的可能性嗎？」

「嗯？又要講那件事？」

「是，畢竟從她的經歷看起來，我覺得她就算變成怨鬼冒出來也是理所當然的。」

紗季一邊回想自己調查到的情報，一邊為了若無其事地補強亡靈的說法而試著如此說道。寺田雖然腦袋很硬，但並不是話說不通的男人。只要講得有道理，他或許也會認同亡靈的可能性吧。

「七瀨花凜這個偶像，直到她死在附近之前我都不曉得這號人物。不過從我大致上查到的內容來看，至少可以確定她並不是個愚蠢而不經思考的小姑娘。甚至應該說能感受到她有種積極貪婪地想要獲取成功、想要往上爬的魄力。那樣的女孩如果壯志未酬就身先死，會留下什麼怨念也是很合理。」

寺田一副嫌分量不夠似地看著自己早早就吃掉八分的咖哩，嘆了一口氣。

紗季則是繼續回想起七瀨花凜到死之前的經過。

就在七瀨花凜的偶像事業蒸蒸日上的十九歲那年六月，她的父親過世了。當時警方判斷是從自家公寓的樓梯摔下來撞到頭部的意外死亡，並沒有懷疑是他殺事件。雖然死法有點特殊，但並沒有進行解剖勘驗。這並不是什麼稀奇的事情。只要從現場狀況看起來沒有他殺的疑慮，考慮到人工與費用上的問題通常是不會進行解剖驗屍的。

因為是稍有名氣的偶像喪父，當時雖然有媒體報導，不過並沒有引起騷動。七瀨花凜也依然照常出現在電視節目上。

「為了過世的父親，我會繼續努力。」

她在受訪時留下這樣一句以她的個性來說有點平凡的發言，但也僅此而已。

然而到了同年的十一月底，她父親的死忽然開始遭人懷疑。說是女兒的偶像事業獲得成功之後，就靠女兒吃飯而不再工作的父親讓七瀨花凜感到厭惡，另一方面又為了得到保險金，所以七瀨花凜偽裝成意外事故殺害了她的父親。

更有人表示，她的父親在死亡前一個月曾經對朋友發過牢騷說：

『春子最近很瞧不起我。她從以前就仗勢自己腦袋聰明而驕傲自大。』

甚至據說在死後將近五個月時被人發現了她父親親筆寫的記事本，內容寫說：

『我從春子身上感受到一股殺意。當有人看到這段文章的時候，我肯定已經被春子殺害了。不會錯。』

這些傳聞一開始在網路上流傳，隨後週刊雜誌與娛樂報紙也開始報導討論。現役偶像的殺人嫌疑。雖然只是在懷疑階段不應該過度討論這種話題，但就算不使用「殺人」這樣直接的詞彙，世人還是對七瀨花凜留下了負面的印象。而且據說過去嫉妒她『明明跟自己沒什麼差別，只是運氣好被捧紅』的人們，也在網路上大量留下各種毀謗中傷的留言。

這些事情發生在十二月中左右，而即使過了年，話題也依然在延燒。也有傳聞說是因為話題性很高的春季電視劇與電影起用了七瀨花凜為演員，而知名的演藝經紀公司為了讓自己旗下的新人搶到那機會，所以策劃了這場醜聞。

七瀨花凜所屬的經紀公司雖然揚言要控告週刊雜誌與娛樂報紙毀謗名譽，但其實這樣做反而會讓問題延宕更久，因此他們似乎並沒有真的提告，只能靜待騷動平息。

而且除了七瀨花凜跟自己父親相處不佳的傳聞之外，像是「七瀨有個比她大兩歲的姊姊，好像也相處得不太好。」之類的事實，以及「聽說是因為她們的母親在生下七瀨花凜後幾天就過世了。」等等的複雜家庭問題也被加油添醋，越傳越廣。

就這樣，七瀨花凜最後暫時停止工作，在經紀公司的網站上發表了〈大夥們，我很快就會回來〉這樣看起來像是自暴自棄的簡短文章之後，離開東京輾轉各地，潛伏於飯店躲避媒體的追蹤。

然後到了一月底時，來到了跟她從來沒有任何關係的真倉坂市，住進飯店中。

毫不知自己幾天後將會喪命於那間飯店旁的命運。

紗季雖然在網路上盡可能挑選可信度較高的情報來源，調查並整理了七瀨花凜到死之前的來龍去脈，但說到底，所謂的「偶像」本身就帶有虛假的一面。

無論她的走紅或遭受迫害，都是源自於缺乏確定性的謠言和世人評論。想要從中尋求真相，或許本身就是一件不可能的事情。

寺田把剩下的咖哩都吃光後，伸手端起水杯。

「到頭來，她殺害父親的嫌疑也變得不了了之，在網路上煽動的傢伙們以及把那些謠言刊登出來的週刊與報紙也都沒有負起任何一點責任。明明七瀨花凜也不是只靠運氣，而是經過一番努力走紅的。這樣她就算化為怨靈，不分對象地報復社會也是難免的吧。」

「是呀，雖然你身為刑警或許很難相信有什麼幽靈，但我覺得這也許並不是完全沒有可能的事情。」
為什麼自己要把話講得這麼不乾不脆才行？連紗季自己都開始覺得煩了。
然而寺田依然沒有露出討厭的表情，也沒有扯開話題，正面回應：
「我並不否定幽靈。我相信靈魂的存在，每年也都不忘去掃墓。這次的事件如果只是七瀨花凜的幽靈出現在她死亡的現場，被砸爛的臉部流著血站在那裡，那我還願意相信。但鋼人七瀨不一樣吧？」
寺田就像在思考該怎麼說明般晃著湯匙好一段時間後，敲了一下盤子井然有序地說道：
「這傢伙感覺就像是人為創作出來的。像迷你裙洋裝啦、被砸爛的臉部啦、揮舞鋼骨啦，這些全部都是逼死七瀨花凜的世人看到了會毫無責任地感到有趣的要素。一個憎恨世人而化成鬼冒出來作祟的女孩竟然會呈現那樣的姿態，未免太奇怪了吧？因此在整件事情的背後，肯定藏有某種有別於七瀨花凜本身意願的目的。」
紗季頓時感到驚訝。原來如此，這麼說確實有道理。
如果鋼人七瀨是怨靈，如此過度迎合大眾口味也太奇怪了。這段反駁相當有理，在不否定靈魂存在的前提下否定了鋼人七瀨是幽靈的說法。如果今天是辯論比賽，裁判想必會宣告寺田獲勝吧。
然而事實偏偏比理論奇妙，鋼人七瀨真的就是幽靈般的存在。但現在寺田主張的理論如此精確，要說服他幾乎是不可能了。

「弓原，該不會是跟妳分手的那個男友死了變成幽靈現身了吧？然後跑來為自己過去對妳做過的事情道歉之類的。」

看來寺田有把昨天交談過的內容放在心上的樣子。他或許是在警惕自己，面對曾經有過那類經驗的人不可以隨便否定幽靈的存在吧。明明塊頭這麼大，心倒是挺細的。

「不，他並沒有死，也沒有變成幽靈。」

九郎不會那麼輕易就死的。畢竟他可是吃過人魚的肉。

自古相傳吃了人魚的肉能夠不老不死。靠這樣化為不死之身、活了幾百年的八百比丘尼、千年比丘尼傳說在日本從古早時代就很有名。在西洋則不知為何都看不到吃了人魚變成不老不死的傳說，或許是因為西方沒有生吃魚肉的文化吧。日本的吃人魚肉傳說通常都是直接生吃的。

從高中時代就認識九郎的紗季知道他還是會隨著年齡有所成長，所以並非不老。根據九郎的說法，那想必是因為他同時吃了件的肉，導致抵銷了一部分的效果。不過他也語氣寂寞地說過，或許成長到某個年齡之後就不會再老了。

「他現在交到新女友，過得很快樂。就算變成幽靈，大概也不會跑來找我吧。」

紗季的口氣不自覺地變得苛刻，心中莫名火大起來。如果交到的新女友至少跟自己很像，也許她還不會這麼生氣。

「抱歉，是我多嘴了。」

大概是紗季的表情恐怖，感覺隨時會把手上的筷子折斷的關係，寺田一副畏縮模樣地這麼說道。

「呃不，是我太情緒化了。」

居然讓一個柔道強者嚇得如此拘謹也太誇張了。紗季趕緊放下筷子，低頭致歉。

「寺田先生，請問除了你之外還有多少警察相關人員對鋼人七瀨的事件感到可疑的？總覺得你好像很快就能接收到市內各處的動向。」

「實際在行動的有幾個人，如果只是懷疑程度的人我想應該有更多。做警察的偶爾就是會有那種心中莫名產生不好的預感、感受到有事件即將發生的氣息而自然做出行動的情況。而我過去跟那樣的案件扯上過幾次關係，大家也都知道我這個人，所以只要感覺不對勁就會先告知我的樣子。」

這就是長年來站在第一線，光靠業績數據或階級無法看出來的功績所帶來的效果嗎？

「也因為這樣，讓我可以借到七瀨花凜死亡當時的搜查資料。畢竟我有賣過對方人情。如果那犯案集團只是為了在市內引起騷動而隨便找個對象當成亡靈，這資料就沒有參考的必要。但是也不能排除那起死亡意外實際上是殺人事件，進而導致最近這起事件的可能性。」

寺田把杯裡的水喝光後，端起餐盤從座位起身。

「總之那份資料我傍晚會交給妳。妳如果可以幫我看過並整理出重點說明給我聽，我會很感激。畢竟我這個人是與其坐在辦公桌前不如勤跑現場的類型。」

「好的，這點小事當然沒問題。」

優秀的刑警不只是會勤跑現場，文書工作應該也很拿手，因此他這句話想必只是謙虛吧。寺田對於紗季乾脆的回應笑了一下，大概是為了趕緊回去工作而準備離開桌邊，卻又忽然停下腳步對紗季小聲說道：

「弓原，我知道一家不錯的烤雞店，下次要不要一起去吃？」

他明明到剛才都裝得讓周圍人看起來只是在聊天，一轉到私人話題卻立刻變得如此畏縮，真不知該說是他個性質樸還是單純地拙於表現。紗季忍不住笑了起來，而寺田大概是猜不透她為何會有這種反應，一臉不安地縮起嘴巴。

紗季接著收起笑容，輕輕鞠躬回答：

「說得也是，請務必帶我去吃吃看吧。畢竟我也想跟你好好聊一聊鋼人七瀨的事情。」

這句話言下之意是要對方不是『下次找哪一天』，而是要在鋼人七瀨的話題還存在的時候，也就是請對方約在近期內的回應方式。至於提出邀約的本人則大概是萬萬沒想到會得到如此正面的回應，當場目瞪口呆了好一段時間後……

「那妳後天晚上空出時間吧。」

他一臉開心地點點頭，端著餐盤把盤子跟水杯拿去歸還了。

紗季雖然頓時覺得自己是不是做錯選擇而嘆了一口氣，但看著連一半都還沒吃完的套餐，又馬上改變想法認為自己差不多該擺脫過往了。

既然九郎都跟不同類型的女孩子交往了，自己也別還沒吃就嫌東嫌西，嘗試看看新的選擇也不壞。就把這次鋼人七瀨的事件當成一個契機吧。要是不這樣說服自己，感覺也幹不下去呀。

後來到了傍晚，紗季處理完一樁幹道上發生的連續追撞意外並回到警局，便看到七瀨花凜相關事件的資料放在自己的桌上。手機也收到一封告知資料已經交給她的簡短郵件。

這下怎麼辦才好？

岩永琴子用拇指摸著拐杖握把上縮成一團的小貓裝飾，在電腦螢幕前不斷沉思。

在昨天下榻的飯店後面一家網路咖啡廳中，岩永已經如此思索了將近一個小時。時間即將來到晚上七點。雖然因為還是九月初，天色還算明亮，然而非人的存在容易出現的時間已經漸漸逼近。

網咖的店員三不五時就在注意岩永，大概是因為懷疑她未成年吧。岩永雖然還沒二十歲，但也不是需要被人管束夜間行動的年齡了。即使有大學的學生證可以簡單證明身分，可是被人打斷思緒還是會讓她不太愉快。

從以前開始，岩永為了解決妖怪相關的問題出遠門的時候，經常會因為她缺乏成長的外貌而在單獨住宿或是躲避警察盤問上嘗盡苦頭。

雖然和九郎開始交往之後，他即使嘴上抱怨一堆，還是會幫忙岩永一起解決妖怪們的問題，也讓岩永不用再操心於自己外觀帶來的麻煩，可是這次九郎不在她身邊。不只如此，居然還會遇上那個弓原紗季，實在出乎岩永的預料。

岩永是有聽說過紗季似乎在哪裡的警察局任職，可是她萬萬沒想到自己會跟對方產生接觸。就算產生了接觸，如果對方日子過得幸福美好就算了，然而從本人的樣子以及房間氣氛看起來，紗季似乎不但還沒交到新情人，甚至對於跟九郎之間的過去都還沒整頓好心境。

更讓岩永傷腦筋的是，紗季散發出的氛圍變得更加符合九郎的喜好了。九郎就是容易被稍微帶點陰影、給人感覺不安定的女性吸引呀。

以前的紗季即使身材苗條也還多少帶點肉，姿態上看起來也抱有堅強的信念。可是現在的她消瘦許多，感覺內心也搖擺不定。原因肯定是九郎吧。正因為如此，岩永無論如何都要避免讓九郎遇到現在的紗季才行。

至於正題的鋼人七瀨也同樣讓岩永傷透腦筋。兩天前妖怪們來找她商量時，她大致上就有預想到可能的狀況，而現在證實了她的預感幾乎沒錯。

通常情況下妖怪也好，幽靈也好，無論智力高低都是可以對話的。就算沒有嘴巴或整個臉孔，還是能夠互相溝通。尤其力量強到能夠直接破壞物體甚至殺害人的存在，想當然也應該擁有一定程度的智力才對。

可是那個鋼人七瀨不但對堪稱同類的存在們所說的話不聽不聞，對岩永說的話也毫不回應。彷彿沒有個人的意志或思考能力，只會到處現身、行動、揮舞鋼骨。明明那應該是亡靈沒錯，卻感受不到「念」。至少根據岩永的觀察，那存在並沒有散發出像怨念、執念或邪念等等使自己不自然形成的內在力量。即使行為本身很反社會，像在宣洩什麼怨恨痛苦，然而看起來只是像個被人操縱的空虛人偶而已。

如果是正常的妖怪，通常靠蠻力硬幹就能打倒，談判或交涉也能成立，根本不需要苦惱思考討伐的方法。就算是妖怪，既然有生命就自然不缺了斷性命的手法。

不可誤會的是，自古以來強大到能夠用血腥的方式隨心所欲殺害人類的妖怪幾乎是不存在的。人類只要知道對付的方法就能擊敗他們，因此那些存在才會害怕過度引起人類的注意。他們即使偶爾會害人或助人來主張自己的存在，但都會克制在不會讓人類想要認真起來討伐他們的程度。

可是鋼人七瀨卻過於跳脫了這些規則。她的存在脫軌到棲息於這個真倉坂市的亡靈或妖怪們都不願靠近。

這下怎麼辦才好？雖然最終還是會確認看看那存在是否真的無法靠蠻力硬幹的方式打倒，但也必須事先準備好萬一無法打倒時的對策。

「既然這樣，就需要收集一下正確的情報才行。」

岩永如此呢喃，按下滑鼠。

進到這間網咖之後，她一直在瀏覽「鋼人七瀨統整網站」。那網站的首頁是一幅鋼人七瀨的想像插圖，內容不分真假地整理了各種相關情報。在岩永閱覽的這段時間內也持續有人在網站上留言討論，擴張鋼人七瀨的傳聞。

首頁那張插圖跟岩永昨晚見到的鋼人七瀨一模一樣。無論鋼骨的長度、頭上裝飾的緞帶角度、衣服的躍動感、腰部線條還是大腿的露法，這些比例都毫無二致。

或許參考大量的目擊證詞以及七瀨花凜生前的模樣，就能畫出相當接近的東西出來，然而有可能到如此一致的程度嗎？

目前沒聽說過有誰拍下鋼人七瀨的照片放置到網路上，這個統整網站上也找不到。雖然有很多圖畫，但即使有共通的特徵，給人的印象還是有所差異。而放在首頁的這張圖明顯比其他作品還要正確無比，簡直就像是直接看著鋼人七瀨畫出來的。

「不對。不如說正好相反嗎？」

岩永小聲呢喃，又用手指撫摸拐杖上的小貓。

如果是這樣，要打倒鋼人七瀨將會相當麻煩。

岩永陷入沉思。

首先必要的是情報。需要關於七瀨花凜死亡事件的正確情報才行。網路上的東西難分真假，從死亡時刻、第一發現人的證詞到關係人的指證都沒有統一。有些是把臆測的內容當成事實又傳了好幾手，甚至還能看到講得煞有其事的現場目擊證詞。

就算要活用網路上的情報，這種情況下也很難判斷如何篩選才能整理出沒有矛盾或破綻的整體事件輪廓。最好是有個值得信賴的基礎資料。

「那就只能找警察了，可是……」

岩永腦中頓時浮現出紗季的臉。既然警方之中也有人在調查鋼人七瀨的事情，紗季要拿到那起事件的搜查資料應該不困難。問題就在於岩永昨天才那樣得意洋洋地對紗季放話過，現在卻又要拜託紗季幫忙，實在讓人感到不爽。而且自己要是貿然接近紗季，難保什麼機緣巧合下會讓九郎跟紗季重新結上關係。

尤其這次的事件想必會需要九郎的能力。

「話雖如此，但也別無選擇呀。」

岩永從統整網站回到網咖的首頁，拄著拐杖從座位起身。要是傳出犧牲者就太遲了。能做的事情就要全部試試看，否則自己肯定會後悔。

只要向紗季拿到資料，把該做的事都處理完之後再把九郎叫過來，就能避免讓那兩人接觸了。自己應該可以辦到。

於是岩永立刻決定『派人』去聯絡紗季。

雖然九郎現在對於來自岩永的聯絡完全不回應，但並沒有到設定拒接的程度。只要岩永提供某項情報，對方肯定會立刻趕過來。身為女友居然需要拿情報當交換條件才能讓對方行動雖然很悲哀，但這也是沒辦法的事情。

唯一讓人擔心的就是，如果岩永還沒聯絡之前、九郎就忽然跑來，而且在岩永不知情的狀況下遇到紗季就糟糕了。

七瀨花凜的遺體是發現於一月三十日星期六，地點是她下榻飯店附近的一處公寓建設工地。十五層樓高的公寓還在建設之中，卻因為母公司資金周轉不靈等問題導致十二月底基礎工程總算完成的時候整體工程被迫中斷。雖然工程機械全數撤收，但幾項建材卻還遺留在原處，就這麼過了新年。

建設工地雖有架設防止閒人闖入的柵欄與牆壁，然而因為建設到一半被擱置不管的緣故，難免有縫隙可鑽。從一月中開始，就有附近居民擔心如果小孩子或年輕人跑進工地可能會很危險。

最初發現遺體的便是那些附近居民之一的七十歲男性，居住於跟現場隔一條馬路的獨棟房子。

那位老人表示，他在前一晚聽到很像是留在工地內的建材倒塌掉下來的聲響。畢竟那晚上持續下雨而且雨勢強勁，所以老人本來以為可能導致什麼東西倒下了。

然後隔天早上八點多時，老人出門散步順便想確認一下究竟發生什麼狀況，而隔著柵欄探頭往裡面一看，竟發現大量倒下的鋼骨以及旁邊有個人影，便趕緊通報警方。

成為凶器的鋼骨長度約三到五公尺不等，從以前就有五根左右隨便靠在工地鐵皮屋旁邊，讓人覺得萬一倒下來應該會很危險。而仰天倒在地上的遺體便是臉孔與頭部遭到那些鋼骨砸爛，死因是複數鋼骨打擊造成的腦損傷，幾乎當場死亡。因為是臉部正面被鋼骨擊中，頸部以上毀損到根本無法確認長相與齒型的程度。

不過因為遺體是身穿大衣的外出打扮，從攜帶在身上的手機與錢包中的大學學生證首先可以判斷是七瀨春子，接著也很快就查出死者從三天前就投宿於距離現場約十公尺處的飯店。雖然在飯店是用假名登記，但飯店人員記得她身上的服裝，而且其中也有員工本來就在懷疑那位投宿客是正銷聲匿跡的七瀨花凜，因此警方在進行身分確認上並沒有花費太多時間。

後來從遺留在飯店房間的私人物品上驗出的指紋也跟遺體一致，便正式判定那具遺體就是七瀨花凜（本名七瀨春子）了。推定死亡時刻是三十日的凌晨十二點到一點之間。雖然首先發現遺體的老人並不記得從現場傳來聲響的確切時刻，不過也表示大約是那個時間。

警方不排除意外事故、他殺或自殺等可能性，展開了搜查。

最後警方正式發表這是一起意外事故，不過非正式的看法以及媒體群的結論則認為是非常接近於自殺的可能。

「當時搜查得相當仔細嘛。」

紗季闔上寺田放到她桌上的那份資料，如此呢喃出感想。

這天紗季在晚上八點下班後回到公寓，吃著從便利商店買來的三明治與自己泡的咖啡當晚餐，連衣服都沒換就坐在椅子上，讀著關於七瀨花凜的死亡事件以及搜查內容的資料。

雖然有點特殊，不過七瀨花凜的死，從狀況上看起來一開始就能判斷是意外事故了。正常情況下警方應該更早就會做出結論才對。但想必因為是被媒體追蹤的偶像離奇死亡，萬一日後出現跟警方見解相異的證詞或證據，將可能演變成關係到警察面子問題的醜聞，所以才會花上那麼多時間與心力搜查得出意外身亡的結論。

警方首先從計畫性殺人的可能性開始查證，到可能是來盜用建材的人不巧遇上受害人導致的偶發性殺人，或是抱著好玩心態進入工地的年輕人不小心推倒鋼骨並波及七瀨花凜而嚇得逃跑等等，對各種可能的假說一一檢證，並得出了否定的答案。這樣確實除了意外身亡以外，也得不出其他結論了。

紗季從現場狀況能夠聯想到的疑點也都一一被推翻，『非常接近於自殺的意外身亡』可說是最為妥當的見解。

紗季拿起咖啡杯，再度翻開資料。

其中唯有一點讓她感到在意。事件關係人之中，唯有一個人物對警方的結論表示懷疑。

七瀨初實，也就是七瀨花凜的親姊姊。家屬對於死者自殺會感到懷疑本來並不是什麼不自然的事情，然而這位姊姊從立場上看起來會這樣做有點奇怪。

雖然到最後那姊姊似乎選擇了沉默，但這點還是讓紗季感到不太對勁。

「也就是說，關於七瀨花凜的死其實還有未解開的謎團嗎？」

紗季把咖啡杯放到桌上，將身體靠到椅背往後仰。

這點感覺又是會讓寺田對「亡靈」這種真實鬼怪不予考慮，會更加深入探究事件的要素了。畢竟『鋼人七瀨的出現，其實是有人為了把被警方當成意外事故處理的事件背後的真相挖掘出來而進行的演出』，這樣的可能性並非完全講不通。

放在廚房的數位式時鐘顯示時間已經來到晚上十點三分。不知寺田現在正在做什麼？既然自己有回信告知拿到資料了，或許也該再傳一封信告訴對方已經把資料讀完了吧。

就在紗季為了從隨手丟在桌邊的包包中拿出手機而彎下身子時，窗戶忽然傳來聲響。

如果是被風吹來的樹葉敲在窗戶上也未免太有規律了，聽起來就像有人在敲門一樣。紗季認為是自己想太多而重新把手伸向包包，結果又傳來同樣的聲響。

紗季住的房間位於公寓五樓，窗外沒有陽臺，也沒有可以讓人踏腳的東西。她轉頭看向窗戶。因為綠色的遮光窗簾拉上的關係，看不到外面的夜景。然而隔著窗簾布卻可以隱約聽到有東西從外面不斷輕敲玻璃的聲響。

老實講，紗季很怕拉開窗簾。可是如果不拉開，感覺那聲響會一直持續下去。

於是她默默從椅子上起身，有如要甩開心中猶豫似地用力扯開窗簾，結果看到某種不是人的存在飄浮在窗外。雖然外觀是人的形狀也穿著和服，但身高只有五十公分左右，呈現半透明的焦褐色。臉部看起來像小鬼又像老翁，長滿皺紋。

首先可以確定，那是個妖怪。

「呃呃，不好意思，這麼晚跑來打擾您。呃，您會被嚇到也是難免的事情，在下乃木魂，名叫源一郎。呃，在下是奉命於一隻眼一條足的公主大人前來拜訪您。」

對方戰戰兢兢地用低姿態對紗季如此表示。

『木魂』是什麼？紗季回想起自己以前苦惱於跟九郎之間的交往問題時，有在妖怪百科上讀過相關介紹，解說那是高齡樹木的精靈之類的。紗季雖然只記得這樣，但至少印象中並沒有記載說是什麼有害的存在。

對方所謂『一隻眼一條足的公主大人』想必就是岩永吧。畢竟會派遣非人的存在過來而且單眼單腳的人物，紗季也只知道那個女孩而已。

「在下懇求您，請您千萬不要對在下動粗。在下只是個弱小無比的木魂，只要被您抓起來扭一下就沒救了。」

「你別這樣，我並沒有什麼理由要被妖怪畏懼到這種程度。」

即使隔著一面玻璃，那嬌小的妖怪散發出來的扭曲氛圍還是讓紗季不自禁有種發寒的感覺。面對鋼人七瀨時，她雖然憑著一股衝動挺身對抗，但是在自己日常生活基礎的自家中居然還被那樣的存在攀談，要她心中不動搖也太難了。光是裝出一臉平靜都讓她覺得很勉強。

「呃，可是公主大人說您相當粗暴，叮嚀在下千萬不能失禮節。」

自稱源一郎的木魂對於紗季的指責頓時可憐地縮起脖子。

那個臭丫頭。紗季決定下次見到岩永要狠狠揍她一拳。

「然後呢？那女孩找我有什麼事？」

紗季表現出高壓的態度如此質問。畢竟對方雖然嬌小得只有自己手臂左右的長度，但再怎麼說都是個會飄浮在黑夜中的妖怪。要是被對方看出自己心中的畏怯，搞不好對方就會忽然動手襲擊啊。

「公主大人表示，關於鋼人的事情務必希望您能提供協助。如果方便，希望現在可以馬上見個面。」

木魂說著，不斷鞠躬點頭。明明昨晚岩永不但拒絕紗季協助，甚至不想讓紗季跟這件事情扯上關係的，現在卻似乎輕易就改變了想法。

該說她腦袋柔軟還是個性隨便呢？也搞不好是鋼人七瀨造成的影響，已經嚴重到讓岩永不得不忍受屈辱向紗季請求協助的程度了。

「如果您不願意幫忙，今後每天晚上都會有跟在下一樣的木魂源二郎、源三郎、源四郎等等輪流前來造訪您。」

「你是有幾個兄弟啦？這根本是要向我找碴嘛。」

「呃，因為公主大人向在下們如此吩咐。」

果然還是要揍那丫頭一頓才行。

像這樣跟非人的存在一直談論沒有進展的內容也沒意義。於是紗季決定讓窗外的妖怪繼續說下去了。

「要見面是可以，但要在哪裡見面？」

「呃，在下這就為您帶路。公主大人就在距離此處兩里左右的一間家庭餐廳。她表示在那裡的飲食費用將全額由她負擔，因此請您不用擔心任何問題。」

從妖怪口中冒出『家庭餐廳』這種詞彙的詭異感覺，以及想到自己接下來必須在這種存在的帶路下走在夜晚街上的沉重心情，讓紗季一時之間無法點頭答應。

真倉坂市雖然被岩永形容是偏僻的地方都市，而紗季也沒有加以否定，但至少還是有二十四小時營業的影音出租店、便利商店和家庭餐廳，到深夜還會有客人進出的居酒屋連鎖店也不少。市中心的車站周圍以及主要幹道沿路即使到半夜依然很明亮，也總是能看到人影。

然而除此之外的場所占面積更大也是不爭的事實。只要從車站前或寬度足夠讓兩輛以上的車輛通過的幹道稍微離開一點距離，就是圍繞神社的樹林、打烊而昏暗的超市、房屋密集的住宅區等等，都是讓人希望盡量避免晚上經過的場所。可是如果要從這裡到對方所說的家庭餐廳，無論如何都必須經過那些地方。

要不是警局聯絡要緊急出動，紗季就算是在滿月的日子都不會想出門的說，現在卻偏偏要為了跟分手男友的現任女友見面而出門嗎？而且還是由妖怪帶路。

「公主大人是說，為了討伐鋼人七瀨，她希望了解一下關於那存在起源『七瀨花凜』這個人類死亡時的詳細情況。至於為何想要知道這些，她也說見面時會向您說明。」

或許是察覺出紗季心中的猶豫，木魂又如此補充說明。

紗季正好對那偶像的死感受到疑問，而岩永看來也把注意力放到這件事情上了。這狀況感覺不容忽視。木魂口中說距離兩里，也就是大約八公里左右。這距離的家庭餐廳紗季心中也有個底，也能在腦中大致描繪出路徑。為了緊急時能夠盡快抵達坡道下的警局，倉庫裡也有準備一輛折疊式的腳踏車。只要騎那腳踏車過去，大概三十分鐘可以抵達吧。

經過各種衡量考慮後，紗季決定答應木魂的請求了。於是木魂說了一句「那麼在下就在樓下等待您」之後，輕飄飄地往窗戶下方降落。

紗季拉上窗簾，當場癱坐在地上。

這是在開什麼玩笑？自己明明是為了擺脫跟妖怪之間的過去才跟鋼人七瀨扯上關係的，現在卻反而更加被妖怪纏身了。

紗季即使有種自己做錯很多判斷的預感，但還是起身去把折疊式腳踏車拿出來了。

為什麼事情會變成這樣？時機未免太巧合了，巧合到太不湊巧了。

晚上十點，岩永在末班車已經離開的公車站附近抱頭懊惱著。人煙稀少的公車站附近連一間民房都沒有，只立著一根孤零零的站牌。

在岩永約紗季見面的家庭餐廳中，就在剛剛岩永享用著久等的特製海鮮硬炒麵時，一個因交通意外身亡的少年浮游靈忽然從餐桌底下冒出頭來，向她報告鋼人七瀨在附近出現。岩永姑且有向市內的妖怪以及類似的存在們吩咐過，如果在岩永能夠趕到的距離內見到鋼人七瀨就要向她報告。

其實就算向她報告了，有時候也無濟於事。畢竟靠她一個人不可能顧及市內所有範圍，妖怪們也對鋼人七瀨怕得不敢直接出手。即便如此，如果鋼人七瀨出現在岩永的附近，至少可以靠武力討伐或是觀察對方行動，萬一有人遇襲也必須設法讓對方逃跑才行。岩永甚至為此還特地在這地方買了一輛能夠方便又快速移動的電動腳踏車。因此岩永吩咐少年浮游靈，如果見到紗季抵達家庭餐廳，就叫對方在店內等她回來，或是告知對方鋼人七瀨出現的地點叫對方也過來，然後就騎著電動腳踏車來到了這個公車站。

結果她看到的就是眼前這個情景。

鋼人七瀨確實出現了。穿著跟昨晚一模一樣的服裝，手拿鈍器在襲擊人。到這邊還沒問題。雖然有人遭到攻擊是很危險，但現在重點不在那裡。問題是那個遭到攻擊的人物。

那個人竟然就是櫻川九郎。

面對揮舞鋼骨的怪人，身穿牛仔褲配淺綠色襯衫的九郎卻是徒手空拳與之對峙。九郎毫無疑問是個不適於粗暴行為的類型。自從岩永向他搭話的那個雨天以來到現在，他完全都沒有變。氛圍上感覺就像在牧場角落默默吃草的山羊，別說是打架揍人了，恐怕連怒吼、罵人等等的經驗都沒幾次，個性相當缺乏鬥爭本能。做過的運動頂多就是學校的體育課程度，參加過的社團似乎也跟運動類型的活動完全沒有關係的樣子。

這樣一個人現在卻在僅有稀薄月光與路燈的一片昏暗之中，閃避毫不客氣搖晃著雄偉雙峰的怪人向他揮舞的鋼骨，而且沒有選擇逃跑，反而伺機想反擊對手。

他踏在柏油路上的腳步相當不可靠，雖然好不容易才驚險躲開了攻擊，表情卻絲毫不帶痛苦。即使額頭冒著汗水，呼吸倒是一點都不凌亂，雙眼也盯著鋼人七瀨的動作，不隨便移開視線。

話雖如此，照這樣下去，九郎被鋼骨打爛或是敲飛也只是遲早的問題，但岩永卻沒有對九郎的安危感到擔心。因此她沒有隨便插手，並且為了不讓九郎發現而躲到距離現場十公尺左右的一臺只有咖啡擺了好幾個種類的自動販賣機後面。

現在重要的問題在於九郎為什麼會跑來真倉坂市，而且跟鋼人七瀨在交手。

岩永雖然心中有個底，也有猜想到可能會這樣，但為什麼偏偏挑在這個時候？岩永還沒有寄郵件拜託九郎來幫忙，也沒有打過電話給他。為了避免讓紗季跟九郎碰頭，岩永可是很謹慎在抓時機地說。

「喂！妳明明派妖怪把我叫出來自己卻不在，還叫幽靈幫妳傳話，到底是想怎麼樣？」

這時機真是太差了。紗季竟然這時出現在岩永背後，手握著腳踏車的握把，看起來明顯一肚子火。或許她是想要用怒氣蓋過自己一個晚上連續與異界的存在接觸造成的恐懼吧。

岩永只能感到放棄地垂下肩膀。如果紗季乖乖留在家庭餐廳等待，岩永至少還有對策可以應付。可是如今變成這樣，也只能想作是剪不斷的緣分在捉弄人吧。

紗季猶豫了一下後，把腳踏車停到旁邊，並伸手抓住岩永的肩膀。

「雖然鋼人七瀨臨時出現是沒辦法的事情，但妳為什麼偏偏要派個幽靈向我傳話？

那東西忽然從家庭餐廳的樹叢中冒出來叫住我，是想要我怎樣……」

說到一半，紗季似乎總算注意到狀況了。在前方不只是鋼人七瀨，還有某個人正遭到攻擊。

「喂，那個人很危險吧！妳快去救他呀！」

「放著他沒有關係的。反正當事人應該也有做好腦袋開花一次的覺悟。」

聽到岩永這麼說，紗季便感到詫異地瞇起眼睛再次看向前方。雖然因為現場光線昏暗，加上已經兩年以上沒有見到面，或許從遠處很難立刻認出來，但好歹是跟自己交往到幾乎要結婚的對象，紗季不可能完全認不出來。

「那個、不是九郎嗎？」

「沒錯，就是九郎學長。妳現在才發現呀？明明學長跟紗季小姐分手之後，無論長相還是氛圍都沒什麼改變的說。」

岩永雖然放棄無謂的抵抗，但至少酸了對方一下。

「因為九郎的個性沒有那麼好戰才對呀。」

紗季辯解的同時稍微表現出想要往後退下的臉色與動作，但終究還是抓著岩永的肩膀，注視自己過去的情人。

「要是太靠近可能會遭受波及。我們暫時留在這邊觀望吧。」

岩永把紗季從自動販賣機後面露出來的身體稍微往裡面推。

「可是、九郎他看起來隨時會被打死呀！啊啊！連腳都快打結了！」

「話是這麼說，但他們之間的力量差距並沒有很懸殊。那麼事情就很簡單了。如果學長有被鋼骨打死的覺悟就更不用說。」

九郎擁有不死之身的能力。因為過去吃過人魚的肉。

「然後只要九郎學長瀕死，就能夠抓到『自己勝利的未來』了。」

大概是紗季肌肉緊繃的緣故，岩永抓得肩膀都痛了起來。

這同樣是九郎擁有的能力。因為他過去吃過預言獸『件』的肉。

話才講完沒多久，九郎就腳步不穩摔到公車站牌旁邊。鋼人七瀨邁出三步逼近他面前，毫不猶豫地揮下長度比自己身高還長的H型鋼。

現場頓時傳來有如帶殼的水煮蛋被踩破的聲音，液體也噴了出來。見到自己分手的男友在眼前被人敲碎腦袋會是什麼感覺呢？雖然腦中浮現這個念頭的岩永，也是看著自己正在交往的男友被敲碎腦袋就是了。

岩永嘆了一口氣。如果這樣可以擊敗鋼人七瀨就好了，但要是這樣也無法擊敗對方，紗季的協助就會變得更加重要了。

不管怎麼說，再過兩秒鐘九郎應該就會站起來了。畢竟他吃了妖怪的肉還能平安無事活到今天。

為什麼人類要吃其他生物？當然，可能是為了填飽肚子、攝取養分，也可能是為了享受美味。然而也是有不包含在這些理由內的情況。有時候是做為藥物，有時候是帶有儀式、咒術方面的意義而食用生物的肉或臟器。

在漢方或民俗療法中，有些藥方即使在科學與醫學進步之下遭人懷疑功效，還是有人繼續服用。肝臟不好就吃肝臟強健的生物的肝，眼睛不好就吃眼睛好的生物的眼睛，想要增強精力就吃精力旺盛的生物的一部分。這些東西本身或是加工過的粉末都可以在市面上買得到，人們也相信其功效。

另外也有謠傳說輸血會傳染供血者的個性或喜好，移植器官也會將器官提供者的資質或記憶轉移到到被移植者身上。「將他人的一部分融入自己」的行為與「吸收對方的能力或資質」的想法相當接近。

舉個更血腥的例子。在古代甚至還有戰鬥後把擊敗的敵方將領或首領心臟吃掉的儀式，被認為是食人文化的理由之一。也就是藉由這樣的方式吸收對手的力量。

因此在九郎十幾代之前的櫻川家也有人想到：

「如果吃了『件』的肉，是不是就能獲得預知的能力了？」

然後也起了這樣的念頭：

「只要能自由自在地預知未來，想必可以獲得難以計數的財富與力量吧。啊啊，我無論如何都要得到，得到那樣的異能，得到那樣的神力。」

於是那個人設法弄到了件的肉，試著給家中的幾名成員吃下。結果當中有人或許是體質不合而吃完沒多久就喪命，有人臥床一個月後死亡，有人則是在預言了未來之後死去。雖然當時預言的內容究竟是什麼並沒有被流傳下來，但據說非常準確。

縱然造成了犧牲，但這下知道吃了肉能夠獲得預言能力了。從那之後，櫻川家為了獨占預言的力量，凡聽聞何處有件出沒便會派人前往，買下件的屍體並讓櫻川家的人吃下。反覆這樣的行為。

這項嘗試可說是大致成功。然而即使吃了肉獲得預知未來的能力，但做出預言之後就會立刻喪命的現象卻怎麼也無法避免。仔細想想，件本身也是講出預言之後就會馬上死亡。看來預知未來的行為所消耗的能量是巨大到足以致死的程度，或者可能是必須以性命為代價才能看透未來吧。

於是櫻川家的人想到了：

「既然這樣，讓擁有預言能力的人獲得不死的肉體就行了。如此一來就算預言之後會喪命，也能重新復活吧？這是個好主意。復活之後又能再次預言，這樣就可以永遠看透未來了。」

如此這般，他開始嘗試讓人跟著件的肉一起吃下人魚的肉。

但畢竟是兩種妖怪的肉，搭配著吃絕不會是什麼好事。吃完就喪命的犧牲者明顯增多，橫死的屍體堆積如山。櫻川家的人把犧牲的可能性列入考量，生了更多的小孩，有時甚至不惜收養養子。

就這樣過了幾十年的歲月，這有如惡夢般的實驗變得越來越沒辦法輕易嘗試，也漸漸變得難以抱持執著了。櫻川家本身包含遠親在內的人數也變得少之又少。

然而，九郎的祖母依然沒有放棄夢想，並暗中收集著件與人魚的肉。

就在九郎十一歲的時候，祖母在沒有告知的情況下讓九郎吃下了妖怪的肉。而九郎也以為那只是普通的牛肉與生魚片，沒有多想便吃了下去。

吃完之後，什麼事也沒有發生。少年九郎即使到了隔天、再隔天、一個月之後依然過得健健康康，從未生過病也沒受過傷。換言之，櫻川家的夙願終於實現了。

唯一的失算就是，那個能力其實並沒有想像中那樣自由好用。

這些就是岩永從九郎口中聽說，關於他和他家族的祕密。

鋼人七瀨只用一隻右手把鋼骨高舉起來。或許是為了把血甩掉，她把鋼骨揮了一下後，轉身背對像隻被車輾死的青蛙般仰天癱在地上的九郎。從鋼骨上並沒有液體飛濺出來，不過她頭上的大緞帶倒是隨著動作上下搖晃著。

「妳是第一次嗎？」

岩永把貝雷帽重新戴好，並詢問停住呼吸的紗季。

「第一次見到九郎學長喪命的樣子？」

「那不是廢話嗎？」

「那妳為什麼要跟他分手？」

如果是目擊到九郎從明顯喪命變成一團肉塊的狀態下復活過來，管他是百年之戀千年之愛或許都會當場被澆熄吧。但若不是那樣，九郎應該只是個非常普通的文靜青年才對。

臉色發青的紗季露出抗議似的眼神。

「我有看到他手臂上被割傷的傷口轉眼間就消失，也看過他斷掉的手指接回去。」

「畢竟是不死之身，那點程度也不算什麼吧。」

難道就不能想成是身體健壯的男友，或是不需要操心於傷病保險的優良丈夫並接納對方嗎？岩永雖然心中這麼想，但應該就是因為紗季沒辦法這樣想才會分手的吧。

「不只是這樣。九郎他完全沒有感到痛喔？明明手指斷掉了，他的表情卻一點都沒變喔？」

自從九郎吃下件與人魚的肉卻平安無事之後，欣喜若狂的祖母似乎對他進行過各種嘗試。測試他是否真的是不死之身，是否能夠辦到預言，反覆切割他的身體，給予他致命的傷害。據說最後的結果，就是讓九郎變得幾乎不會感到疼痛了。

這或許是妖怪力量產生的影響，也可能是源自人類的適應能力。因為並不是感官本身消失，日常生活上不會造成什麼不便。然而他對於疼痛或危險的警覺性難免會不自覺地表現得跟周圍其他人不同，有時候也因此讓人感到奇怪。

因為不會感到疼痛，所以對於傷害肉體的行為不會感到恐懼。雖然他在知識上知道對肉體有危險的事情，快要被車撞時會懂得閃開，對於看起來很燙的液體不會隨便觸碰，使用刀具的時候也會小心注意，但這些行為他都需要先經過腦袋思考，因此看在旁人眼中總難免覺得他的步調有種說不出的異常感。

雖然只是這點程度的問題，但難以言喻的詭異感覺如果長期累積下來，就算是長年交往的情人會感覺他是個外觀像人類的不同生物也是沒辦法的事情吧。

「要人對他不感到毛骨悚然才難吧？想到自己必須生下那種人的小孩就覺得恐怖難道很奇怪嗎？難道就不能因此重新考慮結婚的事情嗎？而且妳有沒有看過櫻川家的族譜？他的家族親戚明明有好幾十個兄弟姊妹，可是幾乎都在年幼的時候就橫死或病死喔？正常活下來的大概就只有九郎喔？那家族的人到底是做了什麼事情？造出了什麼怪物？對這些事情感到害怕難道很奇怪嗎？」

紗季的態度就像在主張自己沒有道理要受到岩永責難，就像在抗議自己為什麼要被責備才行。

「是並不奇怪啦。啊，九郎學長復活了呢。」

九郎拍了兩下牛仔褲的腿部，把衣襟拉整齊並站起身子。他身上沒有留下任何一處傷口，鮮血也沒有滲進衣服。從體內流出去的東西都回到原處，碎裂的骨肉也都重新癒合。鋼人七瀨剛才的攻擊所留下的痕跡頂多就是讓九郎的衣服上少了幾枚鈕釦，並破了一些地方而已。

九郎彷彿什麼也沒發生過似地從背後接近鋼人七瀨。

鋼人七瀨頓時停下腳步，轉回身子。或許就算是沒有意識的亡靈，還是會感受到什麼事情吧。但九郎並沒有改變步伐，即使看到對方又把鋼骨高舉起來，也一點都沒有表現出焦急的態度。

鋼人七瀨纖細的手臂抓著吸了人血的鋼骨，粗魯揮向九郎的側頭部。九郎這時忽然停下腳步。簡直就像他已經事先預料到對方的攻擊軌道似的，鋼骨只有擦過他的鼻頭前。九郎連眼睛都沒眨一下，也沒確認鋼骨甩過去後的狀況，又再次往前踏出腳步。在鋼骨甩回來之前，九郎就搶到了鋼人七瀨的背後，用手臂緊緊勒住鋼人七瀨的頸部。

一連串的動作完全沒有猶豫，彷彿是他心中早有確信事情會如此發生，甚至給人一種按照準備好的劇本內容做出預先決定好的動作一樣的印象。整個過程流暢得讓人都不禁懷疑是不是連鋼人七瀨都是按照劇本指示行動，故意被九郎抓到的。簡直可以說流暢到很不自然的程度。

「他居然那麼輕易就抓到了鋼人七瀨。」

紗季大概也感受到那股不自然的感覺，聲音帶有些微顫抖。

不過岩永事到如今也不會感到驚訝了。

「畢竟鋼人七瀨在揮動鋼骨的時候並沒有考慮太多，因此這樣的狀況會發生的機率其實非常高。唯一需要的就是避開最初的一擊，然後往前踏出腳步的勇氣。」

昨晚紗季也有辦到類似的行動。不同之處在於身為普通人的紗季碰不到鋼人七瀨，而九郎則是屬於可以觸碰到的那一方。

「而既然這狀況十分有可能發生，九郎學長要預先決定出這樣的未來並不是什麼難事。這就是學長擁有的『未來決定能力』。」

岩永雖然不清楚紗季對於九郎的能力究竟理解到什麼程度，但還是姑且如此補充說明。

接下來才是重點問題。這樣就能解決掉鋼人七瀨了嗎？

在鋼人七瀨開始掙扎之前，九郎就毫不猶豫把她頸部用力扭九十度當場折斷。就算對方是沒有臉孔的亡靈，那個人形外觀的存在就這麼輕易被折斷了脖子。在這個連汽車引擎聲都沒有的深夜公車站牌前，有如骨頭之類的東西被破壞的聲音清楚傳入岩永耳中。紗季大概也聽到那聲音，頓時用力吸了一口氣。

平常的九郎明明是個彷彿連蟲子都殺不掉、存在感稀薄的青年，但遇到必要的時候他還是能做出這種事情，而且連眉頭都不皺一下。

「九郎學長那樣意外果斷的地方也充滿魅力呢。」

「我才不想要什麼會折斷亡靈脖子的男朋友。」

「這不是感覺很可靠嗎？」

「拜託從其他事情上展現可靠的感覺吧。」

緊接在岩永與紗季如此對話之後，頭部被折到幾乎打橫、緞帶上部都貼到肩膀上的鋼人七瀨，竟保持著那個模樣掙脫了九郎的手臂。要把一個臂力足以揮動兩公尺長鋼骨的對象一直抓住本來就很困難，因此會這樣並不值得驚訝。

真正讓人驚訝的是鋼人七瀨對於自己幾乎要上下顛倒的頭部毫不在意。她遠離九郎，把鋼骨重新架在腰部，靠一隻手扶起自己的頭，就像調整時鐘的指針一樣把頭轉回了正常位置。

岩永不禁用力握住拐杖。

「果然不行嗎？」

這下今後能採取的對策就縮減到只剩一種了。

即使是幽靈、妖怪或是怪物，若基本外型遭到破壞還是會有所反應才對。因為外型就是保持自我的基礎，要是外型的安定性忽然被剝奪，就不容易維持同樣的自己。

因此如果像九郎或岩永等等能夠干涉異界之理的存在，對其施加外力——像是折斷頸部——照理講就算是幽靈也不可能平安無事，靠這樣被討伐也不奇怪才對。

可是鋼人七瀨卻沒有停止動作。證明透過一般手法並不能討伐她。

九郎也配合鋼人七瀨重新擺出架式。他即使發現折斷對方脖子沒用也沒有感到慌張。面對眼前這個迷你裙飄飄擺盪的怪人，他表現出不惜跟對方反覆交手一整晚的態度。

於是岩永拄著拐杖從自動販賣機後面現身。事情到此為止了。

「九郎學長，適可而止吧。要打倒鋼人七瀨必須透過其他手段才行。」

隔著公車站牌站在兩邊準備做出下一步行動的那兩個不死存在，同時把臉轉向岩永。自動販賣機中照亮商品用的燈光，想必在黑夜中把岩永的身影照耀得非常清楚吧。

九郎看到岩永，頓時露出困惑的表情。鋼人七瀨則是因為沒有臉孔所以看不出表情變化。再說，一個沒有眼睛的傢伙把臉轉向聲音來源有什麼意義嗎？

鋼人七瀨接著往後退下幾步，跟昨晚一樣有如溶解到空氣中似地消失了。就好像大部分的亡靈或都市傳說中的怪人一樣，她似乎也不喜歡被複數人目擊或是要對付複數人的狀況。

九郎朝對手消失的空間看了一眼後，像是忽然感到疲憊似地垂下肩膀，朝自動販賣機的方向走過來。

岩永張開雙手迎接九郎，然而對方開口第一句話卻是：

「紗季小姐，為什麼妳會在這種地方？」

他對岩永瞧也沒瞧一眼，甚至無視於岩永的存在，彷彿有點畏縮地對站在岩永身後的女性如此詢問。

從岩永戴著貝雷帽的頭頂上接著傳來紗季嘆氣的聲音。

「我在這裡的警局工作。我才想問你為什麼會到這裡來？」

「那是因為……」

「因為只要心愛的女友找你見面，就算要跟怪人戰鬥你也會趕過來吧？」

岩永抓住拐杖中間，用裝有小貓雕飾的握把部分抵住九郎的腹部如此插嘴。

當然，岩永其實還沒有把九郎叫來。不過九郎肯定會附和她吧。

九郎霎時用嚴厲的視線瞪了岩永一眼，但很快又看向紗季。

「大致上就是這樣。雖然我沒聽說紗季小姐也在一起就是了。」

「我也沒聽說九郎會過來。」

「我本來也沒打算讓你們見到面呀。」

這兩人明明也都沒有想要見到對方的念頭才對。岩永為了對在她頭頂上做作對話的兩人潑冷水，而用一副理所當然似的態度如此說道。

紗季接著把視線看向岩永，露出一臉放棄的表情。

「這女孩真的是你現在的女友呀？」

「沒錯，她真的就是我現在的女友。」

「九郎學長，為什麼你要講得好像打從心底不甘願的樣子？」

「因為我就是打從心底不甘願啊。」

九郎語氣冷淡地回應後，從貝雷帽上抓住岩永的頭，硬是讓她對紗季彎下腰。

「不好意思，紗季小姐。我想岩永應該是給妳添麻煩了。」

「九郎學長，倒不如說人家還救了紗季小姐一命呀，怎麼可以這樣對待我？」

「別囉嗦，總之妳快道歉。妳這個人怎麼可能沒有給人添麻煩。就算救了對方肯定也只是偶然吧？」

真是過分的男友，居然逼現任女友對過去把自己當成怪物而拋棄的前女友低頭道歉。雖然他的推論並沒有錯，岩永救了紗季確實是一場偶然就是了。

「沒關係啦，要說添麻煩也是彼此彼此。」

紗季搖搖頭露出苦笑。

「現在重要的是關於鋼人七瀨的問題吧？」

她接著從口袋掏出錢包，把錢投進自動販賣機，按下商品中最甜的牛奶咖啡的按鈕。聽到「喀啷」一聲後，從取件口拿出罐裝咖啡遞向九郎。

「重新問候。好久不見了，九郎。」

「是，久未問候了，紗季小姐。」

九郎收下冰涼的咖啡，有點感到抱歉似地沉下眼皮。而紗季對於他那樣的態度也似乎感到抱歉，就在猶豫該多講些什麼話的時候，岩永插嘴說道：

「我們換個地方吧。又不是飛蛾，一直聚在自動販賣機的燈光前也太沒意思了。」

果然不應該讓這兩人見到面的。

岩永拉扯著九郎的手臂，對於不如願的現實忍不住垂下了嘴角。

第四章　想像力的怪物

為什麼事情會變成這樣？深夜十一點多，紗季在公寓的自己房間打開冰箱並如此思考著。

到最後，紗季把九郎與岩永從自動販賣機前招待到自己家來了。雖然其實也可以按照一開始的約定到家庭餐廳去，但既然是要針對鋼人七瀨的話題深入討論，總覺得最好避免在其他人會看到的場所。而且紗季身為當地的警察，也希望避免被認識她的人目擊到。要是什麼機緣巧合讓這件事傳入寺田耳中，感覺要解釋起來會相當麻煩。

不過其實最重要的理由是紗季在遭遇過木魂、浮游靈與鋼人七瀨，而且還目睹分手的情人不死之身的復活場面之後，實在無法承受要她獨自一個人騎腳踏車爬上公寓前那段昏暗的坡道。雖然九郎跟岩永也是屬於比較接近怪物的人種，但至少走在一起應該不會危害到自己。紗季只能這麼相信了。

紗季從冰箱拿出瓶裝的礦泉水，倒入馬克杯中。

「我說九郎學長，為什麼現任女友明明在身邊，你卻要盯著過去女友的背影一直瞧呢？」

「那是妳的錯覺。」

「才不，你一直在盯著看。啊啊，她變得比以前瘦了。平常有沒有好好在吃飯呢？是不是因為我的關係害她瘦成這樣的呢？哦哦，不過她腰部的線條好美啊。你的眼神看起來就是在想這些事情。」

「真虧妳能看出來。我確實就是在那樣想。紗季小姐很美啊。」

「不要承認好嗎！不要承認得那麼乾脆好嗎！」

坐在椅子上的岩永用左腳義肢踢著九郎的背部。坐在地板坐墊上的九郎則是轉開瓶裝綠茶的瓶蓋，並隨便應付著岩永的腳。

因為紗季的房間沒有什麼可以招待訪客用的餐具或杯子，所以飲料是各自從便利商店買來的東西。

「你們感情真好呢。」

紗季望著那兩人的互動，並端著馬克杯坐到床上，與那兩人保持幾乎均等的距離。

「我們感情好是事實，但我比較希望是更甜蜜的方式呀。」

岩永一臉不滿地伸手指著九郎，但九郎卻不理會她，而是用擔心的態度對紗季疑惑歪頭。

「紗季小姐，妳該不會到現在依然沒辦法吃牛肉跟魚肉吧？」

「我最近比較能夠吃得下去了。會變瘦是因為工作的關係。」

「抱歉。」

大概是聽出紗季在撒謊，九郎頓時沉下眼皮。

「我就說那不是因為九郎的關係了。」

雖然也不是完全跟九郎沒有關係，但也沒有到他需要道歉的程度。畢竟九郎也不是自願變成那樣的體質，而且想必是希望紗季能夠接納他吧。到頭來無法接納他的紗季自己也是有責任的。

要不是自己當時快要從學校畢業，要不是自己到遠處工作，要不是已經有考慮到結婚，或許還能把問題都先擱到一邊暫時再交往一段時間，讓自己習慣於九郎的異常特質。或是反過來變得更加清楚自己無法接受，就不會像現在這樣抱著留戀了。

久違的相見，即使與九郎在同一個空間中，紗季的心情卻比原本自己想像的還要冷靜。她本來很擔心自己如果見到面可能會心緒混亂、湧起難受的感情等等，然而實際見到了面卻意外地平靜。

或許是因為這一個小時內發生過太多事情，讓她在各方面感到麻痺了而已。又或者如果岩永不在，自己還可能會稍微比較有想要與九郎重新來過的念頭吧。雖然這個叫岩永琴子的女孩是個讓人難以容忍的存在，但是紗季並不覺得自己有到不惜排除岩永也要跟九郎重新來過的程度。

「讓我們進入正題吧。」

對於私人關係想東想西也沒有意義，現在還是單純把事情想成工作吧。於是紗季喝了一口水後，擺出問話的態度。

「九郎，你剛才和鋼人七瀨交手是因為岩永小姐的指示嗎？」
「我到這裡來是因為岩永的電話沒錯，但遇上鋼人七瀨就只是巧合而已。」
根據九郎的說明，他是入夜後抵達這裡的車站，就在準備前往岩永投宿的飯店時遇到一隻年老而獲得妖力的妖貓向他求救。
「以前像那類的存在光是感覺到我的氣息就會避而遠之的，不過自從我被岩永帶到各地去幫忙解決妖怪相關的問題後……」
九郎一副飽受辛勞似地抓抓自己的額頭。
「『一隻眼一條腿的公主大人』會好好管控，所以那傢伙不會亂來，而且還會代替公主大人接受求助。像這樣的風評漸漸傳開，於是妖怪們也變得會尋求我幫忙了。」
所以當時被鋼人七瀨追殺的那隻妖貓，偶然見到九郎才會拜託他想想辦法的。畢竟九郎來到真倉坂市本來就是為了解決鋼人七瀨的問題，但又沒有時間聯絡岩永，所以才會自己單獨前往鋼人七瀨出現的場所。
與此同時也有另一個浮游靈被鋼人七瀨追殺，而那個浮游靈知道岩永的所在之處，因此前往尋求岩永救助了。
紗季聽完這些說明，姑且表現出接受的態度。
「恭喜你囉。只要那樣的風評繼續傳開，下次河童遇上你也不會逃跑了。」
「但是被友好地尋求幫助，我也很傷腦筋啊。」
九郎終究是皺起了眉頭。

「話說回來，鋼人七瀨即使見到我、觸碰到我都感覺完全不害怕的樣子。在妖怪或幽靈眼中看起來，我的外觀應該非常恐怖才對。可是像那樣毫無反應，反而會讓我感到害怕啊。」

「說得也是。聽說在人類以外的存在眼中，九郎學長看起來就像是把人類、人魚和件混雜在一起，攪成一團很醜惡又讓人感到不祥。即使以怪物的標準來看，學長似乎也是個可怕怪物的樣子。也有妖怪形容過學長是充滿魚腥味跟野獸臭味，超乎常理的恐怖混合物呢。」

岩永若無其事插嘴說明的這段發言，好像讓九郎深深受到打擊的樣子。

不過無論人魚還是件其實身體都有像人類的部分，如果混合得巧妙一點或許看起來還可以像個普通人類吧。雖然紗季腦中想到這樣的安慰意見，但感覺好像其實達不到什麼安慰效果，於是她決定不要講出口了。

「那麼岩永小姐，對那樣的九郎都無動於衷的鋼人七瀨究竟是什麼樣的存在？」

「就是怪物。」

「這個我也多少知道。那我換個問法吧。那東西有辦法討伐嗎？」

正常的人類觸碰不到，不正常的人類就算折斷她脖子，她也連腳步都沒搖動一下。其他能夠想到的對策頂多就是像驅邪或封印之類更加怪力亂神的咒術手段，但是用那樣傳統的方法有辦法打倒跟普通的亡靈、妖怪等等存在明顯不同層次的鋼人嗎？

九郎心中似乎也抱著同樣的疑惑，而抬頭用詢問的眼神看向岩永。

岩永點點頭回應：

「有辦法，不過這也需要紗季小姐的協助。今晚我找妳見面，就是想跟妳商量這件事。」

她的態度變得嚴肅起來，並接著說道：

「紗季小姐，鋼人七瀨是個怪物，而且是現代人的妄想與願望所創造出來的『想像力的怪物』。」

岩永其實一開始並沒有要對紗季說明到這種程度的打算。將細節部分含糊帶過，只從紗季口中問出必要的情報，然後就道別不再互相扯上關係，肯定對彼此都是最好的做法。然而現在不但讓紗季見到九郎，而且她似乎還下定決心不會輕易從這件事情抽手的樣子。

既然事情變成這樣，乾脆就盡可能把真相告訴紗季，讓她理解自己跟岩永他們身處的世界有多大的差距，對於今後來說應該也比較好吧。

雖然目前九郎跟紗季看起來都沒有受甜美的感傷情緒牽動兩人關係的徵兆，但也不能鬆懈大意。趁那兩人還沒陷入那種狀況之前，再一次讓他們體認到雙方之間的隔閡，使他們都不會湧起那樣的念頭，才是上上之策。

「我們所知道的妖怪、怪物、亡靈、鬼怪或是都市傳說的怪人之中也多多少少有那樣的存在。剛開始並沒有那樣的東西。直到昨天，類似的生物或類似的現象都還不存在，可是有一天忽然就誕生出來的東西。最初無論是多渺小的事情都無所謂。比方說如果有人講出『我被一個戴著口罩、臉色很差的女性搭話，總覺得有點可怕所以逃走了。』這樣一段話，聽起來頂多就是在描述日常生活中遇到的事情而已。」

紗季用認真的表情聽著岩永的說明，看起來似乎還無法判斷自己應該相信到什麼程度，也還沒掌握岩永這些話會帶往什麼方向的樣子。

「然而以一個話題來說這樣感覺不太有趣，因此可能會加上『那口罩底下的嘴巴裂開了』、『用飛快的速度追了上來』等等的謊話。但即使這樣，也仍然只是一段虛構故事罷了。」

這個世界其實並沒有大家想像中那樣安穩，光是一點小小的契機可能就會讓莫名其妙的存在混入世界中。對人類來說是如此，對妖怪來說亦然。

「後來這段話透過口耳相傳開始傳播，以謠言的形式跨越地區的範圍，傳遍全國。即使如此，那依然只是一段『故事』，不具有任何力量或實體，僅是一段冗長的文字群。真正的問題是這段故事被賦予了名字。」

沒有名字就等同於不存在。相對地，只要有了名字就不需要太多說明，光是名字本身就能夠讓人腦中模模糊糊地浮現出大致的特徵、設定與故事內容。

「『裂嘴女』。一個字眼就能表現出故事內容，並大致上決定出外觀、姿態的名字。一個角色因此誕生。將原本模糊散亂的謠言匯集為單單一個名字，固定成一個存在。能夠將不同人們腦中的形象固定下來的就是名字。」

紗季的態度看起來依然半信半疑。這也是當然的。畢竟這些話的意思是說『有時候妖怪或幽靈是人類創造出來的存在』，會輕易相信的人才奇怪。然而這就是真相的事實並沒有改變。

「最初其實什麼都沒有，只是一段虛構的故事。然而一個有了名字與外型的虛構存在，有時候會透過深植於幾千、幾萬、幾十萬人的腦中而一點一滴地獲得血肉，成為實體。也就是人們的想像力創造出了怪物。」

岩永說明到這邊結束後，紗季把手放在嘴邊沉思了好一段時間。畢竟要她把這些話一下子就全部消化也很難，因此岩永也沒有開口催促。

把手放在嘴邊的紗季接著小聲呢喃：

「在恐怖小說或驚悚作品中也有這類的故事呢。登場人物原本只是隨口胡說一段故事，結果明明不存在的鬼怪竟不知不覺間獲得實體，追殺把自己創造出來的人之類的。另外像『本我的怪物（註5）』也是類似的概念。也可以說是某種將惡夢定型的現象。」

她接著把手放下來，雙手捧起裝有礦泉水的馬克杯。

「那樣的事情居然頻繁地發生在日常生活中。妳覺得這種話會有人相信嗎？」

註5　「本我的怪物」一詞源自科幻電影《禁忌星球（Forbidden Planet）》，指人們的潛意識所形成的怪物。

「妳都已經見過河童跟幽靈了，還跟我講什麼日常的不變性？」

「就算我勉強接受那樣的存在，還是會希望自己的日常是可以信賴而不變的東西呀。如果妳說的這些是真的，不就隨時隨地都可能誕生出新的妖怪或怪物了嗎？『擁有名字與外型的虛構存在』這種東西隨便找都有吧。像電影或遊戲裡的角色、網路上的英雄，難道那些存在也會基於什麼偶然而忽然變成實體嗎？」

「那些存在並不會變成實體。因為他們從一開始就是被認知為『虛構的產物』傳播開來。只要人們的想像力不覺得他們『真的存在』，虛構的產物就不會獲得血肉。」

雖然紗季應該有理解到某種程度，但岩永還是仔細向她說明。

「反過來講，只要多數人對其存在感到懷疑，那麼不管那虛構存在擁有什麼樣的名字或外型都一樣無法化為實體。即便化為實體也會立刻消滅，就算保持了實體也無法保持什麼力量。正因為是人們的想像力所創造出來的東西，一旦人們的想像力不足或是減弱，那些東西就會輕易地喪失實體。新的妖怪或怪物等等其實很少會被固定下來的。」

九郎這時輕輕舉手，插入兩人的對話：

「紗季小姐，只是多多少少帶有現實感的謠言或故事是很少會持續深植於幾萬人腦中的。而且即使被多數人在腦中思考，也不可能完全不被懷疑真假。那些東西必須不斷被反覆描述、反覆懷疑之後，才總算能勉強讓實體安定下來的。」

九郎或許是想要藉由表示同意來附和岩永所講的話並非隨口胡扯吧。

「學長說得沒錯。而且就算得到了實體，還必須花上更長的時間才能獲得智力、思考能力與物理性的力量。唯有經歷百年單位的流傳、被人相信的存在，才有資格成為新的妖怪或怪物。『想像力的怪物』本來並不是什麼需要畏懼的對象。就算因為一時的流行而獲得實體，也頂多只是很弱小、縹緲、很快會消失的程度。像『裂嘴女』或『人面犬』等等，一開始傳聞都不太好聽，但沒有造成過實際的傷害，很快就消失了。」

這個世界並沒有人們所想的那麼安定，到處都有累積某種理論扭曲、損壞、混沌而能夠變化為任何存在、類似於能量的東西。而進一步當人類扭曲的妄想流入其中，以『名字』為核心凝聚起來，能量就會產生出實體。

所謂被稱為『異界』的東西，也或許就是從那樣的能量之中誕生的。世上所有的妖魔或鬼怪如果回溯到千年前、兩千年前甚至更古早以前，或許都可以從人們的想像力還原為不定型的能量。

岩永的腦中浮現這樣的畫面。

相對地，從紗季的眉毛形狀看起來，她似乎還無法接受的樣子。

「我看過妖怪，也見過幽靈，所以不會一味否定說人類的想像力產生出怪物是不可能的事情。但是鋼人七瀨跟妳所謂『想像力的怪物』未免差太多了吧？」

沒錯，就是這樣。紗季繼續說道：

「那雖然被賦予了『鋼人七瀨』這個特別的名字，以及『身穿洋裝手持鋼骨的巨乳女性』這樣有特徵性的外型，但七瀨花凜是死於今年年初，現在連一年都還不到。就算在網路上形成話題，也沒有普及到會深植於幾萬人腦中的程度。可是她卻擁有了實體以及足以殺害人的力量，非常危險呀。」

「所以我就說那『本來』不是需要畏懼的對象。」

本來那存在就算獲得實體應該也力量微弱，不足以危害到這地區原本的幽靈或妖怪才對，而且遭到岩永身體衝撞或是被九郎折斷脖子的時候就應該會消滅了。對岩永來說，居然有那樣的存在同樣也讓她傷透腦筋。

「鋼人七瀨會擁有那樣的實體與力量的原因，正是妳提到的網路。網路能夠將本來需要花上一段時間才會傳開的情報一口氣傳播到世界的另一頭，讓許多人接收到，而且也能把雜亂擴散的話題匯集到同一個地方。」

聽到這個說明，紗季似乎也想到一件事。

「哦哦，就像那個『鋼人七瀨統整網站』嗎？」

既然紗季也知道那個網站，說明起來就省事多了。

「沒錯，就是因為那個網站讓『鋼人七瀨』的名字與設定急速定型下來並傳播出去的。而且貼在首頁的那張插圖也讓原本靠傳聞很難清楚傳達、需要花上一段時間才能形成共同認知的外觀形體一下子就固定了下來。只要明確的名字與外型急速傳開，而且全國各地的人每天將想像力蓄積到同一個場所，本來需要花上好幾年才能形成的實體也是有可能在幾個月內就成形的。」

岩永接著說出了決定性的證據：

「紗季小姐，請問妳記得『鋼人七瀨統整網站』首頁的那張插圖嗎？妳覺不覺得那張圖跟我們剛才見到的鋼人七瀨就連細節部分都完全一樣？」

紗季抬頭看了一下天花板後，立刻表示同意：

「聽妳這麼說確實沒錯。但那又如何呢？」

她的表情看起來就像是明明對方提示了非常重要的一件事，自己卻無法察覺而感到不安的樣子。於是岩永又對她說道：

「一個缺乏可靠的目擊證詞，只透過傳聞描述特徵的亡靈，妳覺得有可能被畫成那樣一模一樣的插圖嗎？當然不可能。那其實正好相反，並非那張圖照著亡靈畫出來，而是許多人看著那張圖想像出鋼人七瀨，所以鋼人七瀨才會形成那樣的實體。」

紗季頓時理解了什麼事情似地睜大眼睛。

於是岩永點點頭，認同紗季的想法。

「抱著遺憾死去的偶像化為亡靈現身。這樣聽起來感覺很普通，沒什麼特色，不是什麼會引人注意的故事。但是卻因為有個網站把情報收集到一處，並透過來自全國的留言討論使故事活化，就創造出了一個怪物。」

「鋼人七瀨統整網站」就是元凶。只不過是把情報彙整起來的場所卻成為了開端。

「其實一切完全相反。並不是因為有亡靈現身使得統整網站誕生，而是因為建立了統整網站才讓亡靈誕生的。」

即使教人難以置信，但前後的因果關係就是如此。

「要說那個網站就是鋼人七瀨的真面目也不為過。」

紗季雖然還睜大著眼睛，不過看起來應該願意聽岩永的話了。

「剛才我也說過，『想像力的怪物』是靠著人們的想像力維持本身的存在。換句話說，只要人們的想像力持續對其妄想、持續期望她存在，鋼人七瀨就是不死之身。就算腳被扯斷，脖子被折斷，她都能夠不斷復活。因為她的生命並不是源自那個身體，而是外來的願望使她的外型與特質得以成立。不管是砍掉腦袋還是在胸口穿洞，都無法讓她崩解。」

也因此，她不具有獨立的智慧與思考能力，只是個按照想像者的願望持續行動的自動人偶。是與正常的妖怪或幽靈明顯不同的怪異存在。

不過岩永並沒有打算把一切都告訴紗季。其實鋼人七瀨還有另外的內幕。光靠一個統整網站不可能讓鋼人七瀨獲得那麼強烈的實體，而是需要另一個力量進一步匯集人們的想像力。

「那麼要怎麼打倒她？」

紗季雖然陷入沉默，不過九郎則是抬起頭看向岩永並如此提問。他的衣服依然是鈕釦脫落、破破爛爛，讓人可以看見他纖細的鎖骨與單薄的肩膀。九郎雖然身材高䠷，但體格瘦弱。岩永不禁在內心感嘆，真虧自己的情人這副模樣還敢跟一個揮舞鋼骨的無臉怪物交手呢。

「岩永，妳有在聽我說話嗎？」

了呢。」

「哦哦，沒有，我看學長的鎖骨看到入迷了。仔細想想，學長已經好久沒有讓我摸

「現在不是講那種事情的時候吧？」

九郎嘆了一口氣後，露出恐怖的眼神。

「鋼人七瀨，那存在肯定會殺人。雖然等謠言消退後，她的力量應該也會減弱，失去不死之身，但我們不能等到那種時候。要是放著不管，搞不好今晚就會傳出犧牲者。成長到如此凶暴的『想像力的怪物』根本是出乎預料。那個統整網站我也看過，那甚至感覺就像在誘導促使鋼人七瀨變得更加凶暴一樣。」

「沒錯，這點我也有同感。因此如果要打倒鋼人七瀨，就只能利用那個網站了。」

不管再怎麼痛毆鋼人七瀨都沒有意義。若沒有斷絕她的生命源，就無法解決問題。

「既然她的不死之身是來自人們的想像力，那麼就只能攻略那個想像力了。」

從以前就知道相關知識的九郎似乎也看不出岩永在策劃什麼的樣子，岩永接著把視線移向還在沉思的紗季。

「為了達到這個目的，就需要紗季小姐身為警察的力量了。」

紗季聽到對話忽然回到自己身上，忍不住眨了眨眼睛。關於所謂『想像力的怪物』，她暫時決定接受這種說法了。畢竟不只是岩永而已，連九郎也表示認同，代表這應該不是什麼隨口胡謅的內容。

但既然如此，「警察」這樣的公權力職業為什麼會在討伐怪物的行動上變得重要？紗季完全無法理解其中的關聯性。

「該不會是要我透過警方的公權力強制關閉那個網站？」

畢竟那個網站就是元凶，因此這樣做或許是最好的處置。然而對一個隸屬交通課的員警來說，這不是她能辦到的事情。就算去拜託人脈很廣的寺田肯定也會被拒絕吧。

可是岩永卻露出苦笑搖搖頭。

「怎麼可能？沒有什麼正當的理由就想管制個人網站並不實際吧。就算真的強制關閉，如果對方換個形式又架設新的網站，只會變得沒完沒了。我想應該也很難鎖定出是誰架設那個網站的。」

對於一個只是在收集都市傳說並鼓勵網友留言討論的網站，要警方介入也太困難了。這點紗季也很清楚。而且要是用模糊不清的理由貿然強制關閉網站，搞不好反而會助長相信鋼人七瀨存在的人們更強烈的想像力。

既然警方會出手介入，代表鋼人七瀨的事情應該有什麼內幕。因為是亡靈在引發事件，所以警方想要掩蓋事實——諸如此類的想像反而可能賦予鋼人七瀨更強大的生命力。

「那妳需要我做什麼？」

「情報。我希望妳能提供關於七瀨花凜之死的正確情報。我會以此為基礎，架構出超越『鋼人七瀨』傳聞的故事。」

紗季果然還是無法理解，又再度眨眨眼睛。接著看看九郎的想法又是如何，結果握著寶特瓶的他看起來似乎也追不上岩永的思考。

岩永大概早已料到兩人無法立刻理解的樣子，而捏起蓋在右眼上的瀏海繼續說道：

「鋼人七瀨是個亡靈，是都市傳說的怪人，是從故事中誕生的想像力的怪物。若要將她根絕，就只能把『亡靈存在』的故事改寫成『亡靈不存在』的故事。只要能夠讓那些相信、期望鋼人七瀨存在的人接受改寫後的故事，鋼人七瀨想必就會耗盡生命力而消失了。」

亡靈不存在的故事。那是什麼意思？

「難道是給都市傳說一個合理的解釋，證明那故事是騙人的嗎？」

紗季頓時回想起一個謠言。雖然不是怪人，但也算某種都市傳說。

謠言流傳某間速食店的漢堡肉不是使用牛肉，而是用蚯蚓肉做成的。

另外也有使用老鼠肉或貓肉的版本，而且還加上「在廚房看到貓屍體」、「聽打工店員爆料」、「被塞了封口費」等等細節，描述得煞有其事。這都是因為許多速食店的漢堡價格實在太便宜，給人一種「若不是使用那些來路不明的肉根本沒得賺」的印象而傳開來的都市傳說。

然而只要仔細想想就能知道，要每天大量且不間斷地購入貓、老鼠或蚯蚓肉其實比購入牛肉還要費工夫。試想看看一公斤的牛肉與一公斤的老鼠肉，究竟哪邊比較能便宜而簡單入手？不管怎麼想都是牛肉比較容易購得，而且把向社會隱瞞使用奇怪肉類所需的勞力、風險與成本放到天秤上考量也可以知道，絕對是使用牛肉比較輕鬆且低廉。

合理來想，無論蚯蚓漢堡、貓漢堡還是老鼠漢堡，都是不可能存在的東西。這個都市傳說完全是個謊言。

可是問題的複雜之處就在於這些合理性思考所引導出的真相不一定能獲勝。實際上，這個都市傳說至今還是流傳得彷彿有什麼根據。即使細節內容與版本多少有變化，幾十年來這樣的謠言依然偶爾會被提出來，始終沒有消失。

比起合理性的解釋，『感覺好像會使用來路不明的肉』的印象更為強烈，使人心中莫名感到不安，湧起一種『該不會……』的感情。就算沒有完全相信謠言，心裡還是會感到毛毛的。謊言會動搖人心。

動搖人心的謊言，有時會比真相看起來更像真相。

「那是不可能的。謠言一旦傳開，就算某種合理性的解釋才是真相也很難被人們接受。如果謠言內容比較有衝擊性而且描述得多多少少有點道理，即使帶有些許矛盾，謊言還是會取代真相。並不是真相就一定能改寫故事吧？」

紗季說到這邊，忽然注意到一個重大的錯誤。確實在整個事件剛開始的時候，七瀨花凜的亡靈根本不存在。只是某個人基於「懷抱遺憾死去的偶像感覺好像會化為幽靈現身」的印象，而隨便捏造出來的故事。

然而現在鋼人七瀨真的現身了。謊言成為了真相。別說什麼合理性解釋了，鋼人七瀨就是個確確實實的真相呀。

岩永彷彿看透紗季腦中的想法似地露出微笑。

「沒錯，真相並不一定永遠是最強的。而且鋼人七瀨也是真相。因此我要透過合理的虛構與之對抗。創造出比『鋼人七瀨是亡靈』這個真相更有魅力的『鋼人七瀨是虛構』的故事，直接插入統整網站。」

「合理的虛構？」

這詞彙聽起來充滿強烈的矛盾，可是坐在椅子上看起來更像個西洋人偶的單眼單足女孩卻一副理所當然模樣地點點頭。

「紗季小姐，請問妳知道一種叫『鐮鼬』的妖怪嗎？」

這聽起來就像忽然換了個話題，不過紗季即使感到困惑也還是回答道：

「呃，我只知道那名字還有大致上的特徵。印象中是一種隨風出現，會毫無疼痛地割傷人體後離去的鼬鼠型妖怪吧。」

「是的，另外也有一種解說是牠們會三隻一起行動，第一隻把人絆倒，第二隻把人割傷，第三隻在傷口上抹藥然後離去。算是比較有名的妖怪。」

紗季也記得自己好像有在哪裡讀過類似的解說。或許是讓她知道木魂的那本百科書，也或許是在漫畫之類的作品中有過那樣的描寫。另外好像也看過在旋風的中心有隻像鼬鼠的獸類，或是鼬鼠的前腳變成鐮刀之類的畫作或插圖。

岩永這時語帶感慨地繼續說道：

「上次我遇到妖狐的少爺時有聽祂說過，以前在山中或是寒冷地區經常可以看到鐮鼬，但最近變得都見不到了。或許在什麼地方還有倖存者，不過大概是生命力變得太微弱而隱居起來了吧。」

那所謂妖狐少爺的證詞真的可以信賴嗎？

紗季抱著這樣的疑惑，並提出更加根本性的問題點：

「什麼叫『變得都看不到了』，鐮鼬的現象早就有科學性解釋說那是真空造成的裂傷，本來就是不存在的妖怪吧？」

這也是相當有名的說法。因旋風或強風等等急速的空氣流動造成氣壓變化，局部性產生真空狀態而使人體裂開。這說法就是所謂的「鐮鼬現象」，應該廣為人知才對。因為是空氣形成的利刃，所以就算被割傷也只發生在一瞬間而讓人感受不到疼痛。而且和傳說中「隨風出現」的部分也相吻合，是極為合理的說明。

紗季在還對妖怪一點興趣都沒有的時候就已經聽過這說法了。真要講起來，如果提到「鐮鼬」，「鐮鼬現象」這個科學性解釋搞不好還比較有人知道。

想到這邊紗季就注意到了。原來如此，或許『鐮鼬』也是一種『想像力的怪物』吧？可是因為科學性的解釋變得比較有名，所以後來就消失了。既然如此，岩永提出對付鋼人七瀨的手法也不是完全沒有可能性。

似乎看出紗季腦中想法的岩永輕輕一笑。

「『鎌鼬』確實曾經存在。只是那妖怪的起源太過古早，無從確認究竟是不是源自於人類的想像力。也有可能牠們原本就存在而無關乎人類的想像，但因為被取了名字，透過人類的想像力獲得更強大的力量而改變了外型、增強了存在感。」

原來還有這樣的例子。那麼就算是真正的怪異也可能因為科學性的解釋被傳播開來而使得生命力與存在感減弱，變得不再遇到了吧。

到這邊一直保持沉默的九郎忽然露出苦笑，從旁插嘴：

「不過紗季小姐，那個因為真空而造成皮膚裂傷的說法，其實是騙人的喔。就物理上來說那樣的現象不可能發生，如今已經被歸類為偽科學了。」

紗季差點讓手中的馬克杯掉了下去。杯中的礦泉水用力一振，讓水滴濺到她手上。偽科學，呈現出科學般的感覺但實際上完全不是科學的內容。換句話說，就是岩永所謂的「合理的虛構」。

岩永透過眼神對九郎輕輕道謝後，重新看向紗季補充說明：

「那個真空假說似乎從明治時代就存在且廣為人知，但是到昭和時代初期已經開始有人對那說法提出質疑。在自然界不可能那麼容易就產生真空現象，就算產生了也不會有足夠的力量割開人類的肌膚，而且除了人類肌膚以外也沒有發現真空現象割開其他東西的例子。因此最後得出那現象在科學上不可能發生的結論。解釋所謂鎌鼬現象的時候，真空說也不是會在正式場合上被引用的說法了。」

「可是百科書籍上有那樣寫呀。」

「那是因為虛構被當成了真實。明明沒什麼確切的證明，大家卻如此相信，使之成為了最有力的說明。這都是因為那樣的解釋比所謂的妖怪更吸引人，更簡單易懂，感覺更有可能性。就算『真空說』是騙人的，但只要比『鐮鼬』這種妖怪的故事更優秀，還是會導致妖怪消失。」

紗季一時之間講不出話來。她其實也沒有真的相信鐮鼬存在或信奉真空假說，但還是不禁受到衝擊。

原來自己在不知不覺間也參與了透過虛構消滅怪物的行為。

真實與虛構會輕易互換，只靠膚淺的知識並無法判斷何為真假。也就是說，既然謊言能夠動搖人心成為真相，那麼也能再用其他謊言動搖那個真相，使之變回謊言的意思嗎？

「順道一提，這個鐮鼬現象目前較新的科學性解釋是說皮膚在寒冷或乾燥環境下失去彈性，因此受到一點刺激就會裂開的現象。這說法與妖怪現象中描述經常發生在寒冷地區、會伴隨強風之類的外來刺激、裂傷時沒有自覺等等的特徵也都吻合。在日常生活中從事洗刷清潔工作導致皮膚表面缺乏油脂的時候，是不是關節部分也會在不知不覺間裂開呢？就跟那現象是一樣的。」

紗季稍微思考一下。

「那不是叫皮膚乾裂或皸裂嗎？」

「是的，都是同樣的現象。」

比起真空假說，這種解釋比較貼近日常，也有整合性。然而紗季卻變得懷疑起來。這個說明搞不好也是岩永隨便湊合，講得煞有其事的謊言。

「可是那樣的解釋我根本沒聽說過呀？」

「應該是因為以一個怪異現象的解釋來講，這種說法太過無聊而缺乏魅力，講出來也一點都不精采的緣故吧？因此無法成為閒聊的話題，也就無法傳播開來。說鐮鼬現象是旋風造成的真空利刃，聽起來就很帥氣又有魅力。可是如果說鐮鼬現象其實是皮膚皸裂，聽起來會有意思嗎？」

或許換個角度來看會很有意思，但應該也不會讓人想主動提出來說明。而且聽到說明的人想必也不會覺得驚奇，只會對凡庸的內容感到失望吧。

這之中沒有魅力或浪漫，也缺乏直覺性的說服力。

「話雖如此，但畢竟妖怪鐮鼬確實曾經存在過，所以這個假說或許也是『不相信真空說也不相信妖怪的人』所編造出來的騙人假說。目前也還沒聽說過這個假說有獲得證實。」

岩永輕易就承認了紗季心中的懷疑，接著改變語氣說道：

「那麼，現在我們把話題拉回鋼人七瀨。」

討論到此，紗季也漸漸理解了。所以岩永剛剛才會說要拿合理的虛構當成武器呀。

「這世上沒有幽靈，所以鋼人七瀨不存在。如果只是像這樣的內容，誰都不會想聽。想必也無法驅逐像是『真的有鋼人七瀨比較有趣』、『比較有夢想』、『就算真的存在也不奇怪』等等的期望與恐懼。就算告訴大家真相，說鋼人七瀨雖然真的存在但也不過是個『想像力的怪物』，只要大家不去妄想就會消失，最後結果也是一樣。甚至反而會讓網路上希望她出現的留言變得更多，因為這樣比較有意思。」

看來岩永很確信自己準備嘗試的手法可以發揮效果的樣子。

「然而就像『鐮鼬』一樣，即便是謊言，只要能提出比真正的怪異還要有魅力的故事或解答，人們就會轉而相信那個說法。畢竟大家在相信亡靈存在的同時，又會希望日常生活中不要出現那樣恐怖的東西。這兩種方向性雖然彼此矛盾卻也同時存在，進行的方向輕易就會被反轉。」

只要方向性一變，亡靈就會變得沒有容身之處。想像力會轉而期望亡靈不存在的世界。

紗季忍不住啞口無言了。這理論她可以接受，但感覺其中又存在強烈的矛盾，於是她脫口說道：

「屬於怪異陣營的妳居然試圖說明真正的怪異不存在，這根本是一種強烈的欺瞞行為嘛。」

「沒錯，就是欺瞞。是胡謅。但除此之外，沒有其他可以討伐那存在的方法了。」

岩永毫不抗拒地承認了這點。

「那麼接下來開始講實際的內容吧。如果要讓人們覺得『鋼人七瀨不是亡靈』，必須解決兩個問題。」

她說著，豎起一根有如蠟製工藝品般精緻的手指。

「第一，現在真倉坂市頻繁發生的傷害未遂事件是誰引起的？」

接著她又豎起第二根手指。

「第二，犯人是為了什麼目的做出這種事？只要能合乎現實又有魅力地對這兩個問題提出說明，就能利用合理的虛構逮住鋼人七瀨了。」

謠言早已傳開，在網路上自稱遭到鋼人七瀨襲擊的證詞也滿天飛。如果要說那不是亡靈搞的鬼，就必須提出有說服力的犯人以及動機，否則無法獲得大家的支持。

「為了這樣，我們還是需要正確的情報。如果相信網路上的情報並捏造出解答寫到留言板上，萬一事後被人指出那情報有錯，解答就會失去說服力。為了避免如此，我希望得到警方的情報。尤其關於七瀨花凜之死的情報。」

岩永嘴角微微一笑。

「紗季小姐，請問妳願意提供協助嗎？」

什麼提不提供協助。這女孩究竟是想到了多麼誇張的手法而且打算付諸實行呀。事到如今，紗季才深深體認到，自己插手介入了一件棘手無比的麻煩事。

聽到岩永的提議，坐在床上的紗季眉頭皺得更深了。她雙手緊握馬克杯，目不轉睛地凝視著地板。大概是在猶豫自己身為一個大人、身為一名警察，究竟該怎麼回應才好吧。

岩永也沒有催促她回答的意思。畢竟現在是前男友的現任女友用一套相當莫名其妙的理論要求她交出警方資料用於討伐怪物，她會感到苦惱也是理所當然的。

「岩永，妳已經看透到什麼程度了？」

坐在坐墊上豎起一邊膝蓋的九郎用猜疑的表情看向岩永，態度簡直就像岩永在策劃什麼惡作劇一樣。說到底，這男友明明是自己丟下女朋友消失了一個禮拜，哪來的資格這樣追究女友做的事情？

「因為學長來到這裡，讓我把所有線索串聯起來了。」

鋼人七瀨為什麼會在這麼短的期間內成為如此強烈的存在？多虧九郎在岩永聯絡之前就自己跑來的關係，讓岩永腦中原本缺少的一枚拼圖總算鑲上去，同時也決定出攻略的手法了。

「我不會虧待學長，也不會講多餘的話。總之目前必須打倒鋼人七瀨，在這點上你沒有異議吧？」

九郎想必是為了追尋在鋼人七瀨背後的存在而來到這裡的，但現在除此之外也肯定沒有其他手段。

他臉上頓時露出與其說是異議不如說是有一堆話想反駁岩永，可是因為現在在紗季面前所以只能壓抑衝動，讓他滿肚子火的表情。到最後，他只能垂下肩膀。

「妳不要太亂來啊。」

「如果不希望我亂來，就不要丟下我一個人呀。」

「那是有理由的。」

「理由我知道，但你也可以找我商量嘛。」

「我不想被妳抓到把柄。」

「但最後結果卻讓我抓到了更多把柄不是嗎？」

九郎想必不想被紗季知道那個理由吧。可是沒想到紗季跟岩永早已互相接觸，因此他明顯在擔心岩永有沒有多嘴說了些什麼。雖然岩永本身其實也因為不想讓九郎以前的女友再跟現在的他們扯上更多關係，所以沒辦法把那理由講出來。不過既然九郎認為那對他是個把柄，岩永當然不惜加以利用了。

九郎一副已經無從回嘴似地嘆了口氣表示認命。岩永則是向他伸出左手。

「總之，我們已經一個禮拜沒見到面了，你至少牽一下我的手吧。」

「好啦，真拿妳沒轍。」

九郎口氣隨便地如此說道，並牽起岩永的小手。雖然那牽法怎麼也讓人感受不到愛與浪漫，不過他的手很溫暖，觸感一如從前，因此岩永姑且感到滿意了。

「你們別在我家正中央親熱好嗎？」

似乎考慮結束的紗季對牽著手的岩永與九郎露出不怎麼和善的眼神。但岩永卻繼續牽著手回答：

「既然妳這麼說，我們也可以縮到房間角落去性交喔？」

「九郎，為什麼這女孩明明外表一副千金小姐的樣子，卻偶爾會若無其事地講出這樣沒品的話？」

「這點我也一直覺得很奇怪。雖然岩永真的是個大家閨秀，父母也是很了不起的人物。」

岩永覺得自己已經盡量挑選了比較有品的講法，但想必是這兩人心中把千金小姐或女孩子過度美化了吧。

「我們就別閒扯了。紗季小姐，請問妳願意提供協助嗎？」

紗季把馬克杯放到床邊。

「昨天我也跟妳講過，我們局內有個刑警認為鋼人七瀨的事情是什麼大宗組織性犯罪的預兆，因此個人在進行調查。而我也基於某些原因在幫他的忙，所以有拿到關於七瀨花凜之死的大致資料。」

那真是太好了。岩永本來擔心就算同樣是警察，如果是不同課或不同管轄範圍，要拿到資料可能會很麻煩。不過這下倒是省了許多時間。

「要我幫忙提供資料是可以，但關於犯人妳要怎麼做？」

紗季挺直身體，擺出身為警察的嚴格態度說道：

「就算妳要捏造出一個『合乎現實的解答』，但既然是捏造的解答，應該逮捕的犯人自然就不存在。如果是將某個實際存在的人物指稱為犯人，也會給人不怎麼好的印象。要是妳創作出來的解答被廣為相信，導致無辜的人遭受譴責或逮捕要怎麼辦？」

會有這樣的疑慮也是理所當然的。

「我會準備一個能夠巧妙避免這種狀況發生的解答。我們的最終目標並不是逮捕犯人或讓警方展開搜查，而是提出一個比『鋼人七瀨是亡靈』還要有魅力的故事。既然如此，解答中就算沒有特定出一個犯人也沒關係。只要能夠說明鋼人七瀨是人類基於某種意圖創作出來的東西，這說法就會有說服力。不用讓警方真的行動，只要讓人們相信那個解答就行了。」

七瀨花凜的瘋狂粉絲，或是潛伏於真倉坂市的犯罪集團，只要設定出類似這樣的人物並分配為犯人角色，就不會危害到現實中存在的個人或團體了。另外也有像是提出一個沒有所謂特定犯人的解答，或是將犯人塑造得不會受到譴責之類的手法。

紗季繼續試探性地詢問：

「也就是說不需要真的出動警方解決事件，只要讓那些相信鋼人七瀨存在的人將腦中想法變換為即便亡靈不存在也能合理解釋的內容，我們就算贏了是嗎？」

「是的。不如說要是警方真的出動，結果查出那個解答其實只是乍看合理的謊言反而會更糟。如果個人受到譴責結果在網路上發表反駁，導致解答被戳破也不妙。紗季小姐所擔心的狀況，都是我們在取勝的過程中必須避免的事情。」

「條件還真嚴苛呢。」

「比起要捏造一個足以撐過警方搜查及法院審判的虛偽解答，這還沒那麼困難。就算內容上多少有點誇張或轉得很硬，只要能讓多數人感到『希望是如此』，就會被接受為真相了。」

人活在世上總會相信自己所期望的事情，並接受無數的謊言。勝算相當大。

紗季又猶豫了一段時間，不過就在剛剛好三分鐘後放下馬克杯，拿出了一份大概是關於七瀨花凜死亡意外的資料。

雖然岩永很想把資料直接拿過來讀，但畢竟內容敏感，紗季不太想把警方資料直接讓一般民眾看到的樣子。於是她從岩永看不見的角度打開資料，開口說道：

「總之我先把講出來也沒關係的範圍告訴妳。從概要確認跟疑點整理開始吧。」

她說著，一邊翻閱資料一邊用口頭說明應該有必要的部分：

「遭人懷疑殺害自己父親的七瀨花凜，是在今年一月三十日上午八點多被發現遺體的。這部分在新聞報導或網路情報上都沒錯，可以吧？」

岩永點頭回應。報導記述的內容大致上都記在她腦中了。

紗季接著把被雨淋溼的遺體是發現於一處遭到棄置的公寓建設預定地，以及確認出遺體身分就是七瀨花凜的過程都描述完後，重新看向岩永。

「在搜查階段首先被指出的疑點就是，七瀨花凜為什麼會在那種地方。那個被棄置的公寓建設預定地本身因為有飯店在旁邊，附近都有路燈等照明。即使被柵欄和牆壁圍住，晚上依然可以保持一定程度的視野。畢竟附近居民也反映過萬一有人晚上闖進裡面會很危險。」

紗季繼續說道：

「可是一個十九歲、躲藏中的偶像會隨便靠近那場所也太不自然了，而且那個地區在前一天二十九日晚上九點之後就開始下小雨，過了十二點後雨勢變得更大，周邊幾乎沒有什麼人。以天氣和時間來講，她光是會外出就很不自然了。」

「狀況上聽起來，頂多只能想到可能是被誰叫出來所以才特地冒雨到那地方去的。如果是這樣，最先要懷疑的是他殺的可能性嗎？」

關於事件似乎並沒有調查過足夠情報的九郎插嘴如此說道。如果是被人叫出來，就能考慮當時除了七瀨花凜之外至少還有另一個人在場，那麼他殺的可能性就變得很高了。

對於九郎這個疑問，岩永提出了一般性的解答：

「根據報導，有香菸掉在七瀨花凜的遺體旁邊。」

看向九郎的紗季重新把視線放回岩永身上。

「對，那個報導沒錯。講得更詳細一點，遺體附近除了應該是七瀨花凜使用的雨傘保持打開的狀態掉在地上之外，還有五根香菸的菸蒂。從遺體身上的大衣口袋中也有發現打火機以及開封過的一包香菸。七瀨花凜還未成年，年齡上法律禁止抽菸。因此警方推測她可能是為了避人耳目抽菸才會闖入案發現場的。」

紗季接著把資料翻到下一頁。

「畢竟飯店是全面禁菸，就算要到外面抽菸，一個名字和長相都被人知道的偶像難保不會在公共場所被誰撞見。她當時已經有殺人嫌疑，要是未成年抽菸的事情又被媒體知道，經紀公司肯定也會捨棄她了吧。因此她如果想要靜靜抽菸，一個晚上不會有人靠近，也不需要在意周圍視線，被牆壁圍繞的建設預定地就是最佳的場所了。而且在下雨就更不會有人經過，產生的煙也會比較不顯眼。」

岩永對於這個解釋也感到可以接受。

「這樣就算不是被人叫出來，也充分能夠說明她在那地方的理由了。不過七瀨花凜所屬的經紀公司不是否認過她有抽菸的習慣嗎？」

「是否認過。但也有可能是被黑色謠言迫害到壓力過大，導致她開始抽菸的。從她留在飯店房間的私人物品中也有發現兩包香菸，驗屍結果也顯示她有抽菸的習慣沒錯。」

然而光靠這些情報並不能否定七瀨花凜是被誰叫出來的可能性。九郎於是提出了這點：

「如果是七瀨花凜被誰叫出來，然後在等人的時候抽菸呢？或是把她叫出來的人先抵達現場，而那些菸蒂是那個人吸過丟掉的可能性呢？」

「並不能完全否定。雖然現場並沒有其他人留下的痕跡或是發生過爭執的跡象，但畢竟一整晚都在下雨，無論遺體、鋼骨還是周圍地面都暴露在雨中，就算當時真的有其他人在場，腳印之類的痕跡也早就被雨水沖掉了。發現的菸蒂也並沒有一根一根採集唾液確認過是誰吸的。」

紗季雖然這麼說，但接著又聳聳肩膀。

「不過在警方的搜查中，並沒有發現讓七瀨花凜在雨中等待了五根菸的時間卻連手機都沒操作過的對象。就算假設是見面對象先抵達現場抽菸，也至少應該會有聯絡過七瀨花凜的手機之類的痕跡吧？」

根據紗季接下來的說明，警方雖然有針對他殺的可能性進行過搜查，但是在很早的階段就強烈認為應該是意外事故了。

遺體身上的手機只有和經紀人之間的通聯紀錄，沒有和其他人通話過或是嘗試聯絡過的跡象。七瀨花凜躲藏的飯店也只有那個經紀人知道，而且七瀨花凜相當謹慎小心，每三到五天就會換一個地方投宿。在這樣的狀況下，很難想像她會跟什麼認識的人物相約見面。

「附近居民也指證過那鋼骨從以前就感覺隨時會倒下來，因此推論是七瀨花凜在抽菸的時候那些鋼骨忽然倒下來當場把她砸死，會比較單純而且合理。只不過如果要這樣推論，又會浮現另一個疑點就是了。」

九郎疑惑地歪頭。

「什麼疑點？」

岩永雖然一時覺得九郎怎麼直覺這麼不敏銳，但仔細想想這個問題重點，九郎或許很難注意到吧。

「就是七瀨花凜是從正面直接被鋼骨砸到臉部，完全沒有想要逃走而姿勢不穩或是反射性地用手防禦之類的跡象對吧？」

聽到岩永這麼說，九郎似乎也領會了。那才是一般人正常的反應。

紗季對自己過去的男友瞄了一眼後，靜靜地補充說明。

「如果鋼骨是從背後倒下來還沒話說，但如果是從正面倒下來，就算腦袋知道沒用，本能上應該還是會做出像扭轉身體或是把手臂擋在前方之類的防衛反應吧？可是七瀨花凜的遺體完全沒有這類跡象，直接從正面被砸死。這點要說可疑也確實有點可疑。」

若換成擁有不死之身且對痛覺很遲鈍、缺乏危機意識的九郎，或許就會直接從正面被砸死了。

「從遺體並沒有檢驗出安眠藥之類的藥物，但如果要假設是他殺，可能就是用打昏之類的方式先奪走自由行動的能力，讓她躺在地面上再故意朝她身上推倒鋼骨。畢竟即使對頭部施予足以打昏的傷害，傷痕也會被鋼骨一起砸爛了。」

看來警方的搜查行動比岩永所想像的還要周密。在搜查會議中居然連這樣的假說都有被提出來的樣子。

「不過另一方面來講，七瀨花凜當時受到媒體追蹤，遭人懷疑殺害了自己的父親，導致她甚至在一月寒冷的雨天深夜還會獨自撐傘外出抽菸對吧？這也能解釋為她的精神狀態已經被逼到極限，變得自暴自棄了。所以就算看到鋼骨倒下來，防衛本能也無法正常作用，就這麼呆呆被砸死也不奇怪。因為這樣的看法占優勢的關係，剛才那個假說就被捨棄了。」

不可否認這樣的看法是比較有說服力。剛才的假說總難免讓人覺得是出自想要把狀況推論為他殺的願望。如果沒有真的發現什麼毆打過頭部讓七瀨花凜躺在地面上的證據跡象，警方就無法採用那樣的假說了。

「另外也有可能是七瀨花凜在逃避媒體追蹤的過程中感到疲憊，變得偶爾還會考慮要自殺，結果剛好遇到鋼骨朝自己倒下來，讓她認為這就是天命，心生『已經受夠了』的念頭，便毫不抵抗地被砸死了。這樣的解釋也說得通吧。」

「也有搜查員提出過這樣的意見。尤其『已經受夠了』的感覺莫名生動，感覺很有說服力。」

九郎這時露出苦笑。

「唉呀，雖然說如果她真的是『已經受夠了』而死的，就不會化為亡靈跑出來了啦。所謂的亡靈通常都是死不瞑目、壯志未酬的狀況才會發生的吧？」

「但鋼人七瀨是因為人們的妄想而出現的存在，是亡靈卻又不算亡靈，跟七瀨花凜本人的想法一點關係都沒有就是了。另外就算是普通的亡靈，也可以解釋成是死了之後才改變想法覺得『自己果然不應該死的，社會真可惡啊』的狀況。」

「這不是怎麼講都通了嘛。」

「其實所謂的道理要怎麼講都是可以通的。警方發表的結論也是與其說真假與否，不如說社會上能不能接受這個道理。如果世上的一切真的都循著道理運作，人就不會活得這麼辛苦啦。」

雖然這種話講出來，可能會讓眼前這位從昨天就因為大大小小的事情累積各種鬱悶的現任警察小姐感到生氣，但這位身材苗條的交通課巡查卻只有嘆了一口氣後，言歸正傳：

「警方後來因為最可能有殺人動機的親姊姊七瀨初實有不在場證明，另外也找不到其他有可能的嫌疑人，所以在發現遺體的一個月後做出最終結論，發表七瀨花凜是死於意外事故。」

似乎也不曉得這件事的九郎發出驚訝的聲音：

「她的親姊姊有殺人動機？」

這件事並沒有被大幅報導過，只有週刊雜誌稍微提及，然後網路上有留下引用那篇雜誌文章的紀錄而已，不過岩永知道這件事。

紗季又把資料翻到下一頁。

「如果七瀨花凜是遭到他殺，那麼嫌疑最大的就是她的姊姊初實。初實與花凜——這時候或許用本名『春子』比較適當——這兩人之間的關係從很早之前就不是很好了。」

七瀨花凜的家族關係很差的事情本身，即使在她死後沒有被大幅報導，也早就廣為人知了。

「還有，『父親的死因在於妹妹』這個謠言，初實在一般大眾間開始流傳之前，據說就曾向她周圍的人透露過這個想法。而且當妹妹死亡之後，妹妹從事偶像活動賺來的錢全部都會由身為唯一血親的姊姊初實繼承。無論感情或是實際利益兩方面來講，妹妹的死對於初實都是一件好事。因此她會被視為最有嫌疑的人也是難免的。」

「可是警方才短短一個月左右就得出了結論，代表那位姊姊的不在場證明很完美的意思嗎？」

關於這點，岩永在網路上也沒找到情報來源明確的文章。或許是報章雜誌再怎麼說也不會把相關人士的不在場證明內容都寫出來吧。

「七瀨初實當時跟包含男友在內的五名朋友一起到北海道去溫泉旅行，案發當晚投宿於北海道的一間飯店。而那間飯店與真倉坂市距離五百公里以上，初實完全沒有足夠的時間可以往返兩地。自從妹妹被媒體追蹤之後，採訪記者也開始會到初實的住家打擾。因此初實從十二月左右就沒有回到自己家，而是借住在男友或其他朋友家中。而當時似乎一方面也是為了補償自己給大家添的麻煩，才會約大家一起去泡溫泉的樣子。」

「以不在場證明來說無可挑剔啊。」

九郎說出這樣的看法。而岩永雖然覺得他這樣立刻下結論不是很好，揑起蓋在自己右眼前的瀏海，不過警方想必也已經徹底調查過各種移動手段了吧。

如果是白天還另當別論，但七瀨花凜的死亡時間推估是深夜十二點到一點之間。要假設初實在這段時間內殺人之後又移動五百公里並不實際。不只是情人或朋友的證詞而已，警方肯定也有向投宿飯店確認過她的不在場證明才對。

「另外，關於七瀨花凜之死最大的疑點就是這位七瀨初實。在警方搜查的過程中，唯一對『七瀨花凜的精神狀態足以導致她自殺或考慮自殺』的說法，不斷主張懷疑意見的不是別人，就是七瀨初實。」

「哦哦，週刊雜誌上也刊登過她這類的發言呢。」

這點岩永也有在留意。

「根據資料上寫說，這位年長兩歲的姊姊不認為自己的妹妹光是遇到這種程度的逆境就會自暴自棄，而且就算想死也不可能會選擇被鋼骨壓死這種難看的死法。即使警方得出『意外死亡』這個結論之後，她也再三對搜查人員提出『難道完全沒有被誰殺死的可能性嗎？』這樣的疑問。」

從紗季的口氣可以聽出她對於這段證詞感到非常在意，而九郎似乎也是一樣。

「就算那個姊姊在很早的階段就得到不在場證明，即使警方傾向他殺的說法也不會讓她感到困擾，但警方都已經漸漸確定是意外死亡了，她卻不斷對這見解提出反對也太奇怪了。明明事件能夠早日解決是好事，她卻要對感情不好的妹妹的死因一直感到懷疑。」

不過關於這點也不是無法解釋。岩永接著詢問紗季：

「對於姊姊提出的反對看法，警方是怎麼判斷的？」

「即便兩人關係再怎麼差，當妹妹遇到困境的時候自己卻不但完全不幫忙，甚至還反過來冷漠對待。可能就是基於這樣的罪惡感，讓她無法接受『幾近於自殺的意外死亡』這種狀況。畢竟妹妹會被逼到連鋼骨倒下都不想躲避的狀態，這位姊姊也可以說是遠因之一。從這點來看，若妹妹是被誰殺死的，姊姊在心理上也可以比較輕鬆吧。」

如果要岩永說明，她應該也會首先採用這樣的看法。而真相想必大概也是如此。

紗季隨意翻著資料小聲呢喃：

「不過家人會那麼篤定主張『她就算想死也不會那樣死』讓人有點在意呢。畢竟有時候感情不好的人其實才更理解對方呀。」

這看法也很有道理。

就在這時，九郎把手放到岩永的膝蓋上。

「岩永，那麼實際上究竟是怎麼樣？」

「什麼怎麼樣？」

「案發現場是沒什麼人會靠近的場所，應該有什麼浮游靈或妖怪目擊到七瀨花凜死亡的瞬間吧？」

真不愧是一路跟著岩永一起處理過這類麻煩事的九郎，很了解岩永辦事的順序。

岩永其實首先就去確認過現場有沒有那類非人存在的目擊者了。過去的經驗中通常都會有那樣的目擊者。畢竟會成為死亡現場或殺人現場的場所，似乎會具有自然吸引那類妖魔鬼怪的傾向。

「要說目擊者是有啦。那個建設工地有一名工人在施工時喪命，變成了地縛靈。而那個幽靈從頭到尾目擊了整起事件，然後今天白天的時候告訴我了。」

紗季在床上瞪大了眼睛，岩永則是對她點點頭：

「日本的警察非常優秀。七瀨花凜是在雨中獨自來到案發現場抽菸，途中鋼骨忽然倒下來，但她卻連閃都沒閃，愣在原地讓鋼骨從正面壓到自己身上的。正如警方的結論，這是非常接近於自殺的意外身亡。那位工人幽靈雖然急忙叫了一聲『危險！』，可是他還沒有足夠影響到物體或人類的力量，那聲提醒終究徒勞無功，讓他感到非常遺憾。」

才剛變成地縛靈沒多久，自然只會擁有那種程度的力量。那位幽靈也表示過，自己希望化這份遺憾為力量努力精進，等那棟建築物蓋好的時候要有足夠的力量成為房屋的守護靈。

畢竟讓一個死於非命的地縛靈有了將來的目標，七瀨花凜或許也不算白死了吧。

「那位工人幽靈也說過，回想起來那女孩來到現場的時候表情就非常失落，好像隨時都會自殺的樣子，讓他覺得明明有那麼雄偉的胸部未免太浪費了。或許那個表面上個性很強勢的七瀨花凜，其實也只是個心理會受傷的普通女性呢。」

她在經紀公司網頁上留下的那句〈大夥們，我很快就會回來〉，想必也只是她竭盡全力的虛張聲勢吧。

紗季手中的資料掉到地上，突然對岩永探出身子。

「這、這種查明真相的方式太犯規了吧？根本沒有經過任何推理或假設呀！」

「什麼推理不推理的，透過與事件無關的第三者所提供的證詞釐清事實，不就是最好的方法了嗎？明明稍微動身調查就能知道的事，還特地去思考各種理論引導答案，根本是白費力氣呀，白費力氣。」

而且所謂的理論經常會有錯。即使理論上說得通卻與事實不符的情況，根本不足為奇。

紗季頓時跪下來抱住自己的頭。

「既然這樣，妳根本沒必要特地確認警方的搜查情報嘛。七瀨花凜的死根本沒有什麼謎團，只要去問幽靈還是妖怪就能全部知道了不是嗎？」

「真相是很重要。不過被一般大眾視為真相，並由此引導出的結論是什麼也很重要。畢竟在網路上妄想鋼人七瀨的人們就是根據這個結論進行思考與行動，所以我們也不能對外使用超出這個結論以上的情報。」

就算與真相不一致，只要一般大眾視其為真相，岩永為了構築合理的虛構就會毫不猶豫地使用那個結論。為了提高說服力，不管任何東西她都會拿來利用。

紗季搖搖晃晃地站起身子，重新坐到床上抱住頭。

「我開始覺得這一切都太無謀了。就算妳提出的解答再怎麼優秀、再怎麼吸引人，能不能在網路上被人接受，終究還是要看運氣了不是嗎？妳真的有辦法隨心所欲地控制那樣不特定多數人聚在一起隨便亂留言的網路空間？」

紗季說得沒錯。不管列出多少證據，花費多少心力說服，依然會有人堅持像是世界上真的有幽靈、真的有飛碟、阿波羅十一號沒有登陸過月球、地球沒有在轉動、這個世界是基於某個祕密組織的陰謀在運作等等的意見。因為理論經常會有錯的緣故，甚至也有完全不願接納理論的人。

紗季表情疲憊地抬起頭。

「人並不會永遠都希望照著邏輯走。用符合現實的答案解決不可思議的怪事，雖然會讓一些人感到佩服，但也會有人因此覺得掃興，反而更寧願相信亡靈存在。在無法衡量那個平衡的情狀中，妳所說的謊言真的能發揮力量嗎？」

『想像力的怪物』之所以不會輕易誕生，反過來講就是因為這個緣故。人們的思考並不會那麼簡單就流向同一個方向。會有人相信也會有人不相信。兩者互爭到最後就會變得厭倦，使謠言在成形之前就消失。即使成了形，也已經失去力量了。

不可能的事情也會因為某種契機而受到支持，正確的志向也會因為某種契機而遭到背棄。究竟能不能讓多數人相信，必須試試看才知道。

唯一可以確定的是，無論怎麼樣的胡扯怪論都會有受到支持的可能性。

「如果單純只是把解答貼到網路上，『謊言』與『真相』究竟哪一邊會被人喜歡、受到支持就完全只能賭運氣了。相對於早已傳開的鋼人七瀨謠言，我們想必處於劣勢。不過我們這邊有九郎學長呀。」

岩永從椅子上下來，抱住九郎的頸部。

「只要我準備一個被人接受的可能性稍微高一點的謊言，九郎學長就能夠把那個謊言的支持率提升到百分之百。」

雖然紗季頓時全身散發出不愉快的氣息，但岩永不予理會，並尋求九郎的認同：

「畢竟學長可是吃了件的肉還能活下來的人，對吧？」

光靠合理的虛構是無法獲勝的。如果要確實討伐怪異，也就需要藉助於怪異的力量。

過了深夜兩點半。紗季在只剩下她一個人的公寓房間中倒到床上，讓疲憊無比的身體往下趴著。就在剛才，九郎與岩永一起離開了房間，此刻應該正走下斜坡吧。

時間已經很晚了，而且總覺得自己一個人留在這房間會感到不寒而慄，因此紗季其實覺得讓那兩人留下來過夜也沒關係的。但是又覺得讓岩永留下來肯定不會有好事，所以她並沒有把想法講出口而放那兩人回去了。要是紗季剛才開口要他們留下來過夜，那女孩搞不好會拒絕說：

『我才沒辦法在這麼殺風景的房間睡覺呢。來吧，九郎學長，讓我們到飯店商務套房柔軟的床上一起培育感情吧，嘿嘿嘿嘿。』

而且紗季不知道為什麼連岩永接著會被九郎揍的情景都能想像出來。

真有點羨慕。

紗季和九郎以前交往的時候，兩人之間是優秀姊姊與笨拙弟弟的關係。即便是開玩笑，九郎也不會對紗季表現出冷淡或胡鬧的態度。遣詞用字也總是不忘面對年長者的敬意。紗季雖然以前覺得那樣也算一種風情，感覺不錯，但現在回頭想想也覺得好像有點太過見外了。

紗季並不是說希望對方黏著自己或是寵愛自己什麼的，而且照她的個性如果受到那樣的對待肯定會動怒要求對方不准再犯，演變成吵架場面吧。但是自己和九郎過去真的算男女朋友嗎？這樣無謂的想像還是會湧上紗季的心頭。

九郎完全沒變。因為吃過人魚肉的緣故，搞不好他就算五十年後，外觀上看起來依然會像個社會新鮮人。一方面考慮到這樣的可能性，自己當時放棄結婚並跟他分手應該是正確的選擇才對。

對於和九郎重新來過的選項，紗季心中果然還是會感到抵抗。不只是人魚而已，在鋼人七瀨的攻略行動中成為王牌的能力——預言獸件也是一個沉重的枷鎖。

面對一個能夠看透未來、決定未來的人，究竟可以信賴到什麼程度？

岩永與九郎離開紗季的公寓，走下又暗又長又陡的斜坡。岩永坐在電動腳踏車的行李架上，九郎則是在前方握著把手雙腳踏地，推著腳踏車前進。畢竟在視野如此差的坡道上，兩人共騎腳踏車也太危險了，所以才會選擇聽著車輪喀啦喀啦的聲響慢慢走路的。

「學長，請問你有預約哪間飯店了嗎？」

「不，我沒考慮到住宿的問題。」

「我就想說可能會這樣，所以是住雙人房喔。」

「我記得車站前好像有一間商務旅館。要是沒有空房，我就到二十四小時營業的家庭餐廳打發時間好了。」

「為什麼要拒絕跟我同寢？」

「現在不是那種時候吧？」

坐在行李架上的岩永只能看到九郎的背部。今天的事情應該賣了他不少人情的說，為什麼這個男友就是不能態度更親密一點呢？

九郎用正經八百的聲音繼續說道：

「岩永，紗季小姐已經把關於事件必要的情報全部告訴妳了，妳要捏造的解答大致上已經想好了嗎？」

坡道邊零零星星的路燈可以看到飛蟲聚集，溫熱的夜風吹拂而過。從高處眺望到的市街區燈光稀散，大概是車燈的光點緩緩來去。

岩永後來又向紗季提出了許多問題，而紗季即使不太甘願也還是回答情報到了深夜兩點多。雖然那似乎是紗季個人整理出來的資料，不過她應該是把警方的搜查情報幾乎都告訴了岩永，真該感謝她才行。另外她感覺上似乎也有把資料上沒寫的近日動向都講了出來。

聽到九郎的詢問，岩永調整了一下頭上貝雷帽的位置。奶油色的帽子在黑夜中格外顯眼。她的拐杖則是插在腳踏車前方的籃子中。

「為什麼犯人要假扮成七瀨花凜的樣子，每天晚上襲擊毫無關係的對象？只要我有那個意思，要我捏造出多少動機都沒問題。尋樂犯罪、媒體炒作話題、擁有七瀨花凜寫真集或CD版權的公司為了清庫存再賺一票而故意引發事件等等。但如果是要能引人注意、使人相信、具有震撼力的動機就很難了。若能巧妙關聯到過去的事件，並技巧性地寫得稍微感人一點，或許吸引力就會比較強吧。」

「不是提供真相，而是要描述出帶有故事性的真相是嗎？」

「是的。反映現實艱苦的真相根本稀鬆平常，又有誰會期望呢？」

雖然說『真的亡靈手握鋼骨到處襲人』這樣的真相，是否反映現實艱苦而稀鬆平常還有待商榷就是了。

「然後接下來就是九郎學長的任務了。」

「好，我會抓到妳的解答受到眾人支持的未來。為了妳，要我死幾遍都行。」

九郎推著腳踏車，語氣毫不緊張地答應了岩永。雖然『為了妳』這個講法聽起來很浪漫，可是出自一個不死之身而且對痛覺遲鈍的人口中也不太讓岩永感到心動。

當初岩永得知九郎那個源自件的能力時也感到非常驚訝。岩永過去都以為件的能力只是單純的預言未來，沒想到實際上是如此恐怖的東西。

件的預言其實並不是把看到的未來說出來而已，而是把未來的發展決定下來的能力。

根據九郎的說法，『未來』並非只有固定一個發展。從『現在』的時間點觀察未來的時候，會看到許多分支、變化，好幾種的可能性。所有可能發生的事情會無限分歧，有如樹枝般展開。

無論什麼樣的未來都有路線連接，無論什麼樣的未來都有發生的可能性。然後只要選擇了其中一條路前進，被留在後面的分支就會全部消失，使『過去』成為單一條路。背後只有一條路，前方有無限多條。『未來』總是充滿未知而未定。

既然如此，『預言』應該是不可能辦到的事情才對。如果『未來』有無限多的分支，就不可能預告出一個單一的終點，頂多只能告知『有這樣的可能性』。可是件卻能夠百發百中地告知未來。

因此件的能力並不只是看見未來而已。

件能夠把未來的無限分支限定為單一條路，擁有決定未來會如何發展、會到達什麼終點的力量。

而其代價就是件自己的生命會被奪走。畢竟是看見所有可能發生的未來，並且從中選擇並聚集成單一條路的行為，會把生命燃燒殆盡也是正常的。件從出生的同時就背負著看見並決定出一個未來然後死去的宿命，或許就是因為這樣，他們詛咒自己的出生，詛咒讓自己誕生的世界，才會有決定不祥未來的傾向吧。九郎是這麼認為的。

九郎也擁有那個決定未來的能力，但據說並不是什麼未來都能夠決定，也無法隨心所欲地使用。

首先，九郎必須在面臨死亡之際才能看見並選擇未來的分支。這或許是因為就算身體對痛覺再怎麼遲鈍，本能還是會壓抑足以致死的未來觀察能力吧。因此在瀕死的狀態下本能才總算會解除壓抑，使九郎在瞬間看見並選擇未來。

又或者可能件也不是因為做出預言所以死的，而是因為死亡將近所以能夠預言。所謂看見未來的能力，也許是一種只有在臨死之際才能使用的特權。

另外，九郎只能決定出發生可能性很高、而且時間點很近的未來。

若是半年或一年後的未來，可能發生的分支就會多到看不見也無法選擇。至於可能性太低的未來則是分支太過遙遠而難以抓到。如果只是一個禮拜後的未來也不是無法決定，但僅限於比較可能發生的狀況，而且是即使不靠能力選擇也能達成的那種極為普通的事情。夏季在日本降雪的可能性並非完全沒有，但九郎的能力沒有辦法輕易選擇那樣的未來。

拿九郎與鋼人七瀨交手時的狀況為例。

當時九郎在一度喪命的時候，決定出自己閃過鋼骨並把手繞到鋼人的脖子上折斷對方頸部的未來之後復活。接著他決定的那個未來就成為了現實。畢竟鋼骨的速度並非無法閃躲，九郎也擁有足以折斷頸部的臂力，因此這是十足可能發生的事情而被決定了下來。

然而九郎沒有抓到自己繼續擊倒鋼人而獲勝的未來，也沒能選擇像是切斷對方手腳或是用拳頭打穿對方頭部之類的未來。這些事情在當時那個時間點發生的可能性極低，如果同時有好幾項奇蹟降臨或許還有可能發生，但並不是九郎的手能夠伸及的未來。

因此岩永的任務就是要把那樣的未來拉到九郎伸手可及的距離。未來是無時無刻都在變化的。雖然各種分支一開始都存在，但『哪一條分支比較容易發生』會因為個人的意志或行動而隨時改變。日本的夏季不會下雪，但只要能準備大量的造雪機，就能在限定範圍內下雪。只要採取了『準備造雪機』的行動，那事情就會變化為十足可能發生的未來。

岩永在網路上提出解答，是否會受到眾人支持就要賭運氣了。然而如果受支持的可能性高到九郎能夠選擇的程度，便能決定出絕對受到支持的未來，而不是什麼賭局。

只要能準備一個可以和讓鋼人七瀨的故事落幕匹配的解答，就能夠照自己的意思擊敗『想像力的怪物』了。

「九郎學長，你剛才被鋼人七瀨殺掉的時候，沒有看到那存在消滅的未來嗎？」

岩永姑且向九郎確認這點。

「我想她被消滅的未來應該是存在的，但不是我伸手可及的東西。而且分支多到讓我搞不清楚，根本來不及處理。決定出最能確實擊敗那傢伙的未來然後復活過來，已經是我當時的全力了。」

「雖然你最後並沒有成功擊敗對方啦。都是因為你總是認為自己一個人能夠辦到所有事情才會這樣。」

「那是妳吧？」

對於岩永語帶挖苦的發言，九郎難得用訓斥的態度回應：

「我就算死了也能復活，但妳萬一死掉就結束了。擅自行動會有問題的，永遠是妳啊。」

這男友明明一個禮拜都音訊全無，現在卻擺出一副監護人似的態度，到底是什麼意思？

岩永頓時感到不太高興而默默不回應。不久後，九郎稍微把臉轉向她並詢問道：

「關於六花小姐的事情，妳沒有跟紗季小姐講吧？」

「當然，那件事我不會講的。」

岩永雖然有想過要繼續保持沉默表示抗議，但終究還是老實回答了。九郎就是因為那個人物的緣故，這一個禮拜來無視於岩永而獨自行動，也因為那個人物才來到真倉坂市。當岩永得知鋼人七瀨的事情時，就有預感可能會變成這樣了。

「那種事情，光是說明起來就很複雜呀。」

「說得也是。而且現在還不確定六花小姐跟這件事情有關。」

岩永內心是認為應該不可能毫無關係，但她故意沒有講出口。反正九郎應該也沒天真到真的相信兩者都沒有關係的程度。

長長的坡道終於走完。斜坡下同樣是一片昏暗，只有稍遠處不分日夜都在工作的警察局特別顯眼。

「學長，你都沒有想過要利用決定未來的力量，選擇不需要跟紗季小姐分手的未來嗎？」

「我不能把能力利用在那種事情上啦，那樣太奸詐了。要是可以那樣做，我第一個就會先抓住跟妳分手的未來啦。」

「那、那太卑鄙了！簡直不是人！」

九郎笑了起來，彷彿是看著放開的玩具小船順著河水不斷往下游流去。

「就算想抓住不會跟紗季小姐分手的未來，我想那樣的未來應該也不存在於我伸手可及的範圍。未來有無限多而複雜的變化，即使有能力抓住，不經努力也無法抵達如願的地方。想要把已經決定性遠離的東西抓回來的話，就需要無比強大的奇蹟。這個力量其實頂多只能用來迴避些許的不幸或不巧而已。」

「唉呀，『為了挽回情人的心而反覆自殺的男性』感覺也很遜就是了。」

「這不只是遜不遜的問題好嗎？」

畢竟道路已經不傾斜，於是九郎坐上腳踏車坐墊，重新握好握把。

「岩永，妳用不著擔心。事到如今我也不認為自己可以跟紗季小姐重新來過了啦。我想紗季小姐應該也是一樣。」

「那種明明兩年以上沒見過面、卻好像彼此很了解對方的講法，聽起來真討厭。」

「不然妳是要我怎麼說嘛？」

九郎本身似乎也抱著某種義務感，認為自己應該顧慮岩永的感受說些溫柔的話語。這個人雖然對自己抱有好意，但如果哪天遇上什麼狀況，他搞不好會基於錯誤的溫柔與乾脆的精神而離開自己。岩永心中總是存在著這樣難以否認的不安。

若對方願意至少說個一句「我無論如何都不會離開妳」、「我絕對會讓妳幸福」之類熱情的發言就好，但總覺得這男人好像對別人的情感本身就很稀薄。

也許是因為不死之身的緣故，讓他害怕對人產生感情吧。畢竟過去就因為這樣讓他跟紗季小姐吃過了苦頭。

這樣的心情岩永不是不能理解，但也真是麻煩。

岩永本身也不是普通的存在，但至少在感情上活得很普通、很率直。都已經是個大人了，差不多也該克服一下那層心理障礙了吧？

岩永把手臂繞到九郎腰部，緊緊抱住。

「總之先回飯店去吧。直走遇到第一個紅綠燈右轉。」

「了解。」

九郎踩下踏板，附有電動輔助功能的腳踏車輕快加速起來。岩永閉起眼睛，義眼上的眼皮也蓋了下來。

現在必須動腦思考。在傳出犧牲者之前，必須想出一個能夠討伐鋼人七瀨的假說，要是出現犧牲者，要捏造出解答的條件就會變得更嚴苛、風險更大了。對岩永來說也希望能避免這樣的事態發生。

只要沒有像紗季或九郎那樣主動出手攻擊，鋼人七瀨應該還殺不了人才對。她雖然揮動鋼骨的速度很快，但整體動作來說很緩慢，而且在網路的討論中還沒看過她會對逃跑對象窮追不捨的留言。

如果見到她就立刻逃跑，她應該也不會加害於人。在夜間遇到一個身穿迷你裙洋裝、手拿鋼骨又沒有臉蛋的美少女，大家想必都會立刻逃走才對。就算是喝到爛醉肯定也會當場清醒吧。即使可能一時之間被氣氛嚇得全身僵住，但在鋼人七瀨逼近前，應該就會回過神來拔腿逃跑了。

至少今晚應該可以平安無事地過去。只要不要有人見到鋼人七瀨也不害怕，甚至反而想抓住對方就沒問題了。

隔天早上，紗季比平常早了十分鐘被叫醒。她過了深夜三點才就寢的，其實還想再多睡一會，但也不能放著響個不停的手機不管。於是她切掉原廠設定的鈴聲，把手機拿到耳邊。

沒想到，收到通知寺田的遺體被人發現，而死因是他殺。

第五章　鋼人攻略準備

九月四日星期六。紗季看到時鐘顯示下午兩點，這才回過神來。在這之前的意識都還很清楚，也記得自己做了些什麼事，工作上的行動與對話應該也都算適切，然而紗季卻有種這些事情好像全都與自己無關的感覺。

時間已經來到下午兩點了，她才發現自己從早上就什麼東西都沒吃過，可是肚子卻一點都不餓的樣子。就在她這麼一想之後，身心的現實感才總算恢復了。

現任刑警的他殺遺體在市內被人發現可是一樁大事件。媒體記者們從早就蜂擁而至，到中午就已經在全國新聞上報導出來了。

遺體是發現於郊外幹道邊的一處廢棄加油站。那間加油站在上個月中才剛歇業，尚未夷為平地。雖然多半的招牌與器材都已經拆除，不過加油站特有的四方型便當蓋形狀的屋頂依然保持原狀，對於附近一帶地區來說，至少還能發揮供人避雨的用處。

周圍距離三百公尺以上才有民房與商店，到了晚上頂多只會偶爾有車經過，是個非常寂靜的場所，也可以說是地方縣市的荒廢幹道常有的景象。

寺田的遺體就仰天倒在那樣的廢棄加油站。發現遺體的是一名開自用車走幹道去上班的業務員。據說是在經過廢棄加油站的時候看到有一輛車停在那裡，而且距離那輛車幾公尺處好像有人倒在地上。

業務員一開始只是覺得奇怪並開過加油站邊，但因為實在覺得在意而掉頭回來一看，才發現那居然是一具遺體。於是他趕緊用手機報警，時間是早上六點前。

業務員相當後悔自己成為了遺體的第一發現者。他之所以會調頭回來是出自一片善意，認為倒在地上的人影搞不好是因為疾病或緊急發作，或許自己幫忙叫救護車可以救人一命，但他並沒有抱著那竟是一具屍體的覺悟。而且他更是萬萬沒有想到，那屍體的臉部居然被砸爛到甚至無法判別的程度。

遺體的臉部與頭部看起來都像是被某種鈍器砸爛。接獲通報趕到現場的轄區刑警似乎也沒遇過死狀如此悽慘的他殺遺體，聽說當時還忍不住用手壓著自己的胃。本來以為這樣的遺體應該會很難確認身分，然而從遺體身上不但發現了手機與駕照，甚至還有警察證件，讓搜查員警都騷動了起來。

雖然那處廢棄加油站並不在紗季與寺田所屬的真倉坂警局管轄範圍內，不過來到現場的搜查員警中有人認識寺田。即使臉部被砸爛，柔道鍛鍊出來的體格依然相當有特徵性，只要聽說那或許是寺田就立刻能接受的樣子。雖然並非完全確定那具遺體就是寺田，然而現任刑警可能遭到了殘殺的情報還是讓警方人員都大為震驚。

真倉坂警局很快就接到聯絡，緊接著便開始確認遺體身分。從體格、指紋、過去在調查現場留下的幾處傷痕等等特徵，判斷那就是寺田沒錯，而紗季也是在這時候接到聯絡的。或許是因為在寺田的手機中留下看似私下與紗季往來的電子郵件紀錄，讓搜查人員認為兩人之間可能關係親近的吧。

推定的死亡時間為四日的凌晨兩點到三點間。紗季當時正與九郎他們在自家公寓中。從周圍飛濺的血跡等等證據看起來，遺體並沒有被人移動過的跡象，因此警方判斷死者就是在那間廢棄加油站遭到殺害，然後遺體直接被留在現場了。

若是如此，案發現場位於經常會有車輛經過的幹道旁邊，遺體應該更早被發現也不奇怪。在那位業務員發現之前想必也有車輛經過旁邊，應該也有其他人覺得有車停在廢棄加油站而且旁邊似乎有人的情況很奇怪才對。

但或許是大清早開車經過的人不會想要特地停車確認，也可能是一般人不想被捲入麻煩的心理在作祟吧。

轄區警局很快就設立了搜查本部，從縣警搜查一課也有派人前來。因為從現場狀況立刻就能判斷這不是一起單純的事件。不但被害人是現任的刑警，而且臉部還遭到破壞。車子停在現場沒動，錢包與值錢的東西也都沒有被拿走。光是這樣就已經很不單純了，再加上明明寺田應該是從正面被擊中頭部的，從遺體以及現場狀況看起來卻完全沒有抵抗、打鬥過的痕跡。

詳細的死因必須等待驗屍報告出來才能確定。雖然也有從被害人體內檢測出藥物反應的可能性，不過遺體除了頭部以外沒有其他外傷，因此那應該就是致命傷不會錯才對。

寺田是縣內出名的柔道五段強者，看起來就是個沒什麼破綻的剛硬男子。那樣的男人會乖乖讓人從正面砸死自己嗎？至少應該也會反過來抓住對手或是舉起手臂防禦才對的，但現場看起來完全沒有那種跡象，實在非常奇怪。

難道是跟寺田親近到讓他壓根不會想到要提高警覺的對象襲擊的嗎？或是在極為出乎預料的時機被出乎預料的對象襲擊，讓寺田當場愣住了？不管怎麼說，這肯定不會是什麼普通的事件。

也因為這樣，紗季從早上就不斷接受偵訊。與被害人之間的關係、最近的對話內容、有沒有想到可能結怨的對象、紗季昨晚的行動等等，事件關係人可能會被問到的問題全都問過了一遍。搜查人員雖然沒有把紗季視為嫌疑人的程度，但看起來並沒有完全排除可能性。不過這也是沒有辦法的事情。

畢竟同樣身為警察，案發現場與事件的概要也有相當多部分傳到紗季耳中，再配合新聞報導的內容就大致可以知道得很明確了。停在遺體旁邊的是寺田的車子，推測他應該是深夜獨自開車。雖然不清楚理由，但深夜駕駛的寺田把車停到應該什麼東西都沒有的廢棄加油站，而且還下了車，最後不知被誰砸死了。目前知道的情報頂多就到這邊。

「妳還好嗎？」

偵訊結束回來後，正當紗季處理著自己平常業務的資料時，局內的組長在下午五點左右走過來向她關心了一下。

「哦哦，沒事，我很好。」

身為職場前輩，而且有約好下次要一起去吃烤雞的對象突然遭人殺害了，卻說「我很好」會不會不太恰當？紗季腦中雖然閃過這樣的疑問，但她也想不到其他的表現方式。

「妳不用太勉強自己。寺田他最近也很高興跟妳之間進展得還不錯啊。」

照組長的說法，紗季似乎回到警局之後就看起來不是很好的樣子。或許她的樣子看在別人眼中，就像在勉強自己故作平靜，努力默默完成分內工作吧。這看法雖不中亦不遠矣就是了。

組長用一如往常的溫和語氣，略帶感傷地接著說道：

「驗屍報告出來了。死因是臉部撞擊造成的腦損傷，據說幾乎是當場死亡。凶器推測可能是像磚塊或木材之類呈現平面的鈍器，但目前還沒確定出來。死亡時間則是跟最初的推測一致。刑事課的那些人似乎也靜不下來的樣子。」

如果是刑警遭到殘殺，基於工作因素通常首先會懷疑是結怨。正因為寺田非常優秀，逮捕過許多的犯人，所以反遭犯人本身或是家屬怨恨的可能性相當高。刑事課的同僚們似乎就針對這部分受到偵訊的樣子。

畢竟寺田相當受到仰慕，因此局內從早就有人表示希望加入搜查本部，靠自己的手抓出犯人。然而一方面因為遺體是發現於轄區範圍之外，而且事件動機有可能跟死者平日的工作有關係，所以搜查本部現階段還跟真倉坂警局保持一定的距離。警局的人與其說是進行調查的一方，還不如說是受到調查的一方。

另外，市內發生的案件也不是只有寺田這起，轄區內一如往常地有許多竊盜、偷竊、傷害或交通事故發生。如果媒體們因為寺田的案件聚集而來，就更加容易發生問題。儘管是自己人遭到殺害，警察也不能因此就鬆懈自己分內的工作。

所以紗季也是一樣，即使抱著焦急的心情，也依然完成著自己的本分。

「話說弓原，聽說寺田在調查那個『鋼人七瀨』的事情是真的嗎？」

「是的。我接受偵訊時也有講到這件事。雖然對方似乎在我講出來之前已經知道這項情報就是了。」

寺田除了紗季以外也有對其他人尋求過協助，拜託對方如果知道市內發生了什麼奇怪的傷害或傷害未遂事件就向他報告一聲。因此設立搜查本部的那個警局局內，想必也有人知道這件事吧。

正因為如此，紗季也對關於『鋼人七瀨』的事情幾乎沒有隱瞞。寺田是抱持什麼樣的疑問，如何進行個人調查，自己又是怎麼樣在提供協助等等，她全部都告訴了偵訊人員。

她沒有講出來的頂多就是九郎與岩永這兩個人物在私下行動的事情，以及鋼人七瀨真的是怪異存在的真相而已。關於自己昨晚的行動，她也回答是獨自一個人在家。畢竟這是表示自己沒有不在場證明的主張，警方應該不會詳細調查驗證才對，但要是同一棟公寓的其他住戶指證那兩人來訪的事情，到時候紗季也只能認命了。

「難道寺田先生在調查那件事的事情已經被報導出來了？」

要是刑警在認真調查所謂亡靈或都市傳說的事情被報導出來，對警方來說並不是一件好事。即便寺田的危機意識很正確，是對於可疑的傷害事件頻傳的狀況抱有危機感而已，但社會上如何解讀這件事又是另一個問題了。

組長趕緊搖搖頭。

「不，這點沒有被報導出來。只是媒體有將那個偶像意外身亡產生的都市傳說與寺田的事件連在一起報導的傾向。就因為是臉部損傷、是深夜犯案，有讓人聯想的部分而這樣報導，我是覺得根本胡鬧過頭了。」

對。寺田的死因與死亡狀況跟七瀨花凜很相似。一旦正確的情報流出來，自然會有人注意到更多的類似點。只要跟以真倉坂市為中心所發生的『鋼人七瀨』傳聞相對照，會在電視上成為話題也是可以理解的。

照這狀況看來，現在網路上或許已經有許多人不負責任地發表了『寺田是遭到鋼人七瀨殺害』的留言吧。

然而就算不負責任也未必就代表一定不正確。紗季很清楚這點。

寺田就是被鋼人七瀨殺害的。

紗季不禁後悔，自己應該要更嚴肅警告寺田才對的。她以為正常人如果遇上鋼人七瀨絕對會逃跑才對。認為不可能有人面對那樣恐怖的異質存在感、看到對方高舉起鋼骨還會有勇氣往前踏出腳步。除非是像紗季當時那樣抱著一半自暴自棄的念頭或是精神上被逼到絕路的人。

寺田大概是覺得也許可以碰到鋼人七瀨，所以才會在夜晚獨自開車外出的吧。在他的認知中終究認為那是『打扮成鋼人七瀨的模樣企圖鬧事的活人』，而且想說運氣好一點的話搞不好可以親手逮捕到犯人，於是到各種可能出現的場所去巡視的。

就在他行經幹道的時候，尋找的對象就出現在他眼前。或許就跟以前紗季負責做筆錄的汽車意外事故一樣，鋼人七瀨是突然現身站在車子前方的吧。而寺田雖然感到驚訝卻也同時認為機不可失，就把車子停進剛好在一旁的廢棄加油站，下了車。

他面對身穿輕飄飄的洋裝、雄偉的胸部往前突出、單手握著一根鋼骨而且沒有臉孔的對象肯定也沒感到畏怯才對。甚至覺得對方的臉是在昏暗的光線下利用化妝技術偽裝的效果，手中握的也不是真的鋼骨。因此為了逮捕對方，毫不猶豫地逼近了其實是從許多人的想像力中誕生的亡靈鋼人七瀨。

但結果不用想也知道，一定就跟之前的紗季一樣。普通的人類無法觸碰到亡靈。即使寺田閃過了對方的鋼骨，他的手肯定也穿透了對手的身體，害他頓時腳步不穩，當場愣住。然後就被對方直接從正面砸死了。

現場沒有抵抗、打鬥過的跡象，也找不到犯人的毛髮或衣服類的痕跡，這些都是理所當然的。畢竟跟無法觸碰的對象根本無從打鬥，亡靈也不會掉落什麼衣物纖維或毛髮。寺田雖然是個經驗老到的刑警，但想必是一時之間無法接受對方真的是亡靈的真相吧。結果面對過於意外的現實而腦袋混亂，讓他身體無法動彈的。

當鋼骨逼近到眼前的時候，寺田心中是否有湧現死亡的預感？搞不好他始終覺得這種事情不可能是真的，而仍然處於茫然自失的狀態下被殺死的。

「沒想到那個寺田居然會被人從正面打死，當時到底是發生了什麼事？」

從組長的語氣聽起來，他至今依然無法相信寺田已死的樣子。

「如果我能夠再處理得好一些，或許就不會這樣了。」

紗季忍不住吐露心聲。自己明明知道真相，卻沒能阻止犧牲，因此她希望能有個人好好責備她一番。

「這不是弓原的錯。」

「但是我、一直都對寺田先生很冷淡。」

畢竟紗季無法把真相講出來，於是只好懺悔心中另一個遺憾。

「就連他的名字叫『德之助』這件事，我也是剛剛才知道的。」

平常周圍的人都只會用姓氏『寺田』或職稱來稱呼他，而紗季也一直覺得這樣沒什麼不便，結果到最後都不曉得對方的名字。在接受偵訊時她才聽說寺田的全名，不熟悉的名字又更加讓她覺得沒有現實感了。就算自己對對方沒興趣，對於一個想要跟自己拉近距離的男性居然連名字都不知道也未免太過頭了。

組長臉上露出苦笑。

「那也是沒辦法的事情啦。他自己也很討厭那個名字，覺得太過時而缺乏尊嚴感。

無論是自己講出口還是被人那樣稱呼他都不喜歡，所以不曉得他名字的人還比較多呢。」

輕輕拍了一下紗季的背之後，組長便走回自己的辦公桌。紗季總算稍微能提起精神了。雖然隸屬交通課的年輕員警不可能加入事件搜查的行列，也不會被尋求意見，但自己還是要振作一點才行。

警方不可能逮捕到真正的犯人。不論鋼人七瀨也好，或是導致鋼人七瀨誕生的幾十萬人的妄想也好。事件在發生的同時就確定只能成為一樁懸案了。能夠制裁那個怪物的，只有知道真相、擁有相應能力的人物。

剛才看過顯示下午兩點的時鐘後，紗季確認了一下手機是否有收到郵件。不出所料，收件夾有一封來自岩永琴子的信。昨晚為了今後方便聯絡，紗季只和岩永交換了現在的聯絡方式。

那個單眼單足、自稱妖怪們的智慧之神，究竟打算如何收拾這樣的事態？她原本的計畫肯定被嚴重打亂了吧。

到昨晚為止，只要能說明是什麼人為了什麼目的假扮成鋼人七瀨在市內引起騷動就足夠了。警方對於傷害未遂程度的事件也不會真的有所行動，因此隨便捏造一個『真相』貼到網路上應該也不會造成什麼問題。岩永提出的解答，就算與警方的行動毫不相關也沒有關係。

然而現在發生一起與鋼人七瀨有關的殺人事件，警方正式有所動作了。在這樣的狀況下，真的有辦法創作出一個將不負責任的妄想引導向合理解釋、虛構卻又符合現實的解答嗎？

粗陋的解答很可能會與警方的搜查結果出現矛盾，導致無法誘導眾人的想像力。既然到了殺人的地步，光是用『犯罪取樂』之類的理由肯定不足以解釋『鋼人七瀨』的動機了吧。而且被害人還是個魁梧的刑警，要創作一個能輕易殺害他的犯人也是一件難事。即使真的創作出一個明確的犯人形象，如果警方沒有逮捕那個人物或是根本不予理睬，提出的解答也會失去信賴度。

就算九郎的能力可以決定自己所期待的未來，紗季也聽說過如果提出的是完全無法讓人接受的解答，九郎就沒辦法抓到那個未來。

岩永寄來的郵件或許是顧慮到紗季的心情，內容只有簡短一句：「我想知道事件的詳情。」以及她投宿的飯店名稱與房間號碼。於是紗季回信表示自己工作結束後就會過去，並收起手機。

那個女孩真的有想到什麼對策嗎？

上次下雨是什麼時候的事情了？大學校園內有幾處不易引人注意又空間開放、坐起來很舒服的長椅。蹺課坐在那些長椅上，聽著雨聲睡覺可說是一種享受。如果有九郎在身邊防止別人來打擾，或是阻止被人襲擊綁架就更享受了。

自己最後一次像那樣在雨中睡覺，已經是多久以前的事情了？

岩永穿著裙子像盤腿一樣只彎著右腳坐在雙人床上，操作著九郎隨身攜帶的筆記型電腦。她左腳的義肢拆了下來，套著膝上襪像根白蘿蔔般，放在並排的兩顆枕頭邊。她從早上就一直保持那個姿勢盯著電腦螢幕。義眼也沒裝上，瀏海蓋著凹陷的眼皮，只有左眼不斷瀏覽著網路上的情報。

在她周圍有許多抄寫了各種內容的B5活頁紙，不只散亂在床上，連掉到地上的也有。這些是岩永整理紗季提供的情報，並且與網路上的情報互相對照的東西，另外也摘錄了一些應該派得上用場的情報。

岩永對現狀感到非常焦躁，讓她都忍不住回想起以前舒舒服服睡覺的時光。

就在她從早上瀏覽著關於鋼人七瀨的網路留言並整理筆記的時候，透過網路播放的新聞得知一位名叫寺田的刑警死了。岩永直覺認為那是鋼人七瀨下的手之後沒過多久，網路上便開始熱烈討論起那個偶像的亡靈終於真的殺人了。

另外也有電視上的討論性節目把事件與七瀨花凜的死扯上關係，讓這件事在短短不到半天的時間就一口氣成為普遍性、全國性的話題了。相較於昨晚，網路留言也增加了十倍之多。

「岩永，稍微休息一下吧。」

電腦螢幕下方顯示時間是晚上六點三十一分。岩永聽到九郎的聲音而抬起頭轉向他的方向，便看到他拿著一個黑底金邊還綁了一條緞帶的扁平盒子走向床邊。

岩永投宿的是一間雙人房，有浴室洗手間、冰箱、電視、桌子與兩張椅子，無論住宿休息或用來辦公都很適合。她之所以只有一個人卻挑選一間雙人房，與其說是考慮到九郎可能隨後前來，不如說是因為她覺得單人床睡起來不舒服，所以就算要付兩人份的費用也寧願住在雙人房。

昨晚九郎也投宿於同一間飯店的單人房。兩人各自睡了四個小時並吃完早餐後便開始著手整理情報，但新發生的事件卻讓情報篩選的工作變得更加複雜了。狀況刻不容緩。怪物橫行的夜晚正一分一秒在逼近。

「來，補充糖分。」

九郎解開緞帶打開盒子，從盒裡整齊排列為格子狀的巧克力中捏起一塊拿到岩永嘴邊。於是岩永把巧克力連同九郎的指頭一起含入口中，用舌頭舔著融化的奶油。

「黏黏滑滑。是會讓人肚子有點小餓的甜度呢。」

「吃了高級巧克力的感想卻是那樣也太奇怪了吧？」

九郎避開散亂的活頁紙，把打開的巧克力盒放到岩永的腳邊，自己也坐到床上。

「統整網站的動向還是沒變嗎？」

「對。認為這次的殺人事件是鋼人七瀨所為，並肯定鋼人七瀨實際存在的意見占了優勢。」

岩永這次自己從盒中捏起一塊巧克力放入口中，並滾動九郎探頭在看的螢幕畫面。幾個討論區都在討論鋼人七瀨的話題，不過留言最集中的果然還是「鋼人七瀨統整網站」。

寺田刑警的死訊被報導出來一個小時後，就有人臆測是鋼人七瀨下的手，然後隨著追加情報越來越多，認為那項臆測就是事實的聲音也漸漸增加。

相對地，即便是至今對亡靈鋼人七瀨表示肯定的人之中，也有因為實際發生了命案而怕得轉為否定的意見，或是告誡大家一下子就把現實中的死者與亡靈或超自然現象扯上關係是不尊重死者的行為，也有人冷靜主張把殺人事件與鋼人七瀨聯想在一起本身就是過於武斷的想法等等，網路上的聲音並沒有呈現一面倒的情況。

然而大部分的意見還是變得更加支持鋼人七瀨這個亡靈了。

「在真倉坂市見到鋼人七瀨、差點被鋼人七瀨襲擊，像這類的留言頻繁出現的時候居然就發生了這起殺人事件，狀況上簡直是再巧不過了。把被害人的名字拿到網路上搜尋，甚至可以查到他過去曾經是柔道的奧運候補選手。那樣的人物竟然會被砸爛臉部殺死，而且現場還沒留下爭鬥過的痕跡根本就太不自然了，因此更容易讓人聯想到可能是手持鋼骨的亡靈所為吧。」

雖然說這事件本來就是鋼人七瀨所為，沒什麼容易不容易聯想就是了。

「終於鬧出人命了。只會出現在真倉坂市嗎？快點請人來驅邪吧。第一個被殺的居然是警察，可見是七瀨花凜對搜查結果感到不滿啦。難道因為明明不是意外事故卻被警方當成是意外而心生怨恨嗎？據說要是跟鋼人七瀨對上臉，就會被她追殺到天涯海角喔。聽說只要有七瀨花凜的ＣＤ或寫真集就能得救的樣子，網路拍賣的價格都飆高了。就算是幽靈也好，我好想摸摸看七瀨的胸部啊。在摸到之前就會被鋼骨打死了啦。好啊，正合我意。留言板上都是像這樣的討論內容呢。」
「那胸部的確是很有彈性。」
「你摸到了嗎？難道是之前逮到她的時候對她胸部抓了一把嗎？」
「我當時才沒那種餘力吧？」
「只要學長確定一個能摸到她胸部的未來，不就輕而易舉了？根本是游刃有餘呀。」
「如果我有那麼重視胸部，就不會跟妳或紗季小姐交往了啦。」
「你敢對天照大神發誓自己沒有懷抱過那種邪惡的慾望，想說偶爾品嘗一下不同的觸感，一輩子至少要摸一次那種被上天選上的女子特有的脂肪團塊嗎？」
「妳到底是在執著什麼啦？」
因為留言中有一部分連續在討論對於胸部的執著而且還貼了七瀨花凜的寫真照，讓岩永一時忍不住激動起來了。
「不好意思，失禮了。有人再次分析了七瀨花凜死亡意外的詳情，以及其後一段時間的反應，但始終沒能形成將『鋼人七瀨』單純視為謠言的趨勢。只有亡靈支持派、加深靈魂細節部分的聲音不斷增加。雖然不清楚那些意見是認真到什麼程度，不過光是『如果真的有應該很有趣』的願望比較強烈，就會具有造出怪物的效果了。」
話雖如此，但也太占優勢了。明明發生殺人事件也有可能導致謠言降溫的說。
在現代社會中，一個謠言能夠不斷持續流傳，而且在幾乎不變質的狀況下發展到這種程度例子非常稀少。就算沒有變質或降溫，討論者中出現主張這可能是模仿犯罪或取樂犯罪的人應該也不會這麼少才對。
即便謠言如此發展的可能性不算低，充分屬於偶然的範圍之內，天秤也太過於偏向一方了。
自從鋼人七瀨的謠言開始流傳時，支持亡靈存在、使謠言發展的趨勢就始終受到優待。彷彿是某個希望事態如此發展的人物在決定這樣的未來一樣。
岩永又捏起一塊巧克力放入口中，把拇指放在嘴脣上。
「學長，我就跟你直說了。」
「什麼事？」
「這個事件中，六花小姐有積極在參與。不，應該說那個人就是事件的核心。」
對於岩永冷漠的語氣，九郎並沒有表示責備，也沒有反駁。
「我知道。都已經鬧出人命了，我不會袒護她的。」
九郎說話的表情很僵硬。大概是因為他沒有自信當遇到關鍵時刻的時候，自己是否真的不會袒護對方吧。
雖然對岩永來說，他這態度讓人不是很愉快，但怨恨人心不如意也沒有意義。畢竟包含這點在內，就是『櫻川九郎』這個人的人格。
正當岩永想對九郎說些什麼的時候，忽然傳來敲門聲。聲音客氣且呈現等間隔，聽起來很像是飯店人員來訪，但從時間來想應該是紗季吧。
九郎為了去開門而站起身子，岩永則是趕緊裝上義眼與義肢。而九郎也很了解這種時候應該怎麼做，於是等待岩永把儀容打理整齊之後，才打開門讓紗季進入房間。

「不好意思，我來晚了。」

紗季身上穿著跟昨天同樣的灰色褲裝西服，無論外觀打扮也好，講話聲音也好，都讓人不禁有種參加親戚喪禮的錯覺。

「我才不好意思，讓妳繁忙中還抽空前來。」

岩永重新坐到床邊，收拾著周圍散亂的活頁紙並且對紗季微微鞠躬低頭。九郎接著招待紗季坐到椅子上，皺起眉頭。

「紗季小姐，請問妳還好嗎？那位叫寺田的遇害刑警，應該就是妳昨天說過獨自在調查鋼人七瀨的人對不對？你們應該很熟識吧？」

即使已經分手了這麼長的時間，九郎似乎還是對前女友的感情變化很敏感的樣子。如果是在交往期間，他這時候應該會伸手觸摸對方臉頰或是抱住對方的肩膀吧。

紗季則是只有用嘴角笑了一下：

「我還好。反而是我明明跟對方很熟識卻沒感到多震驚的這點，比較讓我感到震驚呢。」

她果然不能算很好，但是從她的講法聽來，似乎最好不要對這點詢問得太深入。而紗季本人也很快就切入了正題：

「現在重要的是，寺田先生這起事件的犯人就是鋼人七瀨沒錯吧？」

「這次也有妖怪目擊到事件，那位叫寺田的刑警就是被鋼人七瀨殺害的。」

岩永雖然從早上就一直待在這房間裡，不過陸續有幽靈或妖怪來訪，提供她各種有別於警方來源的情報。畢竟鋼人七瀨都是出現在人潮稀少的場所，因此跟非人存在的棲息地盤經常有重疊。而且岩永在收集關於鋼人七瀨情報的事情也已經廣為妖魔鬼怪們所知，態度比較合作的妖魔鬼怪也會主動到市內可能出現的場所巡邏。

當中就有一隻妖怪目擊到命案發生後離開現場的鋼人七瀨。如果那妖怪能夠再早一點來到現場，或許就能誘導寺田逃走或是對他發出警告，不過也不知道寺田究竟能不能聽到妖怪的聲音就是了。

紗季大概也是推論犯人八九不離十就是鋼人七瀨的關係，表情難受地用一隻手握住另一隻手的手腕。

「或許問這種事情很蠢，不過寺田先生有沒有變成幽靈在那附近飄盪？」

「並不是每個死者都會化為幽靈鬼魂。而且不要變成野鬼逗留人世才是比較幸福的吧？」

死後還執著於人世而注視著世間，偶爾出手干涉，流連於生死之間。這並不是一輩子活得正常的人會選擇的路。

話說，沒想到那個希望與怪異存在切斷關係、保持距離的紗季，居然會講出這種話。或許是她對於那個叫寺田的人物有什麼即便對方化為幽靈也想傳達的話、想道歉的事情吧。

紗季似乎接受了岩永的說明而嘆了一口氣。

「也對。這果然是個蠢問題。總之，現在寺田先生被殺掉是很糟糕的狀況吧？」

「是的。其實如果這個犯人不是鋼人七瀨還對我們比較有利。雖然剛開始話題可能會朝著『鋼人七瀨殺人』的方向熱烈討論，但只要這時候身為普通人類的犯人被警方逮捕，那個話題就會被確定是謊言，頓時失去吸引力。同時，因為大家推測是鋼人七瀨行凶的說法遭到否定，甚至還抓到了人類的犯人，『鋼人七瀨』的故事想必會給人一種無法信任的印象。整個話題也就會褪色了。」

一開始得知寺田的事件時，岩永本來相當期待這樣的展開。畢竟在這樣的狀況下只要能逮捕到殺害寺田的真正犯人就可以了，沒必要絞盡腦汁勉強捏造故事，也不會妨礙到警方的搜查。

岩永能夠利用妖魔鬼怪的情報網路，不需要進行推理或搜查就能收集到關於犯人的情報，如果對方在真倉坂市內，甚至可以很快進攻到對方城下。

雖然遭到殺害的寺田教人同情，不過其實這樁命案本來很有可能使攻略鋼人七瀨的難易度一口氣調降好幾個等級的。

「也許就算犯人被捕，也會有人主張那是警方抓錯人，而繼續相信『鋼人七瀨』這個亡靈，但話題整體的趨勢想必會傾向認為鋼人七瀨果然只是存在於謠言中的虛構怪人。如此一來，我方所期望的未來就會變得讓九郎學長能夠輕鬆抓到，也就能消滅鋼人七瀨了。然而遺憾的是，這次真正的犯人就是鋼人七瀨。」

那犯人就是警方無法逮捕的妄想所期待的真相。而且妄想現在又獲得了新的材料，變得更加膨脹。

時間快要來到晚上七點。比起窗外的光線，室內的照明還比較明亮，在手腳邊照出影子。

岩永不禁有種想咬指甲的衝動。

「事態發展至此，就算要捏造一個解答，關於警方目前正著手調查的命案部分如果內容不夠嚴謹，想必就無法被人相信。必須注意一致性的情報也增加，讓條件變得更嚴苛了。」

寺田刑警的命案，本身就含有如果犯人是人類將很難單純說明的問題。紗季應該也很清楚那部分就是捏造解答上的難關吧。

另外還有一件事情讓岩永更加擔心。

「更棘手的問題是，鋼人七瀨的凶暴性一口氣提升了。因為她實際殺了人的關係，在這半天內謠言中描述的鋼人七瀨變成了一旦盯上目標就會追殺到底的凶惡存在。」

之前的鋼人七瀨只是個會嚇人的亡靈而已，但現在對她的認知變成了會毫不留情砸碎人頭的怪物。

「照這樣下去，今晚肯定又會出現新的犧牲者。如果只是一、兩人還好，但糟一點的情況，搞不好光是今晚就會出現十名以上的死者，甚至讓人拍攝到她揮舞鋼骨的畫面。」

紗季大概是沒有考慮過鋼人七瀨再次殺人的可能性，本來以為狀況發展不會那麼急促的關係，頓時露出難以接受的表情，用沙啞的聲音說道：

「這種事、怎麼會……」

「怪物會急速成長，妄想會朝更激進的方向膨脹。既然現在演變成全國性的話題，難保不會有喜歡尋求刺激的學生團體為了找出鋼人七瀨而在夜晚到處閒晃。大人們搞不好也會在網路上呼朋引伴，相約集合探險。電視臺的採訪小組可能也會開車前來驗證都市傳說。要是像那樣的團體碰上鋼人七瀨，就會全數慘遭殺害了。」

岩永並沒有手段去制止或牽制那些人的行動。即使號召市內所有妖怪總動員，應該也無法協助遭遇到鋼人七瀨的人們逃跑。光是昨天一個晚上，就讓都市傳說的怪人能夠進行大量虐殺的背景形成了。

站在紗季旁邊，把手放在椅背上的九郎嘆了一口氣。

「有裝設監視攝影機的場所也很多。很有可能今晚就被拍到影像，然後明天中午被播放到全國媒體。要是以影像的形式傳開來，鋼人七瀨就會變得更廣為人知，使存在感變得更強烈。到時候靠合理的虛構就無法完全解決了。」

「那會變成怎麼樣？即使變成那樣的狀況，大家的妄想難道還會希望鋼人七瀨存在嗎？明明現實中已經有幾十人流血犧牲，大家還會繼續希望那是亡靈所為嗎？」

紗季感到錯愕地說道。或許是人類會對於在現實中造成傷害的存在懷抱期望的事情讓她很難以置信吧。

然而人類有時候就是會自己期望恐怖的對象存在。

「或許不會真的那樣希望。但是如果事態發展到那地步，想必有很多人會忍不住把鋼人七瀨視為恐怖的亡靈。即使嘴上說不相信幽靈存在，還是會合掌祈禱亡靈不要加害自己吧。」

到時候鋼人七瀨就會被固定於現實世界。從虛構中誕生，被人類的願望養大的存在，將會成為不死的怪物。

聽完岩永的說明，紗季忍不住用手壓住自己的額頭。要是她沒有坐在椅子上，現在搞不好雙腳都軟了。

「太誇張了。現實世界原來有那麼容易被咬出破洞嗎？」

雖然並不算容易，但岩永也認同現實世界只有薄到會被咬出破洞的厚度。

「正因為如此，必須有人站出來守護現實世界才行。」

至於那個人是誰其實都沒關係。只不過目前是在妖怪、妖魔、怪物們之間稱為神也稱為巫女的岩永擔任了這個角色罷了。

「紗季小姐，今晚就是關鍵。要是無法在今晚擊敗鋼人七瀨，將難以預料那個亡靈今後又會獲得什麼樣的力量。人們不斷膨脹的妄想搞不好會期望『鋼人七瀨為了報復逼死自己的社會，最終巨大化成為了揮舞鋼骨甚至能擊倒高樓大廈的存在』這樣的現實。也就是讓『鋼人七瀨』增強力量，變成了像是『大鋼人七瀨』之類的存在。」

「大、大鋼人、七瀨！」

這樣的結果簡直就像在開玩笑。然而現實中有時候就是會引導出玩笑般的結果。

人常說事實比小說還曲折離奇，即便是血腥的鬧劇也照樣會發生。

紗季回過神看向時鐘。

「已經超過七點了？妳說今晚是關鍵，根本就沒剩多少時間了呀。」

從目前為止的案例來看，鋼人七瀨實際開始行動是從晚上十點以後。現在其實還有時間。

岩永態度嚴肅地注視紗季。

「紗季小姐，請妳提供情報吧。用來擊敗鋼人七瀨的合理虛構，必須隨時包含真相。警方對寺田先生的命案已經搜查到什麼程度了？」

人不可貌相。就算容貌有多年幼，感覺多像個大家閨秀，秀髮看起來多有光澤多柔軟，拐杖握把上裝飾有多可愛的小貓，又是自己前男友的女朋友，眼前這女孩想必都抱有比紗季堅強好幾倍的信念、歷經過好幾倍的曲折風波。

岩永態度嚴肅地睜著左眼，即使多少帶有疲勞的感覺，但全身還是散發出更加犀利地試圖往前邁進的氣魄。她的專注力造成的餘波充滿整個房間。紗季光是坐在椅子上就感到快喘不過氣來，甚至想說能不能至少把窗戶打開的程度。

然而九郎卻表現得彷彿完全感受不到那樣黏質的氣氛，很勤快地在房內走動，從冰箱拿出茶水注入飯店提供的玻璃杯中，端給兩人享用。是因為他已經對岩永散發出的這種氛圍很習慣了，還是單純因為個性遲鈍？這男人從高中時代就有時候很遲鈍了，像是第三次約會的時候……紗季不禁回想起沒有必要的記憶。

岩永則是坐在雙人床的床緣，有如靜思的彌勒菩薩般盤著腿，聆聽紗季描述她在警局內獲得的情報，以及自己以前與寺田之間的對話。雖然偶爾會撿起地板或床上的活頁紙對照內容，或是看向電腦螢幕操作觸控板，但注意力始終沒有從紗季身上移開。

「從寺田先生的遺體並沒有檢測出藥物或酒精的反應是嗎？」

「因為沒有抵抗過的跡象，所以搜查人員本來懷疑會不會是喝醉而沒能及時反應，或是被藥物奪走意識之後殺害，或者被藥物殺害之後才砸爛臉部等等的可能性，但是從遺體連一點酒精都沒檢測出來。寺田先生是在保持正常意識的狀態下，沒有做出抵抗或閃避動作，直接從正面遭到敲擊而幾乎當場死亡的。」

「越聽越符合七瀨花凜的死亡狀況，畢竟她當時也是直接從正面被倒向自己的鋼骨砸爛臉部。目前新聞報導並沒有提及關於藥物或酒精的問題，不過網路上則是直接把『被害人是在正常狀態下遭到殺害』當成前提在進行討論。」

「那與其說是警方的情報洩漏，不如說是因為那樣聽起來比較像是鋼人七瀨在作祟？」

「是的。面對亡靈根本不可能抵抗，肯定會輕易被殺死。這就是一般大眾的共通認知。而且報導中有提到被害人駕駛的車輛就停在旁邊，因此不容易讓人產生被害人喝醉到無法抵抗的印象。」

在捏造殺害寺田的假犯人時，被害人是在沒有抵抗的狀況下遭到殺害的這點，將會是一個很大的障礙。究竟要怎麼做才能讓一個擅長柔道的刑警毫不抵抗就被打死？補強了鋼人七瀨犯案的可能性，又與七瀨花凜之死相似，使人容易聯想到亡靈存在的這個死亡狀況。如果無法巧妙解釋這個部分，想必就無法擊潰『亡靈犯案』這個真相。

端茶給兩人享用後，自己坐到另一張椅子上沉思的九郎這時插嘴說道：

「假設是犯人開車把喝醉的被害人帶到現場，把被害人拖下車打死後丟下車子，自己靠徒步或其他手段離開現場。這樣有說服力嗎？」

只要媒體沒有把寺田的遺體沒檢測出酒精反應，以及車子沒有其他人駕駛過的痕跡等等情報報導出來，這樣的說明也不是說不通。

「並非完全無法使用，然而與事實相異的兩個要素將會成為雙面刃。雖然不確定今後警方會將情報公開到什麼程度，但是一旦事實被公開就會瞬間被破解的狀況，最好還是不要採用。」

岩永把手放在臉頰上，用沉思的動作如此回應。

在網路世界中，把謊言當成真相或是把真相當成謊言的情形並不少見。明明沒有檢測出酒精反應卻當成有檢測出來，或是從方向盤上採集到被害人以外的指紋等等的假情報，不知不覺間被當成事實的可能性並非完全為零。

然而像這種把模糊不清又恰巧符合假說內容的資料當成情報來源，而且聽起來理所當然、缺乏趣味的狀況假說，究竟能夠得到多少人的支持？只有風險無比高，卻感覺無法得到相應的成果。

「每一項事實都指出是鋼人七瀨犯案。但畢竟犯人真的就是鋼人七瀨，要是出現矛盾的情報反而才讓人驚訝吧。」

岩永用手指抵著自己兩邊的太陽穴小聲呢喃，九郎也點點頭回應：

「可是如果要否定鋼人七瀨這個怪異存在，就必須要有鋼人七瀨以外的犯人才行。」

對於九郎這聽起來理所當然的確認，紗季忽然想到一件事：

「其實犯人並不一定要是一個人，就算不是同一個犯人所為也沒關係對不對？殺害寺田先生的犯人與之前連續傷害未遂的犯人實際上是不同人物的假說，應該也說得通吧？」

對於紗季的提議，九郎接著補充：

「也就是犯人利用了跟事件毫無關係的鋼人七瀨的謠言，假裝成是鋼人七瀨所為而殺了寺田先生，這樣嗎？」

「但那樣一來，就必須解釋『犯人為什麼想要假裝成鋼人七瀨所為』的部分了。畢竟把犯罪責任推卸給都市傳說的怪人，警方也不可能採信，所以必須要有其他理由。等等喔？就算假設命案跟傷害未遂是同一個犯人所為，這點也同樣必須解釋才行吧？」

岩永捏了一下蓋在右眼上的瀏海。那大概是她的習慣動作吧，她整體看起來柔軟而鬈曲的秀髮就只有那個部分被拉得莫名平順而筆直。

現實中也有很多犯罪案例是無法用理論解釋，在感情上也難以理解，就連犯人遭到逮捕後的自我招供也充滿矛盾與疑點。

因此犯人想要假裝成鋼人七瀨所為的理由上，像是犯人真的以為可以讓警方判斷是亡靈所為，或是單純想要擾亂警方的搜查行動，甚至是『因為這樣做很酷』之類重點錯誤的動機實際上都是有可能的。現實中像這樣的情況，大多數都沒有什麼充滿浪漫或戲劇化的理由與必然性。

然而大眾就是會從故事中尋求浪漫，期待現實狀況也是如此。而在討伐鋼人七瀨的行動上所需要的，就是能夠回應大眾那種期待的故事內容。

「寺田刑警的死與鋼人七瀨完全沒有關係，只是某個對寺田刑警抱有私怨的人殺死了他，結果死亡狀況偶然跟七瀨花凜很相似而已。這樣的解釋如何？如此一來就算沒有確定誰是犯人，只要能提出狀況偶然相似的理由，就能把這起命案跟鋼人七瀨切割了。接下來只要針對傷害未遂的動機進行說明就好，因此能夠採用的假說選擇就會比較多了。」

「嗯～按照『將困難分割』的法則來說，確實是比較實際的處理方式，但想要把兩者完全切割應該是不可能的事情吧。畢竟『偶然發生了相似事件』的解釋，無論如何都會比『事件是基於必然原因而發生』的解釋來得讓人掃興。」

「但也是有因為偶然才讓人感到有趣的狀況啊。」

「那要看怎麼利用。偶然也有分成根據時機或場合會讓人感到希望發生的偶然、如果發生了會很有趣的偶然以及如果發生了會很無聊的偶然。若光講這次鋼人七瀨的事情，大眾應該不會期望『兩個事件完全沒有關係』的偶然吧。」

九郎與岩永反覆分析與推論。

這些推理能否描繪出正確的景象？針對提出的問題，能否從手頭上的資料想出合理的解答並找出犯人？

不，說到底，現在所謂的『正確』是什麼？找出犯人又是什麼？

如果是現實中的事件，可以說只要透過適當的資料與推理就能真相大白。真相永遠只有一個，想藏也藏不起來，終究會被理論揭發出來。

可是岩永現在想做的，是捏造出根本不存在的犯人與真相。從限定的材料中推導出會讓人覺得『原來還有這招』的答案。明明不存在的東西，又怎麼可能靠理論發現？

因此現在需要做的不是推理，而是透過其他不同詞彙表現的行為。

不許過橋。那我走中間不要走旁邊就好了（註6）。

對，這不是推理，而是機智問答。

就在紗季察覺到這樣無聊的事情而把手指抵在眉間的時候，岩永則是雙手夾著臉頰露出嚴肅的眼神。

「很不順利呢。對於事件包含的謎團，『鋼人七瀨』這樣簡單扼要的存在感與說明

註6　出自一休和尚的故事。日文中「橋」與「邊緣」都念「はし（hashi）」，故原句「不許過橋」亦可解為「不許經過邊緣」。

實在太過強大了。即使能想出合理解釋謎團的說明，如果內容太過複雜或是缺乏趣味就完全沒有意義。簡潔單純、能夠合理解釋又帶有說服力的解答，根本不可能輕易想出來呀。」

岩永必須解決的事件謎團，也就是為了獲勝必須克服的問題有幾項：

被視為是七瀨花凜的亡靈——鋼人七瀨所為的連續傷害未遂事件為什麼會發生？

引起連續傷害未遂事件的人是誰？

為什麼真倉坂警局的巡察部長寺田德之助會被殺？

寺田被犯人殺害時為何毫無抵抗？

殺害寺田的人又是誰？

而且岩永並不是單純解決了這些問題就好。在解決與說明上因為本身就是謊言的關係，還必須注意其他的條件：

指出的犯人不能被警方逮捕。

即使沒有被逮捕，也不能因為提出的解答對現實中的人物造成過多的傷害。

在這些前提下，必須讓多數人贊同那個解答。

就算是為了阻止名為鋼人七瀨的怪物將來可能引發的虐殺行為，也不能因此冤枉無辜的對象，把人當成活祭品。紗季身為一名警察同樣會感到猶豫。而且除此之外還有別的問題。

畢竟提出的解答與犯人都是虛構的，只要警方正式展開搜查，謊言被揭穿的可能性就很高。如此一來鋼人七瀨又會再度復活了。因此無論如何都要避免假犯人遭到逮捕的情況。

這樣整理起來就能知道，岩永正在面對的是非常棘手的難題。對於一起警方已經展開行動、媒體也廣為報導的事件，必須在今晚之內提出一個不會讓犯人被逮捕、盡可能不會對相關人士造成困擾，又要讓多數人接受的解答。

即便九郎決定未來的能力可以提供些許的優勢，這依然是一場嚴苛的挑戰。

「岩永，既然光靠單一個解答無法解決問題，那麼多累積幾個不就好了？」

就在這時，九郎坐在椅子上如此說道：

「鋼人七瀨也不是這一兩天就誕生出來的。在讓她發展到能夠殺人之前，肯定經歷過許多次的嘗試。製造謠言、架設網站、累積引人注意的留言與話題。為了防止話題中斷導致大家轉移興趣，想必也使用過各種手段。要不然，短期間內就讓『想像力的怪物』誕生的現況是不可能被決定下來的。」

紗季雖然對他這段話有感到在意的地方，但還是保持沉默了。因為岩永看起來似乎在腦中有什麼想法互相連結的樣子。

「並沒有限定只能提出一個解答。就像妳剛才說的，把困難分割開來吧。只要分階段一步一步讓現實狀況、讓幾十萬人的妄想漸漸接近妳所期望的解答就行了。在抵達那個終點之前，我會反覆決定可能發生的未來。」

「可是那樣做會讓學長死好幾次喔。啊，你昨天也說過自己抱著那樣的打算吧？」

「我是說過。」

岩永接著動也不動地過了好一段時間。用真的跟彌勒菩薩一樣的姿勢坐在床的邊緣，陷入思索之中。從昨天晚上到紗季抵達飯店，然後從紗季來訪之後直到現在，岩永那小小的腦袋想必解析了各式各樣的情報，不斷試想應該如何利用情報、要帶給人什麼樣的印象、什麼真相可以化為謊言、什麼謊言可以描述得像真相、哪些東西是不確定的、哪些又是被大眾所確定的。

將存在於現實中的扭曲積木組合在一起，思考要如何才能創作出超乎製作者的意圖、現實中不曾存在的過去。進行著比起尋求真相的偵探更為艱難，聽起來愚蠢至極、構築虛構的空虛工程。

而現在因為九郎的一句話而定出了方向性，準備一口氣完成了。

岩永的手緩緩伸向放在床頭邊的一個黑色盒子，看起來應該是巧克力盒的樣子。接著從中隨意捏起一塊，頭部與左眼都動也沒動地將巧克力放入口中。

「嗯，好甜。」

紗季感受到坐在一旁的九郎似乎站起了身子。

「行得通嗎？」

「行得通。我架構出了四種解答。就靠這些把真相扭轉成我想要的樣子。」

岩永彷彿在細細品味口中的巧克力般點點頭。

四種解答。能夠把紗季剛才列舉出來那麼多的問題都克服的解答，居然有四種那麼多？

再說，有必要準備那麼多解答嗎？要是同時提出那麼多種解答，總覺得反而只會讓合理性的解釋變得可疑而已。畢竟不管再怎麼說，那些都是謊言。

岩永這時忽然轉向紗季，表情笑也不笑，有如盯上獵物的猛禽展翅劃破天空似地說道：

「我絕對會在今天晚上打倒鋼人七瀨。」

果然是人不可貌相。光是這樣一句話就讓紗季被嚇到巴不得坐在椅子上往後退下了。然而九郎反而是走到岩永身邊，摸摸她的頭表示慰勞。

紗季頓時感到莫名不爽，可是又對自己會不爽的事情感到不爽，於是用鼻子輕輕哼了一聲，全身靠到椅背上，摸著自己比起學生時代短了很多的頭髮。她再度重新體認到，自己與九郎已經分手兩年以上了。

時鐘顯示現在是晚上七點三十分。

阻止怪物的時限已經近在眼前了。

「你跟那女孩……」

「嗯？」

「交往很久了嗎？」

紗季與九郎在電梯門前等待著電梯來到七樓。岩永剛才留下一句『我要小睡一下，請在九點前把我叫醒。如果在那之前接到鋼人七瀨出現的通報也請叫醒我。』之後，就深深入眠了。據九郎說，畢竟她從早上就一直在集中精神、動腦思考，因此會像個被拔掉電池的玩具一樣停止動作也是沒辦法的事情。

聽說岩永早已對市內的妖魔鬼怪們下令，如果發現鋼人七瀨現身就要立刻向岩永或九郎報告，若當場有人遇襲也要協助被害人逃跑。而一旦接獲通報，九郎便會即刻趕到現場，阻止鋼人七瀨前往其他場所。靠九郎的不死之身可以和鋼人纏鬥一整晚，就能避免傳出其他犧牲了。

也許鋼人七瀨會對打不死的對手感到厭煩而化為煙霧逃走，不過到時候只要再靠市內的妖怪情報網把她找出來，便能再度拖住她。根據岩永的說法，因為現在鋼人七瀨被加上了『盯上目標就會追殺到天涯海角』的設定，所以她應該不會先逃跑才對。為了不要再造成更多的犧牲，這已經是最好的辦法了。

而紗季則是被指派為開車載九郎到現場的司機。岩永似乎打從一開始也是抱著這樣的目的而把紗季叫來的。大概是想說既然紗季任職於交通課，應該對城市的地理與道路很熟悉，能夠用最短的路徑趕往現場吧。

聽說他們已經把車都租好，停在飯店的停車場。畢竟紗季也同樣不希望再傳出犧牲，因此沒有拒絕的理由。現在不是去害怕黑夜、害怕妖怪的時候了。要是沒能克服這層心理障礙，別說是這輩子了，搞不好自己下輩子都要繼續畏懼怪異存在。

九郎看著顯示電梯正在上升的樓層數字，對紗季的問題歪了一下頭。似乎是在煩惱該怎麼回答才好的樣子。

「我跟她認識之後大概過了兩年半。」

「也就是跟我分手之後馬上就？」

「是五月的時候，岩永來向我搭話的。但我們並沒有馬上就交往喔。我當時對她完全沒有那個意思。」

「就算你們是馬上開始交往我也沒資格抱怨啦，不過你這麼說我也相信。畢竟那女孩跟你的喜好根本完全相反嘛。」

「是啊，完全沒錯。」

九郎似乎感到丟臉地用右手壓住自己的臉。看來就連他本人都經常會強烈疑惑自己為什麼會跟那樣的女孩交往吧。

紗季雖然不清楚中間經過，不過光是這兩天觀察下來就能知道那兩人相處得很不錯。剛才岩永睡著之後，九郎就關掉電腦的電源，收拾整理房間，然後提議「去買點食物回來讓岩永醒來時可以吃吧，而且我們也多少吃點東西比較好。」而帶著紗季離開了房間。無論動作或講話聲音都安安靜靜，不妨礙到岩永睡覺，甚至連關門時扣上的聲音都有小心注意。

九郎即使嘴上嫌東嫌西，還是跟岩永交往得很順利。這對於找不到好的方式處理心境，打算培養新關係的對象又遭到殺害的紗季來說，難免忍不住想說點壞心眼的話：

「這樣也不錯呀。畢竟老是追著六花小姐的身影也不是一件好事。」

九郎聽到這句話，頓時驚訝到彷彿頭髮都豎了起來。

「為什麼這時要提到六花小姐的名字？」

「因為九郎對於女性的喜好，完全就是六花小姐的特質嘛。」

電梯到樓，傳來輕微的鈴鐺聲。電梯門接著往旁邊滑開，讓一塊無人的空間出現在眼前。看到紗季往前踏出步伐，九郎也慌慌張張跟著進入電梯內，按下一樓的按鈕。

櫻川六花，九郎的堂姊，過去曾經在大學醫院長期住院。不過她長期住院的原因紗季並不清楚。

紗季跟六花大約見過五次面。當時聽說是為了檢查而住院，但紗季怎麼也想不通有什麼檢查需要住院三年以上。可是從九郎的回答聽起來感覺不方便問得太詳細，因此紗季後來也就沒再多問了。

九郎升上大學之後，學校距離醫院很近的關係，他變得經常會去探望那位大他三歲的堂姊。紗季因為感到在意，稍微試問了一下能不能介紹給她認識。雖然九郎毫不介意地答應了，然而初次見面時，紗季卻忍不住感到寒毛直豎。

六花當時撐起上半身坐在床上，態度淡漠地向紗季問好。蒼白的肌膚、細瘦的手臂與身體，病弱的氛圍確實很像個長期住院的患者。但紗季首先感覺她應該不是因為身體上的問題，而大概是因為精神上的問題而住院的。

可是這病房雖然與一般病房不同卻也沒有特別隔離起來的感覺，反而可以說是一間受到特別待遇的個人房，窗戶也沒有加裝什麼鐵窗之類的東西。因此紗季實在看不出來她究竟是為了什麼理由住院。

另外，六花是個很美麗的女性。具有讓人聯想到雪女、葛葉、清姬等等妖豔存在的異端之美。

然而紗季卻對她不禁感到毛骨悚然，感覺她是個如果想要生活過得平穩就最好不要扯上關係的女性。即使她本人沒有惡意，感覺還是會在不知不覺間悄悄讓周圍的人都墮落沉淪。紗季對於六花感受到的盡是像這樣絕對不能講出口的印象。

紗季後來有在醫院內聽到傳聞說六花反覆自殺未遂，而她也覺得可以理解這樣的謠言。畢竟六花給人的感覺就是何時會死都不奇怪，早已把一隻腳踏入冥府，而且彷彿會把跟她扯上關係的人也一起拖進地獄之中。

初次見面時，六花輕輕搖曳長度及肩的黑髮，對紗季從頭到腳看了一眼後，微笑說道：

『很不錯的人呀，九郎。』

明明連一句話都沒交談過，是要怎麼斷定一個人『不錯』？

紗季相信那句話中肯定隱含著『雖然不如我就是了』的意思。這並不是她瞧不起紗季。從她溫柔平靜的眼神看起來，她是對於九郎會跟一個可以掌控在她手中的對象交往的事情感到滿意的樣子。

而紗季和六花見面最感到後悔的，就是知道了六花跟紗季很像。細瘦的身體，高䠷的身材，感覺個性強勢，年齡又比九郎大。雖然沒有六花那麼美麗，不過紗季的容貌很明顯就是屬於六花那一類型。

紗季其實本來很擔心自己個性上不討喜、身材又缺乏女性的圓潤感，會不會讓九郎感到不滿。然而和六花見面之後，這樣的煩惱也消散了。

既然是相差三歲的堂姊，想必兩人從小就認識吧。恐怕九郎第一個認識為異性並喜歡上的對象就是六花，而一直以來都被那樣的容貌所束縛。

「你總不會沒有自覺吧？」

電梯門關上後，紗季如此詢問九郎。

「也許確實是那樣，但我會跟紗季小姐交往是因為……」

「不用跟我找藉口啦。雖然我剛察覺這點的時候心裡有點討厭，但無論是誰多多少少都會有那樣的銘印作用吧。再說，你感覺並沒有把我跟六花小姐拿來比較，而且應該也沒有把六花小姐視為戀愛對象的樣子。」

九郎對待六花時總是畢恭畢敬，彷彿在對待什麼易碎物品或是在面對自己的師父。那兩人之間共有某種紗季絕對無法共有的東西，但也因此互相保持著不會交融的距離感。

到頭來，雖然九郎去醫院的時候紗季一定會同行，但她幾乎都不會跟著到病房。在九郎探病結束前，她總是會在醫院內散步，或是獨自坐在候診室。因為她不想見到自己的情人、未婚夫跟其他女性營造出宛如聖域般的空間，也不想在與六花的交談之中體認到自己無法跨越、無法共有的某種東西。

既然如此，乾脆要求九郎減少去探病的次數不就好了？但萬一自己介入到那種地步卻被九郎拒絕，紗季總覺得自己應該會陷入無比的自卑感，結果終究還是選擇用默認逃避了。

反正那個人想必活不久，等到自己跟九郎結婚的時候肯定已經不在了。紗季甚至如此說服過自己。雖然到最後，在六花過世之前，紗季就跟九郎分手了。

「九郎一直以來都被那個人束縛著。如果跟岩永小姐交往可以讓你擺脫束縛，雖然心情上有點複雜，不過我覺得也不錯呀。」

顯示樓層的數字漸漸變小。從七樓很快就會抵達一樓，而且中途也沒有在其他樓層停過。

這是身為女人的直覺。就算六花已經不在人世，只要九郎沒有擺脫那個精神上的束縛，他應該就無法得到幸福吧。

九郎在電梯中有如忽然覺得氧氣不足似地拉開領口，仰望天花板。然而為狹窄的電梯空間蓋上蓋子、隱藏纜繩的天花板看起來只會感到冰冷。

「紗季小姐，我確實喜歡六花小姐，也或許真的受她束縛，但我有時候也會忍不住希望那個人消失啊。」

「什麼消失？六花小姐不是已經過世了嗎？」

九郎的講法聽起來就像那個人現在依然活著，而且對他造成影響的樣子。就在紗季皺起眉頭如此問道後，電梯鈴聲緊接著響起，告知抵達一樓了。九郎露出彷彿自己的什麼內臟變成像鉛塊般沉重似的表情開口說道：

「六花小姐並沒有過世。她不可能會過世的。」

接著又小聲呢喃：

「紗季小姐，六花小姐可是我的堂姊啊。」

這次電梯門打開後是九郎先邁步走出。紗季則是避開在一樓等電梯的其他住宿房客，並追在九郎背後。

六花並沒有過世。這麼說來，紗季從來沒有直接確認或詢問過六花過世的事情。只是因為她對六花抱有隨時可能會死的印象，又聽人轉述說六花似乎過世，就一直以為是那樣了。

但是『不可能會過世』這樣的表現方式也很奇怪。說她是九郎的堂姊感覺也不成什麼理由的樣子。

紗季接著忽然感到不寒而慄，加速腳步。該不會……

為什麼分手以來兩年半，自己都沒有想到這點？自從初次見面以來，六花一直都是比九郎更讓人感到不太對勁的人物呀。
六花也是櫻川家族的人，那麼她會不會跟九郎一樣吃過件和人魚的肉？會不會也是吃過之後沒死，存活下來的小孩之一？會不會跟九郎擁有同樣的能力？
她在醫院究竟是接受過什麼檢查？為什麼會住院好幾年？
九郎的背影散發出拒絕接受繼續追問的氛圍，而紗季也頓時感覺胃似乎又要痛起來，於是只默默跟在九郎旁邊走出了飯店。
天上掛著一輪明月。這樣就算走在沒有街燈的夜路上，應該也能在距離十公尺遠的地方就看到鋼人七瀨的身影吧。
然而紗季還是感到很黑暗。這世上未免有太多不確定要素了。

搞砸了。居然又搞砸了。
岩永一個人坐在租賃車的後座中央，左側放有闔上螢幕的筆記型電腦，右側則是五根香蕉與一瓶寶特瓶紅茶，手上也握著一根香蕉塞入口中的同時，心中深深感到後悔。
現在時間是晚上十點三十分。九郎一如吩咐在九點前把岩永叫醒後，岩永先去沖了個澡，然後在飯店停車場的租賃車中開著窗等待鋼人七瀨現身的通報，順便補充一下營養。到這邊為止都符合岩永睡前在腦中所想的計畫，但自己的一時大意還是讓她忍不住想跺地板洩憤。

自己居然為九郎跟紗季製造了一段兩人獨處的時間，未免也太大意了。雖然剛才自己真的很累，而且為了晚上的決戰也應該讓腦袋休息一下，因此睡覺是很適切的選擇沒錯；可是居然讓一對曾經有過婚約的男女——而且在紗季身心疲憊、臉色不好的時候，讓她跟基本上是個老好人的九郎兩人獨處，身為一個女生實在失敗至極呀。

那兩人回到飯店後就表現得很尷尬，在岩永面前也不太講話，氣氛上很明顯發生過什麼事情。岩永剛醒來時因為腦袋還沒清醒所以優先選擇打理自己的儀容，但現在冷靜下來，腦袋也補充糖分後仔細想想，就讓岩永忍不住想抱住自己的頭了。

紗季現在坐在岩永前方的駕駛座上默默不語，偶爾看看手錶，偶爾把手放到方向盤上，偶爾又調整一下後照鏡的角度，感覺就是一副不知該講些什麼話才好的樣子。九郎則因為如果他在車上，會讓前來向岩永通報鋼人七瀨現身的妖怪嚇得不敢靠近，所以自己一個人站在停車場出口附近待命，等車子要開出停車場的時候再跟著上車。

話說回來，在自己睡覺的這段期間究竟發生了什麼事？足足一個半小時的時間可以做很多事情。真的可以做各式各樣的事情了。

岩永把香蕉皮塞進塑膠袋，抬起頭思考究竟該如何質問對方才好，可是卻被對方搶先了。紗季大概也是有話想問岩永，所以等待她把第一根香蕉吃完的吧。

「妳有見過六花小姐嗎？」

「咦？嗯，我見過。」

聽到紗季忽然提到六花的名字，岩永雖然霎時感到困惑，但還是拿起下一根香蕉剝起皮來。

「因為六花小姐以前住院的地方也是我定期會去的醫院，所以兩年前學長介紹給我認識了。」

「這樣呀。那妳應該知道那個人也吃過件跟人魚的肉吧？」

岩永把香蕉放入口中。之前九郎有說過他並沒有把這件事告訴紗季。雖然有可能是這一個多小時內九郎告訴她的，但如果是那樣，應該不會用這麼拐彎抹角的講法詢問岩永。這肯定是在對岩永套話不會錯。

話雖如此，但紗季會在這種狀況中提起六花小姐的名字，表示她已經抱有很深的懷疑了。而且在今晚接下來的關鍵場面之前隱瞞事情或打心理戰，也讓岩永感到很累。

「我知道，畢竟妖怪和幽靈們也很害怕六花小姐。雖然學長或六花小姐本人都沒有告訴過我詳情，不過她長期住院似乎就是為了讓醫院調查她的身體與能力。」

光是不死之身就是讓醫學領域中懷抱野心的研究人員即使難以相信也無法忽視的對象了。雖然不清楚六花究竟是怎麼跟大學醫院攀上關係，又是如何簽下可以隨意調查她身體的契約，不過她成功使醫院讓她住了五年以上就是事實。

紗季透過後照鏡看向岩永。

「六花小姐的近況如何？」

「一個月前她還跟我一起住在我家。」

「什麼？」

「我剛才不就說過她『以前住院』了嗎？今年初左右她突然出院，但沒辦法馬上找到合適的住處。而我家反正房間很多，就向她提議要不要來我家住了。」

「什麼叫要不要來我家住，總有其他的選擇吧？像是暫時借宿在九郎家之類的。」

「就算是堂姊弟也是男女吧？九郎學長住的公寓很窄，更何況身為女朋友怎麼可能讓那個人跟九郎學長住在同一間房子嘛。」

「這、這麼說是沒錯啦。」

「六花小姐光是舉止動作上就是個很漂亮的人，又很貼心又有禮貌，而且又是九郎學長的堂姊，所以我父母也非常歡迎她。我們相處得很好呢。」

紗季大概是完全沒想像過會聽到這樣的回答，當場張著嘴巴愣住了。

六花的出院似乎是因為大學醫院的理事長換人，導致院內派系發生變化而立刻決定的。對於六花的待遇，在醫院內似乎也是個黑盒子或不可隨意觸碰的領域，因此想要切割掉這個麻煩的人想必很多。以前岩永聽說九郎的堂姊『撐不久了』，可能一方面也是因為那樣的派系或氣氛導致的吧。

而六花本人被詢問到是否有意願出院的時候，也絲毫不帶留戀，當天就把九郎叫來整理行李，不到一個小時就離開了病房。動作迅速到讓人難以想像她已經在這裡住了好幾年。

院方剛開始只是稍微提議看看對方是否願意出院，但態度上感覺如果六花表示抵抗就會不惜使用強硬手段的樣子。然而六花的態度卻意外如此乾脆，讓院方人員都不禁感到愕然了。上演這齣出院劇的時候岩永也在場，她至今猶記當時無論醫生或護士們臉上都帶著不安，彷彿在擔心就這樣讓六花離開究竟是不是好事，甚至懷疑這位女性該不會像座敷童子或土地神那樣，其實是可以為醫院招來幸運的存在。

六花本人則是在一月寒冷的天氣中，穿著大概是為了出院時準備的鮮豔天藍色連身裙配上純白色的大衣，在不合季節的清涼色彩包覆下，帶著幫忙提行李的九郎，頭也不回地離開了醫院。

後來在醫院中也傳起了『那位長期住院的女性在自己家悄悄過世』的謠言。恐怕是因為六花出院當時，院方關係人表情不安地目送她離開的情景，讓人以為是基於安寧療護的一環，讓病患出院回到自家迎接命終。畢竟六花雖然長相美麗，但就像個重症患者一樣瘦骨如柴，所以更讓周圍的人會有那樣的聯想吧。

六花原本似乎計畫出院之後直接住到九郎的家，但就算是九郎大概也有自覺那樣不是一件好事，於是費盡唇舌說服她打消念頭，最後是岩永提供自家的房間才圓滿解決了問題。

「妳難道沒有被六花小姐討厭嗎？」

「為什麼要問得好像前提就是我會被討厭一樣？」

「因為、呃、該怎麼說……」

紗季猶豫著該怎麼講比較好的樣子實在很可憐，於是岩永直接回答了：

「第一次見面的時候，六花小姐有說過『九郎，我覺得這女孩不太好』這樣一句話。」

「那就是被討厭了嘛。」

「而九郎學長也回答說『我也這麼認為』。」

「真是尷尬呢。」

「是的，當時大家都很尷尬。甚至讓六花小姐都慌慌張張補充了一句『雖然不太好，但或許也不會太糟啦』，想要自己幫忙圓場。」

「妳居然讓那個六花小姐對妳客氣了？」

「就是那樣。」

六花本人大概也沒想到自己的堂弟竟然會立刻表示認同吧，想必她起初只是打算當成玩笑話而已。她雖然是個不太好應對的人，但也並沒有懷抱什麼惡意。

這位手握拐杖、身材嬌小卻能隨意擺布自己堂弟的小丫頭，出現在面前的事情完全超出了六花的預想，更何況她一時之間實在不可能看出這女孩就是提供妖怪們智慧的單眼單足巫女，因此她最多只能保留自己的態度了吧。

「後來我跟六花小姐和解了。即使九郎學長不在的時候我們也會見面，生日的時候還會聚在一起吃蛋糕開派對呢。」

紗季頓時發出呻吟。岩永並沒有聽說過紗季跟六花之間的關係如何，但從那反應看起來，恐怕連對話都沒講過幾次。在她腦中肯定無法想像岩永跟六花一起拍著手、唱著生日快樂歌的情景吧。

「那她現在怎麼樣了？她住在妳家只有到上個月為止對吧？」

「是的。她現在下落不明。」

在後照鏡中可以看到紗季的短髮搖動了一下。

「一個月前，六花小姐說她正式找到了工作跟住處，因此很有禮貌地向我父母感謝長期來的關照之後，便不知去向了。雖然她有帶手機，可是打不通。而她告訴我們的工作地點與新住處都是騙人的。」

可能是岩永把如此重大的情報講得太過乾脆的緣故，紗季看起來腦袋的處理速度似乎跟不上的樣子。不過她很快又從座位上撐起身子轉向岩永：

「九郎聽到這件事之後怎麼樣了？」

「最初的一個禮拜他什麼也沒做。他說畢竟六花小姐已經是個大人了，或許是有什麼自己的想法。但過了兩個禮拜後，他開始聯絡所有六花小姐可能會去的地方打聽消息。然後在一個禮拜前，他寄了封電子郵件給我後就出發去找人了。」

紗季腦中大概總算理解上次岩永拿給她看的那封郵件內容究竟是什麼意義了吧。岩永把第二根香蕉剩下的部分都塞進口中，並轉開紅茶的瓶蓋。

「好了，紗季小姐，請問妳是在懷疑什麼？在我睡覺的這段時間，妳跟學長講過了什麼話？」

緩緩把身子轉回前方的紗季放在方向盤上的手靜也靜不下來，指頭有如在彈鋼琴似地不斷敲動著。等到那動作總算停下來後，她發出沙啞的聲音：

「妳應該早就發現在鋼人七瀨的背後有六花小姐了吧？而九郎會跑來真倉坂市也不是因為妳叫他來，而是他在尋找六花小姐的途中，妳也碰巧來到了這裡，對不對？」

反正岩永也不覺得這件事能夠一直隱瞞下去，而且這下等於是讓她知道了九郎跟紗季之間究竟講過了些什麼話，因此就算被紗季發現到這個程度，岩永也不痛不癢。

那兩人恐怕是因為什麼契機而講到關於六花的話題，導致紗季心中浮現了疑問。可是她對於個性上一旦決定不講就會很頑固的九郎又沒辦法繼續追問，結果兩人之間的氣氛就變得尷尬起來。

到頭來，那兩人之間根本沒發生過什麼事。岩永總算感到安心了。

「為什麼妳要瞞著我？」

雖然岩永鬆了一口氣，但紗季倒是變成了質問的口氣。畢竟只有她一個人被排除在外，而且事件的幕後黑手又可能是她認識的人物卻沒有被告知，她當然會覺得不愉快了。

然而岩永也擺出了強勢的態度：

「因為我沒有確切的證據。畢竟我很難想像六花小姐還住在我家的時候就架設了那個統整網站，還聚集妄想讓鋼人七瀨漸漸形成實體。我直到接獲這個城市的妖怪們委託之前，完全不知道關於鋼人七瀨的事情。」

這些全都是真的。岩永雖然知道六花有一臺個人用的電腦，但她當然沒有調查過那電腦裡有什麼東西。她不可能猜想到六花有在架設網站，也不可能聯想到那跟六花消失蹤影的事情會有所關聯。她會把失蹤的六花與鋼人七瀨在腦中連結在一起，是在接到妖怪們的委託而進行事前調查時，搜尋到「鋼人七瀨統整網站」並看到首頁的那時候。

貼在首頁的那張鋼人七瀨想像圖，正是六花所畫的作品。那筆觸就是岩永所知道的六花的筆觸。大約一年半前，六花不知為何忽然很積極地開始作畫。在住院期間靠畫圖打發時間的人不算少，而六花是利用電腦練習仿畫人物動物的插圖或是自己創作。

或許是六花本身就有繪畫的天賦，也可能是她以前就有訓練過類似的事情只是岩永不知道而已，她所畫的圖雖然是呈現漫畫風格但相當精湛。岩永還記得當時有聊過「等到出院之後，或許可以從事插畫家之類的工作呢」這樣的對話。

現在回想起來，六花其實從那時候就在研擬使『想像力的怪物』誕生的計畫了。如果想要聚集幾十萬人的妄想，共同認知的名字與外觀就很重要。而能夠點綴故事的插畫作品就是最好的傳播媒介。如果要向眾人共享某個人物的外觀，沒有比圖畫更強力、更震撼的手段了。只要把那個人物畫成圖並拿給人看，大家腦中就會想像出同樣的外觀。

六花一步一步準備了能夠有效率地製造出怪物的計畫，並且從實際發生過的事件中尋找了可以利用的材料。

七瀨花凜的死亡意外可說是相當合適的素材。雖然不算大眾但至少廣為人知的寫真偶像、黑暗的醜聞、戲劇性的死亡意外。只要再添加上靈異要素，不難想像可以發展為怪談或都市傳說。

「取了『鋼人七瀨』這個名字的人，以及創作出附加故事的人，恐怕都是六花小姐吧。雖然『七瀨花凜的亡靈會在真倉坂市出沒』的傳聞可能本來就存在，但使傳聞增幅的人就是六花小姐。」

架設「鋼人七瀨統整網站」，持續提供話題，培育出一個怪物。結果從幾十萬人的妄想之中，揮舞鋼骨的無臉美少女怪物誕生了。真不知六花的計畫究竟是到哪個程度，而且她真的有料想到事情會發展得這麼順利嗎？

岩永昨晚聽九郎說過，他是在尋找六花下落的過程中聽到鋼人七瀨的傳聞，從傳聞中感受到某種事情而上網查了一下。結果查到那個統整網站，看到那張怎麼想都應該是六花所畫的鋼人七瀨插圖，於是為了尋找線索而來到了真倉坂市。

「紗季小姐，妳是選擇了只要看著正常世界活下去的人，就算知道了世界背後的東西又有什麼意義？九郎學長想必也是為了不要再把妳扯進來，所以出自好心而隱瞞妳的吧。」

雖然那與其說是出自好心不如說是因為九郎心中的內疚，但岩永並不想講到那種地步。而紗季聽到對方拿自己過去的選擇為理由表示是好心隱瞞，也就沒辦法繼續生氣下去了。

結果紗季坐在駕駛座上似乎小聲嘀嘀咕咕地念了些什麼話，最後用手拍了一下方向盤。

「原來如此，就因為是跟九郎同樣擁有件的『未來決定能力』的六花小姐在背後搞鬼，鋼人七瀨才會成長得如此迅速呀。」

「應該就是那樣。我想六花小姐是透過反覆不斷的死亡與復活，抓到了鋼人七瀨的話題會在網路上持續發展的『未來』、讓同一隻怪物存在於許多人想像之中的『未來』。當然，如果話題持續發展的可能性很低，即使靠那能力想必也無法抓到吧。所以她為了提高可能性，而活用了那個統整網站。」

如果真是那樣，代表六花住在岩永家的時候可能也曾反覆自殺。雖然把復活為前提的死用「自殺」這個字眼表現或許不太適切，但是靠自己的手反覆死而復生的行為又該怎麼稱呼才好？要說自殺未遂，那過程中又是真的死過一遍。或許只能自創一個像是「臨死往返」之類奇怪的日文了吧。

總之，如果六花在寄宿於別人家中時真的偷偷做過那種事情，只能說她真的膽子很大。

就在岩永把紅茶吞下喉嚨，抓起第三根香蕉的時候，紗季一副很火大模樣地把額頭靠到方向盤上。

「可是，六花小姐又是為了什麼要創造出『想像力的怪物』？造出一個會無差別亂殺人的怪物，究竟對她有什麼好處嘛。」

飯店的停車場相當冷清。停的車輛不到十臺，從剛才到現在十五分鐘左右都沒有人車進出。九月初，學校的暑假通常也已經結束後，地方都市飯店即使遇到週末大概也就這樣吧。

吹進車窗的風帶有水泥的氣味，讓人感到有點不祥。

「紗季小姐，就算說是『未來決定能力』其實也不是什麼很強大的力量。九郎學長也說過，那力量只能抓到有可能抓到的未來，頂多只能避免不幸或是不巧而已。只能選擇自己擁有的才能、可能性與努力範圍內的未來，跟普通人其實沒有太大的差異。畢竟無論是誰都同樣只能在那個範圍之中選擇自己的未來。」

差別只在於如果可能性夠高，就能讓那個未來絕對發生罷了。

「那並不是能夠輕易創造奇蹟、改變世界的力量。如果使用者擁有足以改變世界的力量就能改變世界，但如果沒有就沒轍。這樣聽起來並不是什麼了不起的力量對吧？」

雖然不死之身或許很方便，但「永遠死不了」在某種角度來看也是很恐怖的。除非是個性上即便親朋好友都死光，身邊的人都離自己而去了，還能對繼續活下去的將來不會感到厭倦的人，否則想必無法忍受吧。

「可是現在不就靠那能力製造出了一個怪物嗎？」

「所以我想六花小姐應該是在測試吧。試試看決定未來的能力究竟能走到什麼地步。」

將一次次的可能性持續累積，反覆不斷進行選擇。將發生機率高達二分之一的現象累積十次，就會成為機率只有一千零二十四分之一的稀有現象。拋擲硬幣也有可能連續一萬次都擲出正面。鋼人七瀨——正常狀況下不可能誕生的『想像力的怪物』，就是其中的一種類型。

「製造出怪物還能走到什麼地步？如果按照驚悚作品的原則，怪物的創造者都會註定被那怪物殺掉不是嗎？」

紗季武斷地如此斷言後，彷彿放棄思考似地用力靠到椅背上。對於巴不得跟妖魔鬼怪切斷關係的紗季來說，越是深入思考就越讓日常生活、法則規律與物理現象都扭曲變形的現況，肯定讓她受夠了吧。

不過她這句話搞不好意外地正中事件的紅心呢。岩永口中含著香蕉，把視線移往車窗外。

結果就在這時，一隻毛色白褐交雜的貓忽然跳入車中，落在岩永所在的車後座、三根香蕉旁邊。那貓的睫毛與鬍鬚都留得很長，表情看起來歷經歲月世故而老成，但動作卻非常年輕敏捷。

貓接著趴下身體、伏下雙耳，用畢恭畢敬的姿勢講出人話：

「公主大人，鋼人出現了。請隨我來。請隨我來。」

坐在前座的紗季雖然嚇得肩膀顫抖，不過岩永並不理會，抓起掛在副駕駛座上的貝雷帽戴到自己頭上。

「活過漫長歲月的貓可以理解人話，而且只要是可以四腳著地的場所就能疾馳如風，但也只是那樣的妖怪而已。沒有害怕的必要。」

岩永把吃到一半的第三根香蕉拿給妖貓，並將牠抱到自己大腿上。

「紗季小姐，我們出發吧。關於六花小姐的目的就暫時擺到一邊，現在先集中精神打倒鋼人七瀨。只要把鋼人七瀨打倒，事件就能初步獲得解決了。請到出口接九郎學長上車。」

她說著，把手放到腿上的那隻貓頭上。

「你負責帶路。」

「我知道了。」

妖貓回應岩永的命令後，用雙手夾著香蕉張大嘴巴。紗季則是在發動引擎的同時，僵著身體彷彿絕不讓自己的注意力被後座明顯在上演的非日常景象引走。

不管六花的目的究竟是什麼都一樣。對於操作自然的機率、胡亂製造出怪物、擾亂世界秩序的行為，身為妖怪們的智慧之神絕不可原諒。

這是一場為了秩序的戰鬥。

這個世界並非混亂不定。即便有妖魔鬼怪存在，依然有其秩序，有其不能隨便推翻的道理。

岩永抱著自豪深信，守護那個秩序就是自己的使命。

第六章　虛構爭奪

原來真倉坂警局的轄區內、這座城市內，有這麼多神祕的存在。

紗季聽從身後傳來的指示開著車，盡可能讓自己的注意力都放在前方。但她心中同時也感到非常不安，就算今晚能夠平安無事撐過去，自己以後還有辦法繼續住在這裡嗎？

從剛才那隻妖貓跳進車內後，接著又陸陸續續有多到讓人都不想數下去的浮游靈或木魂飛進行駛中的車內，向岩永報告鋼人七瀨的移動方向與現況，想要盡快引導車輛前往接觸地點。雖然那些存在們都恭敬有禮，感覺沒有惡意，但光是他們飛進車速近乎道路速限的車中輕聲呢喃話語，對紗季來說就是精神上的負擔了。

車子最後抵達了位於城市南端、通往山丘上一座公園的階梯下方。據說那座原則上規定晚上九點之後禁止進入的公園中剛才只有一對情侶，而鋼人七瀨就出現在他們面前。那對情侶雖然差點被殺害，不過妖怪們及時介入妨礙，順利讓他們脫逃了。恐怕他們會因此在心中留下很深的傷痕，或是在無意識間把今晚的事情從記憶中消除吧。

要是那兩人跑去報警可能會讓事情變得很麻煩，然而他們不但是被手持鋼骨的偶像亡靈襲擊又被妖怪們拯救，感覺應該不會真的去向警方通報這種事情，因此暫時不用去考慮那個問題了。

那對情侶逃走之後，鋼人七瀨接著被在場的妖怪與幽靈們纏上，而把攻擊目標改為那些妖怪們繼續揮舞鋼骨，所以似乎還留在公園中沒有消失的樣子。

「那麼九郎學長，麻煩你了。」

岩永在車後座打開電腦並對九郎如此說道。最初前來報告的那隻妖貓在抵達階梯下方的同時就跳出車外，早已消失無蹤了。

紗季雖然也想說些什麼話，但在那之前九郎就從副駕駛座下了車，踏入黑夜之中。

「岩永，拜託妳了。」

九郎頭也不回地說著並解開襯衫上面兩顆釦子，然後「砰」一聲把車門關上。

在紗季她們乘坐的車子前方、九郎準備踏上的長階梯上方，鋼人七瀨就站在那裡。現場只有一盞戶外燈，在階梯的中段閃爍得讓人眼睛刺痛。配上朦朧的月光，一濃一淡的光源照耀下，使遠方的怪物即使呈現人類的外型也看起來無比詭異。

怪物右手輕鬆抓著長度超過身高的H型鋼，身穿紅色與黑色搭配的迷你裙洋裝，頭上則是大大的緞帶。緞帶下方的臉部有如被什麼東西塗抹般呈現一片黑色。胸前的雙峰每踏出一步就會搖晃。

被賦予『鋼人』之名的寫真偶像七瀨花凜——本名七瀨春子的亡靈。幾十萬人的妄想中期望存在的『想像力的怪物』。

妖怪們發現車子抵達後大概是為了誘導鋼人七瀨靠近而聚集到階梯的中段或下段，但是一見到九郎下車就當場鳥獸散，不見蹤影了。

「在這裡應該就不會被人妨礙，可以跟鋼人七瀨打鬥一整晚都沒問題了。」

紗季隔著擋風玻璃注視九郎的背影踏上階梯。自己明明對那個人很熟悉，現在卻感覺像是不認識的人物。

九郎從高中時代就莫名讓人覺得跟其他人不一樣。個性看起來很弱，只要拜託他好像就什麼都願意聽，而且感覺不管自己如何擅自往前闖，回頭就能看到他在背後守護著自己，對紗季來說是很理想的男朋友。而實際上九郎也確實就是那樣的人物。

唯一沒有預料到的就是，他並不是一個正常的人類。

「就算能夠復活，我也不會眼睜睜看著自己的男朋友一整晚不斷被殺害的。」

岩永如此回應的聲音聽起來比鋼人七瀨手中的鋼骨還要堅硬，帶有強韌的意志。

「連上『鋼人七瀨統整網站』了。暫時沉靜一段時間的留言板隨著進入深夜又開始熱烈討論起來了。一方面也因為有寺田刑警的事件，大家想必都為了獲得情報，變得比較踴躍發言了吧。」

沒有把電腦帶在身邊的紗季則是用手機上網，連上那個網站。

剛才紗季詢問過岩永，既然是打算透過提出虛構解答的手段，其實根本不需要等待鋼人七瀨現身，早早留言不就好了？但岩永卻搖頭回答了。

這網站每天固定都是在深夜，也就是鋼人七瀨會現身的時段討論比較熱烈。這是因為亡靈通常是在夜晚現身，而從網站擴散出去的想像力也支持著鋼人七瀨的存在。如果在網站沉靜的時段把解答貼上留言板也不會有多少人看到，而沒有人反應就不會被熱烈討論了。

為了讓提出的解答快速擴散，趁話題還熱的時候改寫更多人的想像，在鋼人七瀨現身的同時開戰才是最佳的時機。

透過手機連上網站的紗季這時提出了一個她所擔心的疑問：

「既然這網站是六花小姐架設並管理的，那她不就可以把妳說『鋼人七瀨這個亡靈根本不存在』的留言刪除掉，或是限制妳發言了嗎？到時候妳要怎麼辦？」

「六花小姐不會那樣做的。或許這樣聽起來有點奇怪，不過刪除留言或限制發言其實會損害到網站的可信度。要是刪除或限制那些質疑亡靈存在的留言，就會給人一種那些留言不利於網站管理者的印象。而受到管理的網站會讓人覺得是在管制、操作情報，到最後就可能會被解讀為『因為亡靈其實不存在所以才要刪除或限制那些留言』了。」

映在後照鏡中的岩永還沒有把手放到鍵盤上，但視線始終沒有從螢幕上移開，用精神逐漸集中的態度如此回答。

「如果演變成那樣的事態，對於想要讓鋼人七瀨化為實體的人來說只會有負面效果。畢竟如此一來，九郎學長也就能抓住並決定出那樣的未來發展了。因此無論是什麼樣的留言，對方都只能放著不管。相對地，要是『亡靈不存在』的意見被管理人放著不管卻遭到其他人攻破，那個發展就會讓鋼人七瀨化為實體的力量變得更為強烈。」

原來如此，那麼在這點上就沒問題了。然而紗季又提出了另一個擔心的疑問：

「妳剛才說架構出四種解答，難道是亂槍打鳥就行了嗎？」

「有時候就是亂槍打鳥才能讓謊言擊碎真相，並成為新的真相。」

岩永彷彿在確認她細小的手指關節沒有問題似地張握著手掌如此回答。

「接下來要在『鋼人七瀨統整網站』上演的戲碼，或許就有點像是在議會、理事會或評議會之類的場合上決定提出的議案是否通過的會議。而這次要討論的議題是『鋼人七瀨』這個亡靈是否真的存在。六花小姐想要讓『現實中有亡靈存在』的議案通過，我則是相對地主張亡靈不存在而準備提出否決。不用說，到最後成為多數派的一方就贏了。而六花小姐已經事先得到多數支持，也準備了許多能夠說明亡靈存在的資料與根據。如何推翻那些東西使議案遭到否決，就要看我的表現了。」

紗季雖然無法完全理解岩永究竟在說什麼，不過還是在自己能認同的範圍內應聲促使對方繼續說明下去：

「既然對方在議會上已經事先得到多數支持，想要反敗為勝幾乎是不可能的事情吧？」

「是的，如果是正常的議會或理事會，在多數派已經很明顯的狀況下想要逆轉表決結果是很困難的事情。畢竟擁有表決權的人們彼此之間也有相互關係，要是在正式表決的時候表明相反意見風險就太大了。因此在大部分的議會中，其實事前就幾乎能知道提出的議案是否會通過了。然而這次的議會中擁有表決權的是所有在瀏覽這個網站的人。一切決定於多達好幾萬，而且彼此間幾乎沒有任何關係的人們腦中的想法。」

既不是透過選舉或推薦挑選，也沒有什麼特別的知識或學歷，彼此間也不知道長相和名字，只是碰巧都知道『鋼人七瀨』的一群人心中的感受、腦中的想法就會決定出『想像力的怪物』如何變化。

「不用負責任又沒有自覺的一群表決人嗎？那樣其實也很恐怖呢。」

沒有自覺也沒有責任感的話，搞不好根本沒有深入思考就會決定支持與否了。除非抱有什麼堅強的信念，否則應該都會贊成早已呈現多數派的想法。而真正抱有堅強信念的人通常都只有少數。在大勢已定的議會中想要搶到主導權實在不是一件容易的事情。

岩永應該也明白這點的樣子。

「沒錯，沒有責任的表決者是很恐怖的。但換個角度來看，正因為這場議會不需負責任，所以也不會受到人情、法律、正義甚至真相的束縛。就算最後的結論是不合正義、是個謊言，只要在幾萬人的網站瀏覽者中得到過半數支持就能獲勝了。對於提出的故事比較煞有其事、比較講得通而且比較有趣的一方，大家想必就會不顧任何責任地表示支持、做出表決吧。」

岩永的語氣越說越激動，代表她的專注逐漸提升。

「既然如此，在這場議會中就不限任何手段了。隱瞞真正的資料蒙混內容、顛倒是非把黑的講成白的、提出好幾個互相矛盾的答案，但只要乍看之下合理又足夠取悅大眾，就能將虛構變換為真實。在這次的場合，即使做出這些事情都是沒關係的。」

雖然這女孩的表現方式相當極端，不過在現實的議會或會談中也有類似的現象。無論是什麼團體，決定事情的時候不根據理論而是被印象或偏見左右表決結果的狀況也並不少見。有時候比起真相如何、將來而言怎麼做會比較有利之類的問題，人們反而會優先考慮支持哪一方比較有面子、比較符合眼前的利益。而且在辯論的時候隱瞞對自己不利的資料，積極表示偏頗意見也是很常見的手法。

在這樣的場合優先受到考慮的不是真相，而是能否得到雙方所追求的結果。因此社會上才會有議會對策、議會戰略與議會戰術等等詞彙。怎麼做才能讓辯論過程對自己有利、讓表決結果看起來妥當，這些都考驗到作戰計畫。如果議會是純粹根據真實內容，議論尋求最佳結論的場所，那就根本不需要有什麼對策、戰略或戰術了。

沒錯。這並不是什麼特別的戰鬥。是交雜虛實情報以贏得多數支持的、民主主義的舞臺。紗季雖然還不明白四種解答究竟帶有什麼意義，不過要說戰鬥時需要有戰略或戰術，她也不是不能理解。

在擋風玻璃的外頭，站在階梯頂端的鋼人七瀨似乎把九郎認定為新的攻擊目標了。她重新握好鋼骨，在身體前沿著十字形軌跡揮動了一下後，纖細的雙腳輕快地走下階梯。而九郎也兩階併成一階地往上衝了。

岩永用拇指輕撫了一下自己的嘴唇。

「為了獲勝，我會不惜一切。就讓我使出全力撒謊吧。」

在階梯中段、戶外燈閃爍的中間平臺上，兩個似人卻非人的身影互相交錯。

接著，單眼單足的女孩緩緩把手放到鍵盤上。

「鋼人七瀨攻略議會，要開始了。」

在階梯上，九郎的手臂被鋼骨打斷了。

『鋼人七瀨真的存在嗎？那會不會是某人為了某種目的捏造出來、只存在於謠言中的創作產物，只是一種都市傳說罷了？』

岩永敲著鍵盤，以這樣一句留言加入網站討論。然而並不是留言就馬上會有回應，而且過去已經有過好幾次類似的主張，因此就算完全沒有人回應也不是什麼奇怪的事情。

「紗季小姐，如果九郎學長那邊的狀況有什麼特別變化就請告訴我。」

岩永為了把注意力集中在螢幕上而提出這樣的要求。

「知道了。目前他擋著鋼人七瀨，沒有被殺掉。雖然有受傷，但好像很快又治好了。」

應該正利用手機在看網站的紗季用喘不過氣似的低沉聲音如此回應。

雖然要說『變化』，大概頂多就是九郎被鋼人七瀨連續殺到來不及復活之類的狀況，不過現在也不確定對手究竟變得凶暴到什麼程度了。搞不好就在下一秒不只是怪力而已，甚至還獲得了三秒可以移動百米的能力也說不定。

『到昨天為止，關於鋼人七瀨的話題都是被攻擊、目擊到或是聽誰說遭到攻擊之類的內容。雖然幾乎每天都有新的目擊情報或是謠言，但終究跟一般的都市傳說沒有什麼差別。可是到今天卻出現了重大的變化。一名叫寺田的刑警被可能是鋼人七瀨的人物殺害了。』

因為文章較長，岩永適時換行讓文字排列得比較好閱讀。板上依然沒有反應。

『案發現場就在真倉坂市，發生在深夜時段。據說身為被害人的刑警臉部被砸爛，可是沒有留下抵抗過的痕跡。警方發表死因就是那個臉部的創傷。那個叫寺田的刑警明明身材高大又有柔道段位，卻輕易就被殺害了。如果不是被身為亡靈的鋼人七瀨用鋼骨打死，感覺不太可能會變成這樣的殺害狀況。』

板上出現表示認同的留言：所以說那個事件就是鋼人七瀨幹的吧？

『不對，那才是犯人真正的目的。那正是犯人會需要鋼人七瀨的理由。犯人為了殺害寺田刑警而故意創作出鋼人七瀨的都市傳說，捏造了一個根本不存在的假亡靈。』

來吧，會有多少人上鉤呢？

『寺田是一位優秀的刑警。為了守護真倉坂市的和平，他無時無刻都在注視城市內的變化。據說經常能及早發現犯罪的預兆，在事情鬧大之前就做出對應，是非常出色的刑警。』

這情報是來自紗季，並沒有在新聞上被報導出來。不過在黃昏以後有幾家電視臺的新聞播放過警方表示『寺田是一名出色刑警』的受訪內容。雖然當遇上警界關係人過世的時候，除非是風評真的很差的人物，否則警方基本上都不會做出批判性的發言，因此網路上究竟有多少人會相信那些報導也很難講。不過拿來當成論述根據、補充想像的材料也已經足夠了。

『而犯人就是利用了這點。犯人將網路上原本只有少部分人在流傳的真倉坂市都市傳說怪人——鋼人七瀨拿來利用，連續引起實際的傷害未遂事件。根據網路上流傳鋼人七瀨的特徵假扮自己的外型，每天晚上到處攻擊人。當然，犯人並沒有真的要傷害人的打算，只要能嚇唬到對方就行了。』

車內只聽得到岩永敲打鍵盤的聲響。

『鋼骨是犯人自己用木頭或保麗龍製作成類似的形狀，顯眼的胸部則是靠塞東西墊胸。臉部只要塗成一片黑色，在黑夜中看起來就會像沒有臉孔了。而且因為還有像頭上的大緞帶之類其他顯眼的部分，所以目擊者沒有餘力把注意力放到臉部，只是看到一片黑就以為是臉部被打爛了。』

「真的能夠那麼順利嗎？」

紗季這時開口詢問，而岩永繼續動著手指回答：

「或許沒辦法那麼順利。但反正這是在說謊，只要感覺好像可行就夠了。」

『犯人透過這樣的行動，等待「被鋼人七瀨襲擊」的話題變得不只是網路上或地

區性的謠言，甚至發展到有人向派出所通報，而傳入警方耳中。反正警方應該不會把這種通報當真，而被襲擊的被害人雖然跑到派出所應該也不至於提出受害申報吧。但如果在城市內屢次發生那樣可疑的事件，優秀的刑警是不是就會覺得不對勁而展開行動？』

事實上寺田確實就做出了行動，甚至還尋求過紗季以及其他認識的對象提供協助。岩永這些假說雖然是謊話，但也並非全部都在撒謊。

『像寺田刑警就行動了。不過他並不是真的相信有亡靈，而是懷疑有人假借鋼人七瀨這個都市傳說的怪人，企圖要做出什麼事情。而且既然如此大費周章，應該就不會是單純的惡作劇而已，搞不好有什麼犯罪性的計畫。因此寺田刑警獨自展開了搜查行動。』

這也是事實。與岩永的謊言內容具有整合性，而且是讓依然相信鋼人七瀨存在的人也容易接受的事實。

寺田之所以被殺，會不會是他在調查鋼人七瀨的途中遭到了反擊？其實已經有跟事件無關的第三者提出過這樣的推測。或許是因為這樣解釋比較說得通，所以才想到這樣的可能性吧。而實際上的情況也確實是如此沒錯。

『而這樣的發展正符合犯人的計畫。只要寺田刑警獨自開始調查鋼人七瀨，就能讓他單獨行動。畢竟這件事還沒有被警局視為問題，而且要調查什麼偶像的亡靈也很難找人一起行動，也不方便公然進行調查。就這樣一如犯人的期望，讓這位刑警私底下

獨自行動了。』

網站上對於岩永的推理做出反應的留言開始增加。

當中有像是「太長了」、「讀不下去」之類不由分說就表示拒絕的留言，也有像「再稍微聽聽看吧」之類催促下文的內容。

『接著，犯人便告訴寺田刑警自己遭到鋼人七瀨襲擊，而且在遇襲過程中拿到了犯人遺留下來的凶器或緞帶之類的物品，把寺田刑警叫到了案發現場。只要說現場有留下對方的腳印所以希望刑警過來看，而且因為狀況還不明朗所以希望刑警先別告訴其他人，要他一個人過來，寺田刑警應該就會聽犯人的指示獨自趕往現場了。而那個現場就是這次發生命案的廢棄加油站。』

「如果聽到有人那樣說，寺田先生或許真的會獨自一人到廢棄加油站就是了。」

知道這些話是謊言的紗季心境上有點複雜地如此呢喃。

『犯人在寺田刑警抵達之前，事先在那個廢棄加油站動了手腳。說到加油站的特徵，就是那個又高又平坦的屋頂了。這次成為命案現場的那個廢棄加油站的屋頂部分也還留著，而犯人從那個屋頂往下垂掛了一個很大的擺錘。在天花板裝上鉤子，從鉤子垂下一條繩索，然後在繩索另一端綁上擺錘。那個擺錘必須是很重的物體，足夠靠擺盪的力量砸碎人頭的程度。擺錘的高度則是事先調查好寺田刑警的身高，設置在大約頭部的位置。』

網站的瀏覽者之中，似乎有很多人光看這段描述就理解這個機關的意義了。不過岩永還是繼續說明：

『準備到這邊之後，犯人接著讓繩索保持伸直的狀態，用另一個鉤子把綁有擺錘的那一端也固定到天花板上。不過這邊的鉤子能夠隨時透過遙控之類的方式鬆脫。一旦鉤子鬆開，擺錘就會高速擺盪了。』

紗季目瞪口呆地說道：

「為了殺一個人，未免太大費周章了！」

板上也立刻出現類似的意見。不過也有覺得有趣的反應。

『把寺田刑警叫來後，犯人讓他站在預先決定好的位置。這不是什麼困難的事情，因為犯人手上有能夠讓寺田刑警感興趣的遺留物品。只要拿著那些東西站在廢棄加油站等待，開車前來的寺田刑警就會把車停到犯人附近。因此犯人也可以讓車子停在不會影響到機關的位置。』

對被害人的操縱。把鋼人七瀨的故事當成達成這個手法的道具。岩永的推理重點就在這裡。

『犯人接著讓下了車的寺田刑警看到遺留品，並且表示要帶他前往留下腳印的場所。然後當寺田刑警走到犯人決定好的位置時，只要說因為光線很暗，為了不要踩亂現場，自己先到前面打燈，請寺田刑警稍微站在這裡等一下就行了。光是這樣，寺田刑警應該就會不疑有他地站在那裡了。而犯人就在那個瞬間靠遙控鬆開掛著擺錘的鉤子。』

是鐘擺陷阱。

網站上有人提出這樣一句簡短的留言。

『被繩索綁住的擺錘會沿著鐘擺的圓弧軌跡，在昏暗的廢棄加油站甩過半空中，朝站在軌道上的寺田刑警直接砸中頭部。加油站屋頂的高度約有五公尺，就算假設刑警的身高有一百八十公分，鐘擺繩索的長度也會有三公尺。就算綁的重物只是大約五公斤的磚塊，也足以達到能夠敲碎人頭的力道。』

雖然沒有真的嘗試過，不過這感覺確實是個足以把人殺死的鐘擺陷阱。

『如果是還有在營業的加油站，即使到深夜也會很明亮。可是這個現場是已經廢棄的加油站，而且周圍沒有其他房子，也很少有車輛經過。天花板部分根本是一片黑暗，所以鐘擺機關不會立刻被發現。就算用車燈或手電筒照亮周圍，通常也只會注意腳邊，不會留意到頭上的狀況。寺田刑警直到被鐘擺陷阱殺死之前應該都沒有注意到陷阱的存在。不，搞不好就連到喪命的瞬間都不明白自己的頭為何會被擊碎吧。』

「原來如此！這樣就能解釋那個謎團了！」

坐在前座的紗季再度發出聲音。雖然聽起來感覺並不是對岩永的點子感到驚訝，而是對於居然能夠編出這樣一段虛構故事的她感到傻眼的樣子就是了。

『這就是塊頭高大又強壯的優秀刑警，之所以連抵抗的痕跡都沒留下就被輕易殺死的理由。就算再怎麼優秀的刑警，也不可能預測到會忽然有個擺錘朝自己飛來，結果就毫無防備地當場被擊碎頭部了。即便寺田刑警對犯人可能抱持某種程度的警戒，也

不會想像到對方會用這種方式攻擊自己吧。』

如此一來，就能解釋為何會發生這種連警方關係人都感到疑惑的殺害狀況了。

『殺害寺田刑警後，犯人便將陷阱回收，消除自己留下的痕跡後，離開了現場。搞不好為了保險起見，甚至還進一步徹底把寺田刑警的頭部砸爛。接下來犯人只要把假扮成鋼人七瀨用的服裝與道具，以及鐘擺陷阱都處理掉就行了。』

板上立刻出現反應了。有人即使接受岩永的推理是真相也依然對感到疑惑的部分提出質問，也有人因為同樣感受到疑問而主張那不是真相。無論是什麼議會，與早已存在的多數派想法相異的主張總是會遭到強烈反彈的。

〈現場就在幹道旁邊，根本不曉得何時會有車經過。用那樣大費周章的方式殺人會不會風險太高了？〉

『犯人事先調查過現場的車流量，知道那段時間幾乎不會有車子經過。為了測試鐘擺、決定要讓寺田刑警站的位置並且裝設陷阱，犯人應該從好幾個月前就開始調查了。而且就算萬一真的有車經過，只要殺人的瞬間沒有被看到就不會構成問題。犯人只要站在從幹道方向看不到的位置，注意就算有車經過也只會目擊到寺田刑警一個人，就能將風險降到最低了。』

〈那刑警是從正面被打死的。就算現場昏暗到很難發現鐘擺，犯人真的會設下那種讓重物從正面飛來的陷阱嗎？〉

〈被害的刑警如果看到有東西從正面飛來，應該也會閃躲或是用手防禦之類的。〉

〈如果真的要設陷阱，應該會讓刑警站在擺錘從背後飛來的位置吧？〉

表示反對的意見陸陸續續出現，但這些都在岩永的預料範圍內。

『正是如此。犯人本來是把那個鐘擺陷阱設置在從被害人的後方或斜後方之類難以察覺的方向甩下來的位置，然而寺田刑警卻察覺到似乎有什麼東西從後方接近自己了。即使毫無防備，他好歹也是一名優秀的刑警，或許是靠直覺注意到有生命危險逼近的吧。也搞不好是他聽到了支撐擺錘的掛鉤鬆開時細微的聲響。』

「妳想了很多嘛。」

對於紗季這句話，岩永點頭回應。

為了讓事實與謊言能夠相吻合，岩永盡全力思考過了。

『因此寺田刑警才會改朝擺錘方向的。他察覺似乎有什麼東西接近，而反射性地把臉轉了過去。然而擺錘的擺動速度很快，現場又很昏暗，就算寺田刑警看到了有什麼東西也來不及做出防禦動作。所以他才會呈現從正面直接被凶器擊中致死的狀態。』

這個反射動作相較上大家都很容易想像才對。如果忽然聽到有人從背後叫了一聲「危險！」的時候，除非是已經相當習慣這種狀況的人，否則應該很難立刻蹲低身子或是往旁邊跳開。通常是首先把頭轉向聲音傳來的方向才對。

〈就算認同你的講法好了，那麼被害人從正面被打死是出自偶然嗎？還是犯人故意製造的結果？〉

比起反對意見，板上出現了類似議會出席者單純提出疑問的留言。

『這點很難講。為了故意讓凶器從正面擊中目標，犯人也可以靠遙控放下擺錘後，設法讓寺田刑警的臉轉向任何方向。只要做出像伸手指向遠處誘導寺田刑警的注意力，或是犯人突然把視線看向那個方向之類的行為，寺田刑警應該就會跟著把臉轉過去了。』

〈可是那樣的手法也有風險吧？〉

『沒錯，這樣的狀況下，寺田刑警的頭部也有可能偏離擺錘的軌道。從現有材料很難判斷犯人從這項缺點，跟使狀況變成被害人從正面被打死的優點之間，究竟做了什麼取捨。唯一能確定的是，最後結果符合了犯人的期望。』

其實哪有什麼現有材料？岩永的推理根本沒有什麼像樣的證據，只是針對被害人教人匪夷所思的死亡狀況提出了可以講得通，又帶有一部分戲劇性的說明罷了。

這時板上的留言開始進入下一個階段的提問。

〈這手法我是明白了，但你還沒有說明最重要的部分。〉

〈沒錯，犯人為什麼要準備那麼麻煩的手法？〉

〈在事前階段模仿鋼人七瀨的都市傳說引發襲擊路人的事件也很費工夫。〉

〈要假扮成鋼人七瀨應該也很辛苦。〉

〈就算對手是個強壯的刑警，很難用普通手法殺死，應該也有其他手段可選吧？〉

〈要刺殺或捶打或許很難，但至少也可以靠下毒吧？比起準備鋼人七瀨的服裝與鐘擺陷阱，設法取得毒藥還比較容易。〉

這些質疑都是理所當然的內容。岩永也不覺得光是解開犯案手法就能讓議題結束。就像一個仔細聆聽完議場中此起彼落的反對意見後，處之泰然並恭敬回答的答辯人一樣，岩永開始回應那些留言：

『犯人之所以採用如此大費周章的手段，完全是為了在寺田刑警被殺害之後可以盡量讓自己不被列入調查名單。既然是一名強壯的刑警在深夜屋外被人從正面打死，預測犯人形象的時候想必會變得相當偏頗。』

如果不是手持鋼骨的幽靈犯案，比較現實的犯人條件就必定會變得比較嚴苛。

『能夠不受到寺田刑警抵抗，能夠用強大的力氣打死人，在深夜跟寺田刑警一起在犯案現場也不會顯得不自然的人物。警方必定會沿著這樣的線索進行調查。只要不曉得真正的犯案手法，警方應該就會認為犯人是個力氣不輸寺田刑警，而且跟他認識的男人。』

大概岩永把頭彎得太低的緣故，奶油色的貝雷帽忽然滑了下去。於是岩永停下手把帽子扶正之後，又開始打字。

『換言之，犯人就是與這些條件完全相反的人物。力氣比寺田刑警弱，沒辦法用強大的力氣打死人，在深夜跟寺田刑警一起在人煙稀少的地方兩人獨處會顯得不自然的對象。而且是如果採用像下毒之類比較簡單的手段，就可能因為犯案手法而遭到懷疑的人物。也就是說，犯人是一名女性。』

雖然這點並非絕對，但一般認為「下毒」是女性常用的手段。這是因為「女性相較於男性比較沒有力氣，因此會選擇比較確實而且不用怕遭到對方抵抗的手段」這樣先入為主的看法。

『如果犯人是女性，大家通常會認為應該不會在深夜跟一名根本不是情人的男性一起來到人煙稀少的場所，而且也應該沒有足夠的力氣在對方還來不及抵抗的時候就從正面把人打死。警方想必會覺得那個以擅長柔道出名的寺田刑警，不可能輕易就被一名女性殺掉。因此犯人就會被排除在調查名單之外。為了這個目的，犯人才會捏造出「鋼人七瀨」這樣的亡靈。』

這樣就能說明犯人為什麼需要『鋼人七瀨』，以及為何會採用如此特殊的殺人手段了。

『然而只要知道了犯案手段以及捏造鋼人七瀨事件的理由，這些條件就能直接拿來當成鎖定犯人的材料。犯人是一名女性，立場上能夠知道寺田刑警的身高，而且是能夠預測出當城市內發生可疑事件的時候，寺田刑警會展開行動的人物。另外，也是用「自己遭到鋼人七瀨襲擊並拿到遺留物品」為理由，就能在深夜把寺田刑警叫出來見面也不會受到懷疑的人物。』

網站上開始列舉了幾個符合這些條件的預測犯人形象。當中也有跟岩永的解答相同的內容。

『犯人就是跟寺田刑警在同一間警局工作的警察。既然在同一間警局工作，利用門窗或是局裡的自動販賣機、海報之類的高度，比較出被害人的身高或頭部位置就不是

什麼難事。在同一間警局也能知道寺田刑警的風評。而且如果是警察，當遭到可疑人物襲擊時，拿到適切的證據並且把可靠的刑警叫出來，也不會讓被害人起疑。從現有的情報推測出的犯人形象，就只有可能是女性警察。』

雖然話也不能這麼說，但直接如此斷定也不會有什麼損失。

而且被害人是一名刑警，如果犯人同樣是警方關係人，就會感覺帶有一點故事性而容易被人相信了。

『至於犯人的動機就只能靠想像了。可能是受到被害人單方面表示喜歡而感到困擾，可能是被害人抓到什麼犯人的把柄而強迫她跟自己交往，甚至也可能是犯人對寺田刑警有意思卻單方面被甩而懷很在心吧。』

就算是謊言，岩永也不想寫太過貶低被害人人格的內容，因此關於犯案動機只埋下了不會得罪人，但是讀過之後就充分能夠靠想像補充的種子。

『只是從殺害之前的準備工作以及計畫的周到性來想，那動機應該是很頑固、很感情性的糾葛。如果是很功利現實的動機，就不會辦到如此需要執著的殺人方式才對。』

網站上開始熱烈討論起犯人的動機。應該有不少人被岩永所提出的解答吸引了。

岩永接著下了個結論貼到板上。她最初的主張就暫時到這邊。

『鋼人七瀨不是什麼亡靈。一切都是某位女警為了設下殺害寺田刑警的陷阱，而創造出來讓世人相信的一種殺人裝置。』

也許是隔著一塊擋風玻璃的緣故，眼前的情景甚至讓紗季感覺像是看著螢幕上的電影。握在手中的手機都被汗水沾溼了。

在月光下，名叫櫻川九郎、個性樸素不顯眼的青年，即使遭到鋼骨痛毆也還是抓住了鋼人七瀨的身體，將對手摔在階梯上。然而受到眾多的妄想期望存在的無臉美少女接著把歪掉的緞帶抓回原處，動作緩慢地扭動腰部，甩著鋼骨在階梯上一蹬，衝到九郎眼前破壞了他的頭部。

九郎的身體真的就像電影情節般從階梯上一路滾下來，落到最下階。鋼人七瀨擺盪著迷你裙的裙襬準備走下階梯，卻很快又停下腳步。因為九郎的頭部已經恢復原狀，又再度站起身子快速衝上階梯，用肩膀衝撞亡靈的腹部。

這究竟算是攻防，還是無間地獄？

鋼人七瀨為了讓自身的存在更廣為人知而準備降臨人類世界，九郎則是為了守護這個世界的秩序而試圖阻止怪物降臨。然而九郎本身其實就超脫了「死亡」的秩序。而且每次當他死而復生的時候，想必都不斷在選擇並決定恢復秩序的未來，或是恢復的可能性較高的未來。

從岩永提出結論之後，「鋼人七瀨統整網站」就呈現出至今從未見過的動向。大家以岩永的『鐘擺解答』為中心開始議論起來，有人試圖邏輯性地探討這個假說究竟可不可行，有人打從一開始就不願接受這個說法，有人認同這個解答並擅自想像著關於犯人更細節的部分，也有人不負任何責任地想要讓動機內容進一步擴張。

紗季難掩心中的驚訝。即使沒有直接指出犯人的名字，光是透過條件鎖定範圍就能讓犯人的存在變得有說服力。在嫌疑犯的情報本身都還沒被報導出來的這個情況下提出了如此明確的犯人形象，幾乎就等於是找出犯人了。想必會有人願意相信吧。

而九郎也沒有讓岩永提出的解答白費。在反覆死亡的過程中，他抓住了讓消滅怪物的『鐘擺解答』獲得支持的發展趨勢。

九郎剛剛下車的時候說過一句「拜託妳了」，而岩永也說過「麻煩你了」。他們彼此都相信著對方的力量，挺身面對眼前的怪物。要不然九郎被鋼骨打得如此悽慘，怎麼還能繼續踏上階梯？要不然岩永明明知道真相，又怎麼能不斷試圖從空虛的虛構之中尋找出真實？

紗季不自覺湧起某種想要咬住下唇的感情，但她還是盡力忍耐，並從駕駛座把身體探向後座，提出更重要的問題點：

「等等！這個解答的犯人形象，幾乎就是在講我了嘛！」

「唉呀？被妳發現了。」

岩永揉著停下打字的手指並抬起頭，用一副認真到甚至感覺做作的態度如此回應。

「怎麼可能不發現！跟寺田先生隸屬同一間警局而且被他抱有好感的女性員警。這樣的描述，就連真倉坂警局的局長都能一眼看出是在講誰了呀！」

搜查本部中或許也有人為了搜集情報而在瀏覽這個網站上的留言，搞不好會因此懷疑紗季。而且警局內對於寺田的死感到關注的人也很多，要是看過這個網站肯定就會用異樣的眼光看待紗季了。明天究竟要用什麼臉去警局上班才好？

「請妳忍忍吧。總不能隨便找個不認識的女警背負嫌疑呀。」

岩永絲毫也不愧疚地如此說道。

「再說，搜查本部的人想必不會把網路上的留言當真吧。畢竟只要調查一下就能馬上知道這是謊言了。案發現場的屋頂沒有什麼裝過鉤子的痕跡，從現場血跡以及驗屍報告，應該也能知道被害人並不是被鐘擺式的凶器擊碎頭部才對。」

「但是在網路上那些根本不是問題吧。這留言板上的人只會相信自己想要相信的東西，警局內也會有人抱著『搞不好是這樣』的念頭呀。這樣我絕對會在職場上遭受謠言的。」

謠言的恐怖之處就在於不需要根據任何證據就會擴散並被人相信，紗季總覺得自己可能會被人說成是個戲弄個性認真的寺田並害死他的惡毒女人。

「所以我就說請妳忍忍了。俗話說人的謠言不過七十五天。而且紗季小姐看起來並不柔弱，跟犯人形象還是多少有點差異。大家很快就會遺忘的。」

岩永的態度果然還是一點都不愧疚。紗季忍不住認真考慮要不要賞她一拳了，可是岩永卻忽然瞇起眼睛，把注意力放到電腦螢幕上。

「更何況這個解答，已經撐不下去了。」

於是紗季也趕緊看向手機螢幕。板上雖然有出現『鐘擺解答』支持派，但因為缺乏其他證據或補足材料，終究僅限於討論想像，而漸漸變得難以發展了。而且接受了解答的人通常就不會再繼續看網站或留言，而且也有不會特地留言擁護說法的傾向。因此批評的一方在板上比較容易擴展勢力。

另外，不可否認這個解答存在有弱點。

鐘擺式的物理陷阱雖然帶有戲劇性，可是在現實層面上就顯得不足了。

女性犯人有辦法自己一個人，爬到加油站那麼高的屋頂上裝設鐘擺式陷阱嗎？

讓『鋼人七瀨』的都市傳說擴散到足以讓寺田展開行動的程度，在城市內形成問題的麻煩過程，應該也沒有岩永所說的那麼安全無虞。

只要這些疑點遭到追究，原本就沒有什麼證據的虛構解答便逐漸從話題的中心後退……

〈鐘擺陷阱果然不可能是真的吧。〉

〈或許是不相信幽靈存在的死腦筋，因為不想承認鋼人七瀨而硬是胡扯出來的。〉

〈雖然內容上是很有趣啦。〉

……甚至被這樣的討論趨勢吞沒了。而且變化相當急促。大家所相信的東西、支持的東西，居然會在如此短的時間內發生逆轉。明明我方還利用了九郎的『未來決定能力』這個超自然手段地說。

紗季思考到這邊，總算察覺自己漏想的事情。

「岩永小姐，試圖讓鋼人七瀨化為實體的人，是六花小姐吧？而那個人也跟九郎一樣，擁有未來決定能力對吧？」

「是的，我剛才也那樣說過。」

岩永面不改色地表示肯定。

「既然這樣，不就表示六花小姐也能跟我們一樣強硬決定自己期望的未來了嗎！」

「是的，所以現在板上的風向又一口氣被拉回去了。板上支持亡靈的趨勢本來就很強，她只要在我方的解答被人指出幾項漏洞後死個一次，想必就能把狀況又抓回原本的風向了。搞不好這些留言當中還有幾個是六花小姐自己寫的。」

岩永雖然說過我方因為有九郎所以比較有利，但其實雙方條件根本不變。六花同樣擁有超自然的力量。而且六花已經先讓眾人對名為鋼人七瀨的亡靈產生強烈而深刻的印象，真要講起來是我方極為不利才對。

岩永捏了一下蓋在右眼上的瀏海。

「這個網站本身就算有這麼多人同時瀏覽、留言，也沒有發生伺服器當機故障等問題，而且討論得如此熱烈卻幾乎沒有出現鬧板的人，要說起來這些事情也都很異常。我想這應該也是六花小姐盡可能選擇了不會發生問題的未來，在維護網站正常運作吧。她即使不能限制留言，這裡依然是對她比較有利的場所。」

對了，沒錯。在某一方事先已經得到多數支持的議會中想要逆轉結果幾乎是不可能的。這是紗季自己講過的話。

然而岩永並沒有畏怯，張開她小小的手掌放到鍵盤上，並挺直身體。

「紗季小姐，這個場所、這個議場是很特殊的。這裡打從一開始就沒有真實，有的只是虛構。無論我還是六花小姐都知道剛開始是沒有鋼人七瀨的。而六花小姐在那樣的狀況下試圖讓虛構化為實體，我和九郎學長則是想要讓大家相信『鋼人七瀨不存在』這樣的虛構內容。」

鋼人七瀨原本是個虛構的存在，可是後來卻成為了真實。然後現在只要重新證明她是虛構的，就能將真實又還原為虛構。實在是奇妙的螺旋。

岩永的雙唇接著說出比猛禽的鳥喙還要銳利的話語：

「要講起來，這就是一場虛構爭奪議會。」

究竟哪一方的虛構是正確的？哪一方的虛構會贏過真實？紗季甚至開始懷疑這場戰鬥有所謂『勝利』的這件事本身會不會都是虛構的，而忍不住把拳頭放到自己的眉間。現實中的議會制民主主義講得極端一點，搞不好也是像這樣空虛縹緲的東西。

結果這時岩永露出犀利的微笑。

「紗季小姐，我會贏的。我現在不過是把四種解答之中的一種提出來而已。只要一部分願意相信，對我來說就已經足夠了。」

紗季一時之間無法理解這句話的意思，但她很快地總算漸漸明白岩永會準備多達四種解答的理由。

在各式各樣的價值觀與思考方式混雜的網路空間中，要讓所有人都接受唯一一項真實，想必不是容易的事情。即便那是貨真價實的真相，也會有人無法認同。每個人心中所期望的『真相』不一樣，而且也有所謂不想要接受的『真相』。

既然如此，試著配合各式各樣的價值觀，提出各式各樣的『真相』又會如何？雖然無法接受真相A但是可以接受真相B，雖然不認同B但是認同C，像這樣的現象也是可能發生的。即使每個真相各自不同，但只要都是說明「鋼人七瀨這種鬼怪根本不存在」的內容，對岩永來說就已經足夠。

岩永的『鐘擺解答』雖然沒能將支持鋼人七瀨的願望一掃而空，但應該有讓其中一部分轉為不支持了。她確實削減了支持派的勢力，而她應該打算再做三次同樣的事情吧。

只要持續削減下去，支持派的勢力就會減弱，亡靈鋼人七瀨也就會變得難以維持實體。這時候九郎再決定一次未來，就能分出勝負了。

岩永並沒有讓自己的一項主張成為多數派的必要，只要讓大家覺得六花的議案不足以表決通過就行了。因此這樣的戰略才有辦法成立。

真是個可怕的女孩。能夠堅持不懈、強而有力地絞盡智慧揮動利刃，另一方面又不斷注入毒藥。沒想到決心把謊言當成武器的答辯者原來會凶惡到這種程度。

紗季內心感到驚訝的同時，岩永又開始敲打鍵盤。

「那麼，第二個解答，要開始了。」

『鋼人七瀨不是捏造的產物，是真正存在的亡靈。那為什麼七瀨花凜會化為亡靈現身攻擊人呢？』

前。

岩永忽然用這樣一段留言開頭。坐在駕駛座的紗季立刻把身體扭過來伸向岩永面前。

「妳的立場應該是『鋼人七瀨不是亡靈』才對吧？可是妳從開頭就承認她存在是在想什麼！」

「請冷靜點。既然用道理講不過歪理，那麼就讓我方也使用歪理。以此當成切入點，再從對方的內側構築道理。只要讓大家接受幽靈出現的原因是什麼，必然就能知道消除那個幽靈的方法。只要把原因解決，幽靈就不會出現了。」

雖然不清楚紗季對於這樣的講法能接受到什麼程度，不過她即使露出有什麼話想說的表情，也還是重新坐回駕駛座上了。

在「鋼人七瀨統整網站」上，則是因為看起來應該跟剛才提出合理解答的人是相同的人物，竟然在這短時間內開始主張起完全相反的內容，而出現了困惑、憤怒、感到好笑等等各種反應。

『殺害寺田刑警的是亡靈鋼人七瀨。是獨自針對鋼人七瀨進行搜查的刑警很不幸地遇上真正的亡靈，而被她用鋼骨打死的。既然犯人是亡靈，讓人匪夷所思的現場狀況也就不是問題了。根本不相信有幽靈的刑警因為見到真的幽靈而當場驚訝愣住，於是就被打死了。那刑警想必連抵抗的念頭都沒湧上腦袋吧。』

對於岩永這段說明並沒有出現什麼特別的反對意見。畢竟從今天下午以來幾乎都是這樣的解釋為主流，而且雖然細節部分不同但事實狀況也確實是如此。想當然六花也不會提出異議。

『那麼鋼人七瀨——七瀨花凜化為亡靈現身的目的究竟是什麼?所謂的亡靈是對人世留下仇恨辛酸,為了主張這些遺憾才現身的存在。七瀨花凜對這個世界留下的遺憾究竟是什麼?只要能搞清楚這點,應該就能讓擾亂人世的鋼人七瀨成佛升天了。』

為什麼七瀨花凜會化鬼現身,這個話題在網站上已經討論過多次。然而她的死亡狀況是一場不幸的意外,本身就讓人覺得可能會化為亡靈,因此都沒有深入討論過。

而從寺田是一名刑警的事情被報導出來之後,也有出現「會不會是因為她對於警方斷定為意外死亡的搜查結果感到不滿,所以才殺掉了刑警」之類的發言,但板上並沒有以這點為中心進行過討論。

『七瀨花凜的事件被認為是非常接近於自殺的意外身亡。因為如果遇到大量鋼骨朝自己倒下來,通常應該會嘗試閃躲或防禦才對的,可是七瀨花凜卻是讓鋼骨直接從正面擊中自己。』

這部分都有被新聞報導出來,這個網站的其他網頁也有整理相關的情報。

『意外發生的那個下雨的夜晚,在棄置的工地中,七瀨花凜內心絕望到甚至覺得就算被倒下來的鋼骨砸死也無所謂的地步。就某種意義來說,她是自願受死的。那她為什麼又會化為亡靈跑出來?為什麼會把自願承受的鋼骨當成凶器鬧事?』

在相信亡靈鋼人七瀨存在的人之間,對於當時在意外現場的七瀨花凜精神上已經相當脆弱的事情也都表示認同。

〈自殺的人化為幽靈也是常有的事情不是嗎?〉
〈不過像鋼人七瀨那樣醒目又凶暴的並不算常見吧?〉
〈畢竟是美少女配鋼骨嘛。〉
〈而且胸部很大,很會搖。雖然我沒看過就是了。〉
〈因為她是受到世人譴責而被逼上死路,所以才會想要不分青紅皂白地對這社會大鬧一場吧?〉

即便是自殺,會化成鬼冒出來也不是什麼奇怪的事情。這樣的主張過去也出現過幾次。

『如果七瀨花凜是對逼死自己的世人懷恨在心而化成亡靈,那麼她現在應該已經成功恢復她的偶像地位了吧?因為鋼人七瀨的出現,讓她像現在這樣又再度成為了受到矚目的明星。世人不但沒有遺忘她,也已經沒有在譴責她。我們都對於鋼人七瀨的出現感到興奮。她再次成為了一名偶像。』

留言板頓時騷動起來。看起來也像是在屏息等待岩永究竟打算提出什麼主張。

『可是她為什麼現在卻變得更加凶暴,甚至到殺人的地步?說到底,她原本就是因為殺人嫌疑而失去了偶像的地位。這下就算好不容易恢復了地位,也很可能又再度成為譴責與恐懼的對象呀。』

事實上根本沒有什麼「為什麼」,鋼人七瀨是個『想像力的怪物』,與七瀨花凜的意志或期望完全無關。並不是因為七瀨花凜對世人懷恨在心而化為亡靈的。正因為鋼人七瀨是反映出眾多人妄想的內容，所以在現身與行動上會出現不合理的部分。

而這點就成為岩永架構對自己有利的故事，並產生說服力的材料。

『因此七瀨花凜變成亡靈的原因並不是對世人懷恨在心，也不是期望恢復偶像地位。她是因為別的不滿，想要對世人主張其他真相而現身的。可是不管過了多久，世人都遲遲沒有去理解她的主張，所以她才會變得更加凶暴的。』

板上並沒有人留言妨礙岩永論述。因為岩永這次的主張並不是想要直接消滅鋼人七瀨，也沒有違背統整網站本身的主題，所以大家甚至呈現出洗耳恭聽的氣氛。或者應該說是洗眼恭閱吧。

『大家想想看。雖然現在已經沒有人因為殺人嫌疑在譴責七瀨花凜，也沒有人重提舊事，但這並不代表她受到的懷疑被否定了。她被世人扣上的殺父嫌疑並沒有得到消解。』

岩永飛快地動著手指打入文字。為了讓人感覺幽靈有所謂的心念。

『如果她真的殺了自己的父親，事到如今又要向世人主張什麼？那樣她遭人譴責、失去偶像地位都是理所當然的事情，並不會留下什麼遺憾。但正因為她沒有殺人，所以會感到憤怒，想要讓世人知道這件事實，才會化成鬼現身的。』

讓眾人把感情投射到鋼人七瀨身上。讓人產生那並不只是個怪物，也擁有心靈可以讓人理解的錯覺。

『然而真的只是這樣嗎？既然已經沒有再受到譴責，那就等同於被當成無罪的人對

待了。她的目的可以說已經達成一半，不太可能又更加憤怒，甚至到殺人的程度。因此她的憤怒其實是為了別的訴求。』

作業。

「岩永小姐，妳這個應該不是在推論吧？」

紗季這句話說得沒錯。這些看似透過邏輯思考在講述事情，但其實是完全不同的

「是的。第二個解答的我單純只是個寫故事的作者。然而在現實的議會中為了使答辯更有說服力，不是也會加油添醋、誇大其辭嗎？」

「這……也不能說沒有啦。」

姑且不論加油添醋的是非與否，至少岩永並不是完全憑空捏造故事，而是有根據幾項事實在進行創作。最後在某一點上可能會不小心提出真相。

『讓我們回到事情的開端吧。為什麼只是在一部分族群中稍有名氣的偶像七瀨花凜會被扣上「殺害父親」這樣恐怖的嫌疑？這是偶然產生、自然發生的謠言嗎？不，不對。這是基於預謀、人為產生的嫌疑。七瀨花凜是被陷害的，所以她才會化為亡靈現身。』

這個最初的謎團至今都沒被提出來討論過。而現在要透過解決這個謎團，儀式性地消滅亡靈的存在。

『七瀨花凜是希望有人幫她告發陷害她失去偶像地位、就結果來說把她逼到鋼骨之下的人物。我們必須去理解她的意圖，解開嫌疑的真相才行。這樣鋼人七瀨才能得到

安息。』

為了平息亡靈作亂，必須去理解亡靈的主張並實現其心願。這是很多人都容易明白的手法。因此現在也沒有出現反對意見，板上不斷有人催促著下文。

『七瀨花凜的弒父嫌疑為什麼會鬧得那麼大？這點有被推測過幾種原因。是知名經紀公司為了從七瀨花凜手中搶走電影或電視劇的演出機會而蓄意安排。是其他偶像嫉妒七瀨花凜的成功而故意炒熱話題。這些推測都被講得煞有其事。』

另外也有人認為是演藝界當時沒有其他話題，所以幾間娛樂報紙和週刊雜誌剛好同時報導這件事，結果明明沒有什麼惡意或陰謀卻讓問題被鬧大了。如果七瀨花凜是隸屬於有權有勢的經紀公司，或許這種報導本身就不會被寫出來了。有時候只是隨便寫寫的報導、隨便說說的發言卻遭致重大結果並不是什麼稀奇的事。

甚至也有過偶像或藝人為了講笑話，把自己曾經做過的惡作劇描述得誇大一點，結果遭人批評是犯罪行為，導致本人必須閉門反省或暫停活動了。

『被人說是明明沒有什麼後盾靠山，卻從深夜節目靠著狡猾手段爬上來的七瀨花凜也受到相當多人的敵視。因此那些推測內容可以說是反映了一部分的事實。然而為了陷害一個開始走紅的寫真偶像，企圖把對方拉下演員名單，居然會搬出殺人嫌疑這種謠言，以陰謀或毀謗中傷來講會不會太離譜了？』

「那確實是很特殊的醜聞呢。雖然也有人說就是因為這樣聽起來很像真的。」

紗季即使知道這些全都是岩永擅自的想像，也還是不禁覺得這樣聽起來好像確實有點可疑、搞不好背後有什麼內幕，而發出了附和的聲音。

『就算她父親的死亡時期很接近，如果要毀謗一個偶像，通常都是捏造戀愛關係或金錢上的糾紛。儘管毫無根據，這樣講也比較容易被大眾相信。即便是經常在無風處起浪的演藝界，殺人嫌疑依然是太過火而難以運用的話題。媒體與相關人士都只不過是搭便車，利用了原本就存在的嫌疑罷了。』

因為過火的話題搞不好也會傷害到提出懷疑的一方。

『在這邊就要回到「最初究竟是誰提出這項嫌疑」的問題了。這項嫌疑並非隨便一個人提出並擴散出去的，而是有個很明確的起源。』

岩永接下來的發言也會變得有點危險。即使遭人控訴毀謗名譽的風險很低，但批評故人的發言在網路上還是必須非常小心才行。

『這項嫌疑的起源正是被人以為遭到七瀨花凜殺害的那位父親。那位父親在摔下樓梯死亡之前，就曾經對周圍的人抱怨過自己對於女兒——本名春子的七瀨花凜心中的不滿，死後甚至還被人發現他親筆寫下的文章中，清楚指出女兒對自己的殺意。』

根據報導，七瀨花凜的父親留下了一本寫有『我從春子身上感受到一股殺意。當有人看到這段文章的時候，我肯定已經被春子殺害了。不會錯。』這種文章的記事本。而這件事情就是殺人嫌疑的開端也是決定性情報。

殺人嫌疑被傳開的時候，這點並沒有經過充分的檢證，而七瀨花凜死後大家都為了撇清責任，沒有人再回頭提起這件事。然而這點也算是相當奇怪的部分。

明明很多人都被「女兒可能殺害了父親」這樣的嫌疑吸引，為什麼卻沒有人對成為開端的「父親對女兒產生的想像」表示過懷疑？

『父親留下自己感受到女兒有殺意的文章，然後在死後被人發現。真的會有如此湊巧的事情嗎？女兒當時可是正開始走紅的偶像，父親為什麼會留下那種可能造成負面影響的親筆文章？』

岩永到這邊又再度描述七瀨花凜是冤枉的。

『如果是七瀨花凜把父親推下樓梯偽裝成意外身亡，那她應該會擔心父親留下記事本或類似的文件而優先處理掉吧。既然那父親平常就對周圍的人抱怨自己對女兒的不滿，她就應該會更謹慎小心才對。更何況也很難想像她會在父親對周圍的人抱怨不滿的時候還冒險殺害父親。為了不被對方察覺自己的殺意，她應該會從很早的階段就開始小心留意吧。』

偶像七瀨花凜的特徵之一就是她很聰明，也有人因此討厭她。雖然她只是為了獲得成功絞盡腦汁、努力不懈，沒有放過機會而確實留下了成果，但換個角度來看就被人解讀她是個明明在從事穿性感泳裝拋頭露面的演藝事業，卻同時輕鬆考上國立大學給眾人看、用盡各種伎倆拉攏經紀人與導演、嘲諷其他偶像、奸詐狡猾地獲取成功的人物。在她開始走紅之後，這樣的印象依然經常被人提起。

正因為是那樣毫不掩飾自己腦袋聰明的她，所以巧妙殺害父親又逃過警方調查的謠言才會顯得有說服力。然而同樣換個角度來看，也會給人一種以她聰明的腦袋來說，這些失誤未免太明顯的印象。

『因此七瀨花凜其實並沒有殺害她父親，也沒有對父親懷抱殺意。可是如果這樣，為什麼她父親會主張女兒有殺意？』

既然女兒對父親懷抱惡意是有可能的事情，那麼父親對女兒懷抱惡意也應該要想成是有可能的事情才對。

『設下陷阱陷害七瀨花凜的就是這位父親。為了糟蹋女兒事業上的成功，父親偽裝成意外身亡的方式自殺，並設計好讓人日後發現他描述女兒懷抱殺意的記事本。』

沒有證據就控告故人有罪的行為雖然不算正派，但這位父親也並非完全沒有責任。任誰都會同意那本記事本就是導致七瀨花凜死亡的重大要素。如果這父親對於自己女兒被大家塑造成『鋼人七瀨』這種怪物的事情多少有感到憐憫，那麼稍微背個黑鍋幫忙洗刷冤名應該也不為過吧。

而且父親那篇文章也不能說完全沒有惡意。岩永所描述的這段故事搞不好就是事實。

『他們之間的親子關係如何終究只能靠想像。雖然也有報導說那位父親是抱著靠女兒收入吃飯的打算而辭掉工作遊手好閒，但是他辭去工作的真正理由並不清楚。也許是看到女兒一、兩個月賺到的收入就超越自己的年收而感到厭煩了。也許是健康出狀況而不得不辭職，不得不依靠女兒扶養了。也許他對毫無怨言扶養自己的女兒抱有鬱悶的感情，也許別人講閒話罵他明明還是能工作的年齡就靠女兒吃飯，對他精神上造

成了沉重的壓力。』

不知大家是否能夠想像，從那樣的情況中會產生出扭曲的惡意。

『那位父親對於自己和女兒之間的關係抱有不滿或許是事實。因為健康問題或公司裁員而在不得已之下失去工作，又遲遲無法再度就業，但是可以靠女兒成功的事業維持生活，所以周圍的人不但不會表示同情，反而還會感到羨慕。心情無法得到旁人理解，可以說已經充分達到罹患心病的條件了。尤其如果是將工作視為人生價值或存在意義的世代、個性，想必更無法忍受自己難過卻得不到同情的狀況。』

人總是不願認為自己不好。就算自己不好，也會認為是錯在讓自己變得不好的環境。

『因此父親開始憎恨女兒了。憎恨才氣煥發的七瀨花凜成為了自己的存在意義與知心朋友都遭到剝奪的契機。父親在沒出息的自己與身為偶像閃耀活躍的女兒之間看到了一道莫大的鴻溝，感到消沉，最後不是選擇讓自己奮發向上，而是走上了把女兒貶低到跟自己相同位置的路。』

岩永把各種邏輯上的跳躍、曲解與想像揉合在一起，試圖將那父親的心理攤到陽光下。

『既然自己不管怎麼努力都無法像女兒那樣閃耀，就乾脆自殺把女兒也拖下水吧。如果那父親在健康上有問題，心靈衰弱，感到自己死期將至，就有可能為了使自己的死帶有什麼意義而決心自殺。而讓他的死變得有意義的陷阱、他所遺留下的定時炸

彈，就是那本描述女兒懷抱殺意的記事本。』

原來是這樣。

網站上大量出現這樣表示贊同的意見。即使是支持亡靈鋼人七瀨的人，也很歡迎有人可以對原本模糊不清的殺人嫌疑問題提出清楚的說明。

知名人物的家族正因為出名而被捲入私生活或金錢上的糾紛，進而怨恨成為家族中心的那位明星。這樣的事情經常會被人當成八卦話題討論。畢竟任誰都會有嫉妒名人的心情，而正因為那個人物出名而遭逢不幸、因巨大的成功換來巨大的代價之類的故事，可以讓很多人產生安心的感覺。

七瀨花凜的父親設下的陷阱，似乎也和那類常見的八卦有共通之處，而更加讓人容易接受的樣子。

『那父親原本究竟期望得到什麼程度的結果，我們不得而知。即使他內心懷抱黑暗的念頭，應該也不至於希望女兒最後會喪命吧。那父親也許只要女兒遭遇失敗就好了，只要讓女兒感到不愉快就夠了。預先安排讓自己的記事本在死後被人發現，並傳到喜愛八卦的媒體手中。他相信只要這樣做就能得到效果，然後故意從樓梯上摔了下去。』

再一步。岩永的指頭在鍵盤上彈跳著。一片寂靜的議場中，文字的答辯繼續傳開。

『雖然就結果來說，一如那位父親的期望，七瀨花凜的地位被貶低了。然而那父親的執念卻過度引起了媒體騷動，如雪球般越滾越大，甚至把七瀨花凜送到真倉坂市原

本預定建設十五層樓公寓的工地，導致她被鋼骨打死了。』

「這樣沒問題嗎？妳把七瀨花凜的父親寫得這麼壞，要是一個弄不好，說不定會害她父親的墳墓遭人惡作劇喔？」

紗季終究很擔心會對故人或遺屬造成實質上的傷害而提出了質問。

「七瀨花凜應該也是埋在同一個家族墓，應該不會有人去傷害吧。」

岩永雖然也有想過其他的預防方式，但現在必須先完成這個第二解答。在網路另一頭的那些沒有自覺的議會出席者，想必都伸長脖子在等待下文吧。

『七瀨花凜想必愛著她的父親吧。如果她是懷抱憎恨，那麼即使被父親懷疑有殺意應該也不痛不癢才對。由於她所愛的父親不理解她，甚至還說自己可能被她殺掉，才讓她感到絕望了。絕望到即使看見鋼骨倒向自己也懶得閃避的程度。』

岩永到這邊也解釋了七瀨花凜的死亡狀況看起來她不知為何沒有閃避鋼骨的疑點。事實與謊言互相連結，成為一幅有整合性的圖畫。

『七瀨花凜就這麼死了。死後一度前往了死後的世界。然而她在那裡卻遇到了早她一步離開人世的父親，從父親口中得知了真相。』

「在死後的世界聽父親告知真相，這理論也太誇張了吧！」

紗季驚訝得讓駕駛座的椅子都發出軋軋聲響。然而岩永也非常清楚這點，態度認真地回應：

「如果不是在死後的世界，七瀨花凜要怎麼知道這件事嘛。就算她到臨死之前懷疑可能是父親設下的陷阱，也無法感到確信吧。反而應該會說服自己，心愛的父親不可能做出那樣充滿惡意的行為。如果要確實讓七瀨花凜化為惡靈，就必須讓她遇上能夠徹底明白一切都是父親陷害她的狀況才行。只有這樣才能解釋她明明心甘情願被鋼骨打死，卻又抱著遺憾化成鬼的矛盾點。」

只要岩永有那個意思，她其實可以捏造出各種說明。不過在第二解答中，目前這樣就足夠了。

『雖然七瀨花凜剛死的時候依然感到絕望，對人世沒有留戀，但就在得知自己是被父親懷抱惡意陷害之後，無比的遺憾讓她哭了出來，沒能安然升天。因此她才會回到這個世界，試圖主張真相。』

岩永拿起放在椅子上的寶特瓶，轉開瓶蓋喝了一口紅茶。

『鋼人七瀨就是個希望讓人知道真相——知道她不但沒有殺害父親，反而是被她父親殺害的這場悲劇，而四處大鬧的亡靈。正因為七瀨花凜愛著自己父親，遭到父親背叛，才會化為妖魔，淪落為一個醜陋的怪物。』

過世的偶像是無辜的。亡靈總是會背負悲劇。而大家想必不會支持讓悲劇永遠持續下去。

在故事的結局，亡靈心中的遺憾必須得到消解才行。

『如果覺得她可憐，就把她視為一個沒有殺過任何人、只是愛著父親的無辜偶像來討論吧。只要我們將這個真相銘記於心，想著她惹人憐愛的模樣，祈禱她能順利升

天，鋼人七瀨肯定就會從黑夜離去了。』

能夠消解遺憾的就是聽完這段故事的人，就是在這個議場中進行表決的各位議會成員們。知道自己被託付了這樣的任務時，只要是有情的人肯定會被撥動心弦。只要是人，在支持行動上就難以避免扯上人情。

岩永對第二個解答做出總結：

『失去面孔、手握粗獷的H型鋼、身穿飄然到甚至滑稽的迷你裙現身的七瀨花凜。我們不能讓她一直是個那樣可憐的亡靈，繼續在黑夜中徘徊。就透過我們的祈禱，讓本名七瀨春子的七瀨花凜能夠安詳升天吧。』

岩永筆下那個可憐而醜陋的亡靈鋼人七瀨正抓著H型鋼水平一揮，把九郎打飛到階梯旁的矮樹叢中。從側腹部一直到胸膛都被那根鐵棍狠狠擊中的九郎身體，就像沒有了骨頭一樣在草木間彈動翻滾。

即使聲音沒有傳到車內，紗季腦中也響起了肋骨與脊椎都斷裂的聲音。人類在那樣的狀態下不可能活命的。

然而九郎卻很快又站起身子，用手捏掉勾在自己頭髮上的綠葉，拍拍鈕釦脫落、前方敞開的襯衫。鋼人七瀨大概也已經學到經驗，並沒有馬上走下階梯，而是等待著九郎再次復活。

光是計算紗季所看到的，九郎就已經死過十次以上又復活了。每當他死亡的時候，他究竟選擇決定了什麼樣的未來？在手機螢幕上，統整網站一刻也沒停止地不斷出現新的留言。大家都在熱烈討論岩永釋出的第二個解答。

真是一種像入侵後門的手法。明明自己承認了鋼人七瀨的存在，卻誘導出能夠達到我方勝利條件，也就是讓鋼人七瀨消滅的結論。把七瀨花凜描述成一個遭到陷害、被冠上汙名的悲劇偶像引發眾人同情，帶出「讓亡靈消滅是為了她好」的論點。

即便是鋼人七瀨支持派似乎也無法輕易拒絕這段故事的樣子。因為就算接受了這個講法也不會構成什麼問題，而且又符合「還是讓亡靈早早升天比較好」的世人共通觀念。而像是「有鋼人七瀨在比較有趣所以不用讓她升天沒關係」的意見，無論如何都很難提出來，而且就算真的提出來也不會成為主流想法。

既然是期望亡靈存在的幾十萬人的想像力讓鋼人七瀨誕生，那麼只要那幾十萬人希望讓她升天，鋼人七瀨就會在存在受到承認的前提下消失、升天了。岩永透過構築一段即使自認是歪理也合理的假說，將鋼人七瀨的現身動機挖出來，並賦予了說服力。

若用現實中的議會來比喻，就像是雖然對提出的議案表示認同其正當性並支持通過，卻又額外加上其他條件使議案內容變得空洞的戰術。因為認同正當性的關係，可以避免進行議論，在問題被察覺之前就進入了表決程序。這樣的案例其實並不少見。

而且就算對方察覺問題，強硬要求重新議論，也搞不好會導致議場整體爆出『大家好不容易要圓滿收場的，真是個破壞和諧的麻煩傢伙』這樣的感情。到時候別說是獲得支持了，表決的趨勢搞不好會變得傾向不支持議案。

另外，岩永在這個第二個解答中加入了『七瀨花凜在死後的世界聽父親說明了真相』這個超乎邏輯的理論，增加了整體故事的創作性。這個部分會讓論點的虛構性變強，紗季本來覺得只會造成負面影響，不過到最後她才稍微理解了岩永的用意。

岩永是故意讓故事的真實性降低的。如此一來可以避免讓人過度相信故事內容，進而中傷或實際傷害現實世界的相關人物。

或許是藉由明顯缺乏真實性的部分，讓接觸這段故事的人腦中能夠稍微冷靜下來吧。因此可以對破壞墳墓、指責親屬等等激進的行為踩下剎車。

話雖如此，但這部分也沒有到破壞整個故事的程度。畢竟在前提上本身就接受了『亡靈』這種讓人懷疑真實性的存在，因此就算內容多少有點硬拗的成分也會被容許。只要讓人相信故事中自己想要相信的部分，誘導出希望鋼人七瀨升天的想法就好。

七瀨花凜與她父親的相關人物，對於這種包含超現實理論的假說應該也很難認真提出控告吧。就算親屬要控告對七瀨花凜的父親毀謗名譽，也會有反過來被指責「那是要說七瀨花凜真的殺了她父親，或是有企圖殺害的想法嗎？既然同樣都是親屬，關於七瀨花凜的名譽又要如何？」之類的風險，立場變得給人印象不佳。畢竟岩永也提出不讓七瀨花凜的父親單方面受人指責的講法，因此親屬應該也不會想把事情鬧大。

雖然這些都不是絕對，可能還是有人會過於武斷地做出激進行為，也可能有親屬不在意外人的眼光、只針對有問題的一點提出控告，但至少岩永已經盡到最大的努力小心注意了。

現在已經發生命案，而且要不是九郎像這樣拖住鋼人七瀨，今晚搞不好又有幾個人的腦袋要被擊碎了。也能預測出將來會演變成一場大屠殺。為了消滅這樣一個怪物，現在對於萬一的可能性就不得不睜一隻眼閉一隻眼了。

九郎用右手抓住鋼人七瀨的頸部，順勢把對方壓倒在階梯上，並且用自己的全身體重壓住對方。怪物的胸部當場如布丁般上下搖晃，迷你裙被空氣撐開，接著又消下去。雖然紗季從駕駛座無法清楚確認，不過在那樣的姿勢下，鋼人七瀨的頸部應該會被壓扁到只剩一半的厚度吧。

九郎撐起身子後，遠離鋼人七瀨。如果照目前為止的經驗，鋼人七瀨應該不用數到三，就會如同橡膠玩具般恢復原形復活過來。可是現在數到五都不見她胸部晃動，數到超過八的時候才總算用後仰的姿勢緩緩撐起身體、把頭抬起來。怎麼看都讓人覺得她好像活力削減了。

「那東西、是不是變弱了？」

只要期望鋼人七瀨存在的外來力量減弱，鋼人七瀨的生命力也會跟著減弱。肯定是因為第二個解答讓期望鋼人七瀨升天的勢力變強的緣故，使鋼人七瀨維持身體的活力減少了。照這樣下去，會不會根本不需要用到四種解答就能打倒鋼人七瀨了？

「六花小姐想必也沒預料到我方會從正面進攻的解答，忽然轉到這樣變相的解答吧。畢竟這次是對一群相信亡靈的人提出以亡靈為前提的主張，自然就容易獲得支持。我想九郎學長應該也很容易就決定出實現這個結果的未來了吧。」

對於把身體轉向後方的紗季，岩永轉緊寶特瓶的瓶蓋、用彷彿完全不帶感慨的冰冷左眼如此說道。

「不過光靠這樣是無法決定勝利的。」

岩永的睫毛雖然朝擋風玻璃的方向稍微動了一下，但她很快又注視起電腦螢幕。紗季於是把身體轉回前方，便看到鋼人七瀨在階梯上蹬了一腳高高跳起，讓鋼骨的表面與頭上的緞帶在月光下閃閃發光。

鋼人越過九郎頭上，緊接著從背後朝九郎的肩膀揮下凶器。九郎的頭部位置往下一低的同時，又朝那頭部水平橫掃，有如敲西瓜般當場灑出一片鮮紅。鋼人只是暫時變弱一小段時間而已，能夠把兩公尺長的建材自由揮舞的臂力一點都沒有衰減。

紗季也重新看向手機螢幕中統整網站上的動向。

〈被自己父親設計陷害的部分雖然我可以接受啦，但還是……〉

〈我也覺得那部分可以認同，但就算到處揮舞鋼骨也沒辦法傳達那樣的事實吧？〉

〈她果然還是因為怨恨整個社會才出來大鬧的啦。〉

〈總覺得光是讓世人知道真相也無法滿足她的樣子。畢竟她連警察都殺掉了啊。〉

〈要主張自己無辜還動手殺人也太奇怪了。〉

〈從「鋼人七瀨」這名字感覺起來就是不會那麼容易升天啊。〉

對於第二個解答的不信任留言逐漸增加。大多數的人雖然願意接受一部分的講法，但對於鋼人七瀨所訴求的東西以及消滅的條件則表示不認同。率直接受第二個解答的內容而離開了網站的人或許也不在少數，但大眾的想像力現在依然期待著鋼人七瀨的成長。

「六花小姐又把風向抓回去了。如果七瀨花凜的亡靈是呈現更正常的怨靈外觀，也許第二個解答就能讓事件落幕了。但無奈的是『鋼人七瀨』這個名字成為了一道高牆。畢竟一個有正常主張或要求的怨靈，感覺應該不會用那樣的名字跟打扮到處作亂才對。」

紗季只轉動頭部看向後座，見到岩永一點也沒流露出感到可惜的態度，並分析著我方落敗的原因。這或許也可以解讀成議會並不是只看人情在運作，民主主義的明智判斷力有正常發揮，但在這種情況下真不知道該不該高興。

像那樣巧妙地讓虛實交織，又有顧及對遺屬影響的創作故事，卻在短短幾分鐘內就因為名字的衝擊性而遭到拒絕接受。即便如此，看著螢幕畫面的岩永依然揚起嘴角露出微笑。

「但是六花小姐這次又沒能夠完全否定我的故事。既然要持續選擇網路上多數人會期望、相信的可能性比較高的故事，六花小姐也就必須依循我這些具有一定程度說服力的故事了。」

岩永把寶特瓶丟到座位上，撥開蓋在右眼上的瀏海後，將手指放到鍵盤上。

「再說，大家不是都會很期待看到，故事中絕對有利的多數派被絕對不利的少數派大逆轉的劇情嗎？」

如此說道的岩永明明指頭明明看起來小而可愛，紗季卻感覺像是能夠抓住獵物不放的猙獰鉤爪。

「第三個解答，要開始了。」

『剛才也有提過，七瀨花凜當時對倒向自己的鋼骨完全沒有閃避，從正面被砸死了。姑且不論她的心境如何，那狀況怎麼看都是她自願接受死亡的。既然如此，就算真的化為鬼，她會呈現像鋼人七瀨那樣強勢的姿態嗎？七瀨花凜如果有那麼強勢，應該就不會容許自己那麼輕易就死吧？』

岩永再度帶著虛構的答辯降臨網路空間的議場。

『七瀨花凜的死亡狀況與鋼人七瀨的出現，這兩者之間有所出入。能夠讓兩者吻合的假說就在剛才被捨棄了。那麼來建立新的假說吧。鋼人七瀨並不是什麼鬼怪，是活生生的人類基於某種意圖捏造出來的假亡靈，殺害寺田刑警的也是活生生的人類。正因為鋼人七瀨不是七瀨花凜，她的出現才會跟死亡狀況產生矛盾。』

雖然跟第一個解答同樣是不承認亡靈的內容，不過這次往前回顧到七瀨花凜的死，採取從根本處動搖整個故事的架構。

『我想在這邊重新驗證一次七瀨花凜的死。她的死亡事件依然有可疑的部分。也有人提出過「那樣的死法不符合她這個人」的意見。』

〈哦哦，這點好像以前有稍微被討論過吧？〉

板上出現了表示附和的留言。雖然岩永連續發表的冗長文章就算讓大家感到厭倦也不奇怪，但深夜時段現在才要開始，而且明天是星期天休假，似乎還有許多人願意繼續參與討論的樣子。也許是九郎在死了好幾次的過程中，幫岩永抓到了聚集在板上的大家不會退燒的未來吧。

『七瀨花凜當時被逼到窮途末路了。失去在演藝界好不容易構築起來的地位，變得很難再度走紅，又被人懷疑殺害父親，而且那嫌疑還是起源於父親留下的記事本。到了這種地步，等同於她至今人生的一切都遭到粉碎，有十足的自殺動機。然而對她的自殺表示懷疑的不是別人，就是她的親姊姊。』

〈那報導我有看過。〉

〈我有聽過那段訪問。〉

〈她好像說自己不覺得妹妹光是那種程度就會自暴自棄，而且對容貌有自信的妹妹不可能會選擇那麼難看的死法之類的。〉

〈這網站上應該也有把那些報導整理起來。〉

大家願意主動幫忙驗證情報，事情講起來就快得多了。那姊姊雖然沒有連名字都被媒體報導出來，不過直到最後她都表示對妹妹的死抱有懷疑。對於警方的搜查也是一樣。不知為何對那姊姊來說，七瀨花凜的死是難以接受的事情。

『當親人自殺的時候，家屬無法坦率接受的例子也不是不存在。因為自殺的原因搞不好就出在家屬身上，所以為了不要遭到周圍責備，就會表示那個人看起來不像會自

殺、應該有什麼其他的內幕、有其他壞人等等，藉以轉嫁責任。而七瀨花凜的姊姊表示懷疑的態度也有可能是類似這樣的狀況。』

〈那姊姊不是獲得了七瀨的全數遺產嗎？那就很容易受到旁人指責啦。〉

〈像是姊姊為了得到遺產而把妹妹逼到自殺之類的？七瀨應該賺了很多吧？〉

〈雖然寫真集之類的收入全都被經紀公司拿走了，不過歌曲的版稅應該很多。〉

〈不算少。那金額足以改變一個人的人生。〉

〈可是如果姊姊是想得到遺產，應該就不會說七瀨自殺很奇怪吧。就算只是表面上做個樣子，至少應該會哭訴一下『如果我有好好聽她訴苦，事情就不會變成這樣』之類的話才對。〉

〈對啊，要是因此被猜想懷疑，反而可能害自己遭到調查。〉

『沒錯，不管是為了自我防衛還是有其他理由，那位姊姊確實做出了可能讓周圍的人或警方額外臆測的發言。如果只是因為轉嫁責任的心理，會說到這種地步嗎？』

可能會說，也可能不會說。

只是如果『不會說』，故事比較有發展餘地。聚集在網站上的人也是如此期待的。

『她姊姊開始感到懷疑：七瀨花凜——春子真的死了嗎？被鋼骨砸死的會不會其實是別人？』

不用多說大家都知道，七瀨花凜被發現時是一具無臉屍，面容被鋼骨完全砸爛了。因此鋼人七瀨才會是個沒有臉的怪物。

當故事中有無臉屍體登場的時候，就要懷疑人物掉包的可能性。這尤其在推理小說界可是從上百年前就存在的固定法則。

留言板上霎時騷動起來。大概誰也沒想到，事到如今，居然會有人把那樣的大原則搬出來講吧。

岩永不在乎文章可能被其他留言插入中間，繼續說明：

『當然，當時警方有好好確認過遺體的身分，像是透過服裝、指紋、血型或身體特徵等等。然而這些東西又能信任到什麼程度？服裝只要換掉就行了。指紋也並不是把警方以前登記過的資料拿來對照，只是跟飯店行李以及私人物品上採集到的指紋相符而已。只要把那些私人物品與沾有其他人指紋的東西掉包就能克服這個問題。血型相同的人也是不計其數。身體特徵也並沒有什麼手術疤痕或胎記，齒型也跟著臉一起被打爛了。因此沒有辦法排除跟別人掉包的可能性。』

〈可是七瀨花凜的胸部是個特徵。那超大的。〉

『胸部尺寸如果有極端的差異應該就能知道是不同人，但警方會那麼嚴謹地調查遺體的胸部尺寸嗎？就算跟寫真照片上看到的感覺多少有點不同，也可能是照片有經過修飾，或是躲避媒體的那段期間因為心理壓力而縮水了等等，要解釋起來可以有很多講法。既然指紋已經一致，警方又怎麼會去懷疑人物掉包？』

〈要是被調查了DNA要怎麼辦？〉

『如果沒有真的懷疑掉包，警方是不會調查到那種程度的。而且拿來比對的七瀨花

凜DNA又要從哪裡得手？從掉落在飯店房間中附有髮根的毛髮嗎？這樣換成別人的毛髮也很容易。如果七瀨花凜有留下出生時的臍帶就能拿來比對，但就連這個也是有掉包的可能性。即使結果一致也無法成為決定性的證據。』

〈話雖如此，那也是很費工夫的啊。〉

『然而在理論上，掉包是有可能的事情。簡單來講，只要即使臉部被砸爛也不會讓警方懷疑，掉包就算成功了。』

〈可是現實來講，要掉包根本是不可能的吧？〉

接連而來的質問是因為網站瀏覽者提高關注的緣故，還是六花為了阻撓岩永的戰略？不管如何，岩永還是對這項問題提出了回答：

『現實中有沒有可能辦到並不是問題。重點在於七瀨花凜的姊姊是否有懷疑跟別人掉包的可能性。』

雖然對紗季來說，這等於是承認自己所屬的組織不名譽的部分，不過搞錯遺體的事情在現實中確實會發生。不只是無臉屍體而已，就算是沒什麼損傷的遺體也有因為家屬誤以為是自己親人，等到火葬之後才發覺是別人的案例。

如果是殺人命案，警方會比較謹慎小心。但如果是意外事故或自殺，就別說是DNA了，甚至連指紋都不會比對。

雖然在七瀨花凜的事件中，為了保險起見，連指紋都調查過，但因為遺體被發現時身上有帶學生證與手機，也很快就知道了寄宿的飯店，所以並沒有進行過懷疑身分造假的搜查。要說遺體被掉包卻沒有被警方察覺的可能性並非完全是零，雖然在假設上來講非常勉強就是了。

而且在現實中遺體並沒有遭到掉包。畢竟岩永從地縛靈口中，確實問出七瀨花凜死亡當時的狀況。

然而只要沒有清楚知道那個真相，從任何角度都有可能產生懷疑。有時候即便內容很不實際，也會覺得只有這樣的可能。

紗季透過手機畫面，關注著從自己背後傳來鍵盤聲響的岩永所展開的議場戰術。

『對七瀨花凜的姊姊來說，妹妹的死法非常不符合妹妹這個人。有辦法說服自己學校、總是說到就能做到、逐漸成為一名當紅偶像的這個狡猾的妹妹，不可能死得這麼簡單。她會這樣思考也是當然的。不，應該說越是行動上帶有惡意的人，就越會懷疑對方的惡意。』

岩永又要開始提出邏輯跳躍的主張了。雖然這發展可能會嚴重傷害到七瀨花凜的姊姊的名譽，但紗季還是克制自己提出質問。畢竟這女孩並非什麼都沒有考慮到。

『好了，在這邊又要提到剛才提過的事情，就是七瀨花凜的父親留下的那本記事本。剛剛描述過那是基於什麼樣的意圖寫出來的文章。就算那不是事實，也不可否認那記事本確實存在。那麼記事本究竟是怎麼被交到新聞媒體手上的？那父親又不是開網誌把心情寫在上面。個人私底下寫的記事本，為什麼會那麼剛好浮上檯面？』

紗季試著思考。

如果要支持岩永第二個解答的一部分，就是那父親事先拜託某個人在他死後把記事本交給媒體。如果不支持那講法，就是有某個人發現那本記事本並交給媒體了。不管怎麼說，都會需要有『某個人』的存在。

『就是有某個人物把記事本交給媒體的。而那個人物怎麼想，都只有可能是七瀨花凜的姊姊。』

因為媒體對於情報來源保密的緣故，就連警方也無法知道這點。要是把情報提供者的身分洩漏出去，將會影響到今後的信用問題，所以媒體就算被警方詢問也不會輕易招供。而且警方對於七瀨花凜的死幾乎捨棄了他殺的可能性，因此也沒有必要刻意招惹新聞媒體的反感去調查這件事。

若按照岩永的講法，那個人物確實除了姊姊以外沒有其他適任者了。

『七瀨花凜的姊姊會喜歡她的妹妹嗎？妹妹不但才色兼具，還憑著這點獲得耀眼的成功。相對地，姊姊倒是沒有引起什麼話題。被星探挖掘的也只有妹妹，搞不好她從小就被拿來跟妹妹比較，被視為「不如妹妹的姊姊」。』

這些全都是岩永的臆測，但也可能是真的事情。如果是有個優秀的姊姊就算了，但如果有個優秀的妹妹，感覺會成為很嚴重的心理情結。

『那對姊妹之間的關係想必並不良好。當七瀨花凜的殺人嫌疑浮上檯面的時候，姊姊完全沒有發言擁護過自己妹妹。她不但迴避採訪，當七瀨花凜死的時候也不在身

邊，死後也沒有發表聲明譴責把妹妹逼死的媒體。如果兩人關係良好，應該就不會這樣才對吧？』

雖然也可能是媒體剪掉了對自己不利的發言，或是對媒體那樣的對應感到火大的姊姊故意不理會採訪，不過岩永這段推測還是算很妥當。而且從警方的資料中，紗季也感受到「這位叫七瀨初實的姊姊會不會對妹妹太冷淡了？」的印象。

『這位姊姊拿到父親的記事本後，便交給媒體當作是對妹妹一點小小的報復。也搞不好是父親告訴過她記事本的內容並拜託她交給媒體的。基於對成功的嫉妒、對優秀妹妹的惡意，姊姊付諸實行了。』

岩永又再度脫離一般的議會答辯，成為了故事作家。而網站上的瀏覽者們也被當著他們的眼前創作出來的這個故事深深吸引。

『而其導致的結果想必同樣超出了姊姊的計畫。再怎麼說她都沒想到妹妹會死，而且當中還帶有自殺的意圖在內，完全出乎了姊姊的想像。因此姊姊才會感到懷疑，懷疑妹妹會不會是裝死要來報復自己。』

站在七瀨花凜的立場來看，她恐怕充分猜到是誰把無辜罪名加到自己身上吧。雖然這也可能是她單方面的猜測，不過直覺上會認為「能夠把記事本寄給媒體並期望那種謊言只有自己家人」也是沒辦法的事情。

當然，前提必須是岩永講的這些話都屬實就是了。

『現實考慮起來，要把人物掉包是很困難的事情。七瀨花凜應該沒有時間準備一

個體型與自己相似的人，要掉包服裝或指紋也並不簡單。然而也不是完全辦不到。對於姊姊來說，七瀨花凜這個妹妹感覺就是會做這種事情。即使自己沒有害死妹妹的打算，也做出了讓妹妹喪命的決定性行動。也許就是這樣的罪惡感進一步煽動了她的妄想。』

紗季把視線從手機螢幕移向擋風玻璃外面。天上的雲飄向月亮，讓長長的水泥階梯上頓時變得更加黑暗。然而鋼人七瀨的紅色服裝依然看起來比血液鮮豔。

鋼人跟著手中的H型鋼一起旋轉，把九郎抬起來防禦的手臂連同頭部一起打飛。然而當雲朵離開月亮的時候，九郎已經抓住鋼人七瀨的頭髮，把對方的臉敲在自己膝蓋上。

正因為雙方都是不死之身，來來去去的破壞行為絲毫沒有猶豫也沒有留情。

『實際上七瀨花凜可能很單純地敬愛自己的父親與姊姊吧，只是她的腦袋比人好、意志比人強、對成功很貪婪罷了。而當那樣的她好不容易得手的東西都遭到剝奪，還發現自己是被家人陷害，心理狀態自然會消沉到連鋼骨都不想閃躲的地步。七瀨花凜會以幾乎等同自殺的方式喪命其實是有可能的事情。』

即使隔著一層玻璃，紗季看著鋼人七瀨那樣殘忍的模樣，實在無法相信七瀨花凜是那麼精神可嘉的人物。雖然說那怪物並不是反映出七瀨花凜遺志的亡靈，因此就算再怎麼粗暴狡猾，都跟七瀨花凜真正的個性沒有關係就是了。

真正的七瀨花凜是個下雨天在廢棄工地孤獨地抽菸，見到鋼骨倒下來也沒有精神閃避，連二十歲都還不到的悲哀女孩。

『然而在姊姊眼中，並不覺得妹妹是那樣精神可嘉的人物，反而覺得她是個如果發現自己遭人陷害，應該會不惜排除萬難也要進行報復的那種人。是個會找來一個跟自己很像的女孩，讓對方穿上自己的衣服並且在自己的私人物品上沾完指紋後，敲昏對方再把鋼骨砸到對方臉上逃脫罪嫌的那種人。』

鋼骨劃破黑暗，鋼人七瀨衝下階梯。

『可是社會上卻認為那個妹妹死了。即使姊姊主張妹妹可能還活著，大家也都聽不進去。被認定已經死亡的人就不會受到戒備，堪稱最強的復仇者。姊姊就算對別人講這種事，也只會被對方擔心精神上有問題。姊姊因此非常害怕，對實際上已經死亡的妹妹的幻影感到畏懼，甚至對日常生活都造成了影響。』

九郎擋住鋼人七瀨的身體，把對手推回階梯上方。在岩永根據細微的事實強硬創作故事的過程中，九郎已經在死亡邊緣來去了好幾次。

就在這時，岩永的理論總算提及了我方必須擊敗的敵人。

『在這邊所需要的，就是「鋼人七瀨」這個謊言了。』

紗季完全猜不出岩永接下來究竟準備提出什麼樣的主張。為什麼岩永為了把實際的存在講成虛構的東西，要把七瀨花凜的姊姊懷抱的惡意描述到這種地步？

在統整網站上繼續留言的同時，岩永在心中對七瀨花凜的姊姊——七瀨初實感到深深抱歉。即便那對姊妹感情不好的事情，還有姊姊對妹妹的死抱有懷疑的事情都是事實，也沒有道理被攤開到公共場合上。假設把記事本交給媒體的人真的是七瀨初實，也沒有必要事到如今還挖出來追究吧。

岩永有打算事後進行彌補。目前這還只是第三個解答，並非最後解答。正因為是途中會遭到捨棄的解答，所以能當成謊話處理掉。雖然就算是謊言也會構成毀謗名譽，但應該不會有人激進到對於不知住在何處的初實做出騷擾行為吧。

第三個解答還沒結束。接下來必須指出『鋼人七瀨』的必然性以及殺害寺田刑警的犯人才行。岩永就是為此才譴責七瀨初實的。

『要讓一心認為已死的人還活著、恐懼遭到報復的那位姊姊鎮靜下來，是非常困難的事。不管提出再多七瀨花凜已死的證據，都可能被說成是偽造的。既然遺體沒有臉就表示有掉包過，真正的妹妹還活著。究竟要如何才能推翻她這樣深信不疑的想法？』

板上出現幾則留言對岩永的論點表示理解。雖然也有反對意見或單純起鬨的發言，但有更多的人希望岩永別理會那些發言，繼續寫下去。

岩永也一如那些人的期待，繼續寫道：

『假設有個人物對那位姊姊視同家人，希望能幫助她消除心中沉重的負荷。那個人物思考該如何才能證明七瀨花凜的死，最後想到的點子就是『鋼人七瀨』了。那個人物決定要讓七瀨花凜的亡靈出沒。藉由假扮成鋼人七瀨的模樣每天晚上襲擊路人，捏

造出亡靈的存在並試圖擴散這個謠言。』

哦哦！

在統整網站的瀏覽者之中有個人早一步理解了岩永的主張，而留下這樣一句留言。現實世界中坐在方向盤前的紗季，也發出了帶有驚嘆的呢喃聲：

「居然有如此顛倒因果的理論。不是因為人死所以亡靈現身，而是因為亡靈現身所以說人已死嗎？」

雖然岩永本身並不覺得這理論有那麼不踏實，不過唉呀，或許是有顛倒因果吧。

『既然七瀨花凜的亡靈出沒，無論如何都意味著七瀨花凜已經死了。就是因為死了才會化為亡靈，有如要向世人洩憤般到處作亂。七瀨花凜的姊姊肯定也會這樣認為吧。通常來說，如果自己親人的亡靈現身應該會感到無法平靜，然而對這位姊姊來說，亡靈的現身反而可以讓她平靜下來。』

雖然這種理論對於壓根否認幽靈存在的人是一點意義都沒有，但只要是多多少少相信幽靈存在的人，就會把幽靈的出現與人的死亡聯想在一起。

而從目前為止的風向來看，會聚集在這個網站的瀏覽者之中，不可能會有壓根否認幽靈存在的人。因此紗季所謂『顛倒因果的理論』可以發揮出效果。

就在這時，立刻有人提出了反對的意見。

〈這結論下得太早了！就算人沒有死也有可能化為靈體現身，就是生靈！那姊姊也有可能會這樣想啊！〉

『生靈』顧名思義，就是指活著的人因為心懷怨恨而化為靈體作祟。這樣的說法同樣也有人相信。然而這種反駁也在岩永的預料之內。

『所以說為了讓人覺得只有可能是死靈，鋼人七瀨才會手持鋼骨、臉部毀容、身穿七瀨花凜的舞臺服裝。這樣的外觀設定會讓人不管怎麼想，都覺得是七瀨花凜被鋼骨砸死才會化為這種模樣的。』

毫不遲疑的回答可以讓網站瀏覽者產生「岩永的主張經過充分推敲」的印象，在戰略上並沒有破綻。

『而且這個衝擊性很強的外觀與名字，同時包含讓亡靈出沒的謠言迅速成為話題擴散的用意。見到人就攻擊的行為也是為了讓話題越滾越大。亡靈的謠言最好是自然傳入那姊姊耳中效果會比較強。與其透過熟人朋友告知，不如她自己在網路上的八卦新聞偶然看到，或是在咖啡廳不經意聽到隔壁座位的人在聊這話題等等，比較不會產生「亡靈出沒是有人為了她人為捏造出的謠言」這樣的感覺吧。』

如此一來，最初的謎團就能獲得說明。

『鋼人七瀨之所以在外觀與行動上，跟七瀨花凜的死亡狀況有不吻合的部分，是因為鋼人七瀨是為了讓七瀨花凜的姊姊認為七瀨花凜已死而捏造出來的存在。其中沒有反映出七瀨花凜的意志也是理所當然的。』

怎樣？大家相信嗎？留言板上連續出現幾則這樣的留言。看來大家即使在理論上認同岩永的說明，但還在疑惑該不該全面相信的樣子。

〈那麼刑警的命案又要怎麼解釋？〉

〈對喔，我差點忘了。就算現在說明了鋼人七瀨是捏造出來的東西，那件命案又是怎麼回事？〉

〈總不會說鋼人七瀨跟刑警命案毫無關係吧？〉

如果能斷定毫無關係就輕鬆多了，但那樣一來諸位議會出席者肯定會感到失望。

岩永為了回應，又開始敲打鍵盤。

『那起命案當然有關係。殺害寺田刑警的就是捏造出鋼人七瀨的人物。那個人物為了讓謠言持續擴散、不要退燒，即使沒有到每天的地步、也至少每週會到真倉坂市一次以上，反覆假扮成鋼人七瀨的模樣襲擊路人的行為。而昨晚犯人也這麼做了。』

這邊為止的內容跟第一個解答有共通之處，但接下來就不一樣了。

『然而運氣很差的是，犯人碰上了正在獨力調查鋼人七瀨的寺田刑警。在深夜中如果碰上一個打扮奇特、手持鋼骨又沒有臉孔的傢伙，一般人通常會嚇得首先選擇逃跑才對。犯人也是這麼認為，而且至今也沒什麼問題地達成了目的。但犯人萬萬沒有料到會有個根本不相信什麼亡靈的強壯刑警認真展開搜查、跑來逮捕自己。』

岩永在第一個解答中盡量克制使用到偶然的狀況，但這次倒像是算準時機似地搬出來用了。

『犯人想必輕易就被抓到了。原本以為會逃走的對象，不但沒有逃走還快步接近自己，肯定讓犯人腦袋混亂而一時全身僵住了。寺田刑警面對一個直直站在面前不動的對手，應該也不會採取像是把對手壓倒在地上之類的粗魯手段，頂多就是抓住對方手臂而已。就算犯人總算回神想要逃跑，被一個強壯的刑警抓住手臂也無計可施。然而這次卻換成寺田刑警驚訝得呆站在原地了。』

還有一個謎團必須說明才行：為什麼寺田刑警會毫不抵抗，輕易就被殺害？

『因為仔細一看，犯人居然是個男的。也許是犯人在試圖掙脫的時候，為了偽裝成巨乳而塞在胸口的東西掉出來了。頭戴女性假髮，綁著大大的緞帶，為了看起來像是被毀容而把整個臉部塗黑，又身穿花俏迷你裙洋裝的人居然是個男性。就算是刑警，知道這件事情的瞬間肯定也會當場呆住吧。』

雖然從剛才就多少有點暗示，不過岩永在這裡把犯人的性別明講出來了。從前方傳來座椅的軋響，於是岩永抬起獨眼一瞄，看到紗季正歪著腦袋思考。

「既然犯人是為了七瀨花凜的姊姊行動，那麼將犯人設定成跟那姊姊有戀愛關係，或是對她抱有類似感情的男性會比較講得通是嗎？」

「一個女性為了別人每天晚上偽裝成亡靈揮舞鋼骨鬧事，這種蠢話誰都不會相信吧？」

岩永毫不留情地如此斷言後，再度把視線放回電腦螢幕上。

『犯人就在這時，情急之下用手中的鋼骨毆打了寺田刑警。不用說，那當然不是真的鋼骨，而是製作得看起來像鋼骨的假貨。雖然為了減輕重量可能是用保麗龍製作，但如果想要在揮舞的時候能呈現出魄力就需要一定程度的重量，又要能夠方便攜帶，

因此也可能是分成兩段可以輕鬆組合在一起的木製品。』

雖然塑膠製品也是可以，但為了給人殺傷力較大的印象，岩永決定說成木製品了。

『即使是木製品，只要有一定程度的重量與長度就能夠敲破人類的頭。根據擊中的部位也可能當場把人打昏或打死。而犯人當時就是狠狠擊中了那樣的部位。見到犯人是男扮女裝而呆住的寺田刑警就是因為在那一瞬間露出破綻時遭到毆打，所以沒有留下任何抵抗的痕跡就倒下了。』

雖然殺人行為是出自偶然，不過接下來的行動就帶有必然性了。

『犯人這時著急了。雖然不清楚那刑警是不是一棒就被打死了，但總之如果讓他活著，鋼人七瀨是偽造亡靈的事情就會曝光，讓七瀨花凜的姊姊心靈平靜的謊言就會被戳破。因此犯人決定把寺田刑警殺死。而且為了讓鋼人七瀨的謠言可以進一步傳開，還把命案偽裝成是亡靈下手的。』

如此一來就能說明犯人為什麼會把命案假裝得像是鋼人七瀨在搞鬼了。

『犯人從附近找來重物，把寺田刑警的臉部砸到不留原形，徹底斷送了刑警的性命。也許是現場地上有磚塊可撿，也許是用了犯人拿來裝鋼人七瀨變身道具的行李箱。完事之後，犯人便清除掉自己留下的痕跡，離開了現場。』

岩永為了避免文章看起來過於冗長而把解答分成好幾個部分貼到留言板上，而在那期間也有其他人的留言穿插到中間。有人留言妨礙，有人催促下文，有人進行補充，呈現一片混亂。

全部都是牽強附會。看膩了。再說下去吧。接下來會變成怎樣？犯人為了移動應該有開車來，後車箱至少會帶工具，會不會就是用那工具把臉砸爛的？

在留言之中，並沒有能夠制止板上這種趨勢的反對意見。

『那麼犯人究竟是誰？雖然不知道名字，但至少可以鎖定出條件。犯人是在七瀨花凜的姊姊身邊的人，對她抱有戀愛感情或是保護慾望，能夠在深夜扮成鋼人七瀨走在陌生城市，而且是一名男性。』

〈會不會就是那姊姊的男朋友啊？〉

『雖然無法完全否定，但我想可能性很低。就算只有每週一次左右，如果男朋友在深夜有可疑的行動，那姊姊會無法察覺嗎？而且那姊姊很害怕遭到妹妹報復，那麼比較危險的夜晚才更應該會希望男友陪在身邊才對。但如果在那樣的時候找不到男友，就更容易覺得可疑了。因此應該判斷犯人是個時間上比較自由，願意為了那姊姊不擇手段、不嫌麻煩，個性上稍有偏執傾向的單身男子。』

對岩永來說，其實就算講成男朋友也可以，但萬一七瀨初實現在真的有男朋友，等於是害那個人一時背黑鍋了。就算這假說等一下就會被捨棄，能避免還是要盡量避免比較好。如果是把一個對初實懷抱扭曲情感的男子設定成犯人就不會害到任何人，也能把初實的立場塑造成被那樣的人物糾纏的受害者。

『既然如此，七瀨花凜的姊姊也可能遭遇危險。犯人對她單方面抱有好感。如果只是個自詡為她的騎士、光是為她行動就能感到滿足的男人倒是還好，但萬一因為犯下

殺人罪行，讓內心激動到認為自己如此犧牲付出應當得到回報，就有可能強迫那姊姊跟他建立關係了。』

岩永將第三個解答的結論貼到網站上。

『犯人為了讓七瀨花凜的姊姊相信七瀨花凜已死，捏造出了「鋼人七瀨」這樣一個根本不存在的亡靈。而就結果來說殺害了寺田刑警，甚至有可能進一步危害到七瀨花凜的姊姊。鋼人七瀨並不是什麼鬼怪。現在應該盡快找出這個內心偏執的犯人，確保相關人士的安全。』

紗季感到喉嚨乾渴，於是拿起自己也有買來的瓶裝茶，只用左手轉開瓶蓋。右手則是握著手機，讓眼睛能夠看到岩永提出結論之後統整網站上的動向。

真虧這女孩能夠撒謊到這種地步，把各種謎團一一解體。

若不是在網路上被主張不存在的鋼人七瀨從剛才就在約二十公尺前方的階梯上，把自己以前的男朋友打死了三十次以上，紗季搞不好也會湧起『相信個八成左右吧』的心理。少說應該也會把鋼人七瀨視為某種可以合理解釋的存在吧。

站在怪異的一方，自己本身也是怪異的存在，明知是怪異在搞鬼，卻又試圖證明不是怪異所為的岩永，雖然讓人覺得充滿矛盾，但或許這想法是個很大的錯誤。

紗季在某本書上看過，人要說謊就必須先知道真相。如果不知道真相，就連什麼是謊言都不曉得了。正因為知道真相才不會被迷惑、被欺騙，能夠說出不會矛盾的謊言。從這講法看起來，可以說如果不是岩永就沒辦法撒謊到這種地步了。

從後座也傳來轉開瓶蓋的聲音，大概岩永也進入了短暫休息。於是紗季扭動身體，把頭朝向後方。

「還好嗎？」

「我會調整步調的。」

岩永喝了一口紅茶，依然盯著螢幕如此回應。別說是什麼短暫休息了。她根本沒有解除迎戰準備。就連貝雷帽底下看似柔軟的頭髮，都彷彿一根根集中精神，呈現緊繃的樣子。

紗季可以感受出持續構築虛構是多辛苦的事情。網站上的風向非常不穩定，面對眾多的使用者，要在有限的時間內一波又一波地激烈議論，不讓自己的虛構出現破綻。想必等同於是一種拷問吧。

「第三個解答有發揮效果了。就算只是覺得這解答有趣，看起來也出現了很多支持者喔。」

「然而鋼人七瀨卻一點都沒有變弱不是嗎？」

岩永的奶油色貝雷帽動也沒動一下，瞳孔也始終沒有從螢幕上移開，卻很篤定又冷靜地如此說道。

於是紗季把手放到儀表板上，轉回頭望向車外，便看到九郎把鋼人七瀨全身抬起來，從頭部狠狠砸到階梯上。鋼人的頸部陷入身體中，頭部和緞帶都朝內側凹陷，然而她卻立刻又站起了身子。

搞不懂是基於什麼樣的原理，鋼人七瀨的頸部明明連碰都沒碰就重新伸了出來，頭部與緞帶也膨脹恢復了原貌。

「就算是怪物也該有個限度吧！」

第二個解答剛提出來的時候，鋼人七瀨花了一段時間才復活。可是現在明明才剛提出第三個解答，為什麼會呈現這樣的差異？難道是六花抓回風向的速度比較快嗎？

「反對意見要來了。」

岩永把寶特瓶丟到座位上，用不變的語氣如此說道。於是紗季也拿起手機瀏覽統整網站。

〈剛才的解答有個致命的問題。雖然你說犯人是為了讓七瀨花凜的姊姊心情能夠平靜才捏造出鋼人七瀨，但這太奇怪了。〉

提出這意見的究竟是誰？是聚集在網站上的幾萬人之一嗎？還是主導鋼人七瀨化為實體的計畫、管理這個網站的六花本人？

〈如果要讓那姊姊心情平靜，鋼人七瀨在設定上就應該更溫和才對。那姊姊害怕遭到妹妹報復，可是犯人卻讓鋼人七瀨揮舞鋼骨、襲擊路人的話，不是會讓那姊姊覺得就算不遭到活生生的妹妹報復，化為亡靈的妹妹也可能來攻擊自己嗎？而且現在甚至還殺了人，讓恐怖達到最高點，肯定會把那姊姊逼得精神更緊繃吧。〉

真是太大意了。紗季沒想到自己也漏看了這個漏洞。

但只是這點小細節應該不需要太計較吧。這種程度應該不影響第三個解答的價值才對。

〈因此犯人的動機並不成立。既然動機無法成立，就連帶表示整個解答都不成立了。〉

對於這樣的主張有人表示同意，有人表示反對，有人保留態度。留言板上變得沸沸揚揚。

〈說得對，那個解答沒道理。〉

〈會嗎？犯人又不一定都會採取沒有矛盾的行動。搞不好他是個腦袋有點奇怪又自以為是的傢伙吧？〉

〈會不會是覺得反正只要能捏造出一個亡靈就好，結果選擇了會造成反效果的設定？〉

〈也許實際上有那樣的可能，但如果那樣的解釋可以通，就說什麼都通啦。〉

〈話說要是犯人做出不合邏輯的行動，根本就無從推理嘛。〉

無論在構築上花費了多少心力，破壞都僅在轉眼間。從一個漏洞接連導致第三個解答崩塌了。大家或許多多少少會承認現實中的人心也充滿矛盾，不合邏輯，但世上也有分成讓人可以接受的矛盾與無法接受的矛盾。

如果是就算帶有矛盾也多少讓人可以理解、想要理解的解答，大家或許就會接受了。岩永提出的第三個解答應該有達到那樣的程度。只要沒有出現那一則反對意見，搞不好就能決定出風向，讓鋼人七瀨消滅了。

然而在實際狀況中卻出現了反對意見點出矛盾的部分，暗示出針對『容許矛盾存在』這件事情本身的疑問。就像岩永將謎團解體一樣，反對意見也將她的解答解體，暴露出其中的弱點，使解答失去了魅力。

「真厲害呢，六花小姐。居然能夠自己提出反對意見、自己死亡再自己復活，帶走板上的風向。」

岩永撥開瀏海，用無名指輕輕揉著蓋住義眼的右邊眼皮，淺淺一笑。

「但我方不是單打獨鬥。我和九郎學長不會讓妳稱心如意的。」

紗季不禁對岩永堅強的信念感到震驚。明明她應該是絞盡腦汁才想出來的解答有如一座玻璃塔般被對手擊碎了，她卻一點都沒有表現出動搖的樣子。看來對於岩永來說，這樣的發展也在她的預料之內。

「也對。就算第三個解答被捨棄，也並不是所有人都接受了這樣的風向。當中肯定有百分之幾的人轉而支持不相信鋼人七瀨是亡靈的說法。」

岩永的戰略是藉由四種解答階段性地削減、動搖、弱化亡靈支持派的勢力。那麼就戰略來講應該可以說是成功了。

紗季本來是抱著激勵岩永的想法說出這樣一句話，然而岩永卻保持淺笑，性情乖僻地回應：

「我才沒有指望那區區百分之幾的脫離者呢。或許對於到這邊為止的解答已經有些人感到滿足了，但我並沒有把那些人計算在內。」

「咦？」

「六花小姐大概也是跟妳有一樣的想法，而選擇了脫離者比較少的未來吧。以為我的企圖是階段性地削減對方勢力。然而我的陷阱就是從這點開始的。」

那是什麼意思？紗季頓時感到腦袋混亂。

「可是妳剛才不是講過，只要一部分願意相信，對妳來說就已經足夠了？」

「那句話的意思並不是說『只要聚集在網站上的人之中有一部分願意相信我的解答』，而是『只要我提出的解答有一部分讓人願意相信』的意思。」

岩永從螢幕前抬起頭，看向紗季。

「妳沒注意到嗎？我至今提出的解答都有一點一點地加入之前提過的要素。像是寺田刑警獨自展開搜查，七瀨花凜的父親抱著惡意留下記事本等等。即使各項解答的結論遭到捨棄，但這些要素本身並沒有被廢棄。就在剛才被捨棄的第三個解答也是一樣，雖然犯人形象被廢棄了，但是針對『七瀨花凜的姊姊把記事本交給媒體』這點並沒有出現表示懷疑的意見。」

紗季趕緊把手機拿到眼前。沒錯，各項解答都有多多少少拿之前的解答為基礎。

「對六花小姐來說，只要『鋼人七瀨是捏造的產物，會被消滅』的結論不被大家認同就行了，沒有必要從根本徹底推翻我的解答。而我說『鋼人七瀨不是亡靈』的結論部分因為是絕對性的謊言，所以最脆弱、容易攻擊，而且只要推翻這部分就能達到六花小姐的目的。攻擊脆弱的部分也比較單純，能夠及早應付，解少脫離者的數量。」

如果反對意見太冗長、太複雜，就需要花多一點時間才能讓人理解，而這段期間可能會讓更多人轉而支持岩永的說法。藉由指出單純的錯誤攻破論點會比較戲劇化，給人的印象也較強烈。試圖抓回風向的六花想當然就會選擇較單純的手法。

「反正結論以外的部分被大家相信，對她而言也沒問題。如果連具有一定程度的說服力、無法完全斷定為謊言的部分都執意反駁，可能導致討論動向變得停滯而無聊，醞釀出『又有必要做到那種程度嗎？』的氣氛，反而讓大家把注意力集中到前面提過的解答。」

也就是說，六花並沒有其他選擇的餘地。聽起來就像一切都必須照著岩永的劇本在走的樣子。

「準備工作完成了。接下來只要使出最後一擊。」

岩永將手指放到鍵盤上，動作有如輕撫琴鍵的鋼琴家。

「在虛構之中產生虛構，反轉為真實，鋼人七瀨將會消失。」

真是教人驚訝。

事情發展至此，即使已經發展至此，無論六花的鋼人七瀨還是岩永的四種解答，全部都是謊言。眼前的鋼人七瀨也僅是暫時成形現身的存在。眼前的一切都有個開關，隨時可以化為虛無。

「第四個解答，要開始了。」

『即便如此，鋼人七瀨依然是虛構的。前面提過的三個解答只不過是用來逼出真相的布局。犯人確實存在。捏造出鋼人七瀨這個假的亡靈、殺害寺田刑警的犯人確實存在。』

岩永貼出這段留言後，『就在等你啦』或是『已經夠了』的回文頓時此起彼落。無論是哪一方的意見，同樣都讓網站氣氛熱絡。在這種時候停止留言才真的會背叛大家的期待吧。

六花應該也明白，現在如果限制、拒絕岩永留言反而會導致大家感到不信任。因此不管岩永究竟有何企圖，六花都無從行動。

『犯人不是別人，就是本名七瀨春子的七瀨花凜。她並沒有死。在公寓建設工地身亡的，是被偽裝成七瀨花凜的不同人。既然出現無臉屍體就代表人物被掉包，這是固定法則。真正的七瀨花凜現在依然活著。』

岩永這次劈頭就丟出了結論。在第三個解答中提示過人物掉包的可能性，而在最後的解答中讓這說法復活。這是最初步的疑點，也是被認為最不可能而晾在一旁的假說。

網站上的討論也非常激烈。這點剛才不是被否定了嗎？不，剛才好像沒有驗證過吧？

〈如果七瀨花凜還活著，就不會有鋼人七瀨吧？〉

〈畢竟不會有活人的亡靈嘛。〉

〈可能是生靈喔。〉

〈如果活著，不可能用那種模樣現身啦。〉

〈討論那種事情之前，應該先搞清楚人物掉包有沒有可能辦到吧？〉

畢竟剛才岩永自己就表示過人物掉包是『很困難』的事情，因此在這點上被攻擊也是很自然的。

『七瀨花凜遭人懷疑殺害父親，失去工作，逃到了真倉坂市躲藏。她腦袋聰明，想必有發現自己是遭到家人陷害的吧。連家人都失去的她，只能孤零零地躲藏著。』

人物掉包這種事情根本不可能辦到。而事實上，七瀨花凜就是在建設工地被壓在鋼骨之下身亡了。但岩永卻靠一個假說讓她復活。

『但即使再怎麼絕望，她肯定也不會選擇自殺。只要過一段時間謠言就會消散，自己就能回到原本的生活。或許無法再恢復偶像的身分，但也不代表人生就結束了。自己還年輕，只要從零開始重新來過就好。七瀨花凜想必是如此說服著自己。而就在這個時候，她遇上了一位跟自己很像的女性。』

掉包替身是講起來很勉強的伎倆，描述時必須毫不猶豫地利用偶然狀況。毫不猶豫地把話講到底，在被人批評過於巧合之前就讓人相信這種說法。

『雖然容貌不同，但無論頭髮長度、身材體型或是年齡都很相近，沒有什麼親人家屬，搞不好是到真倉坂市準備自殺的女性。七瀨花凜很不幸地遇上了那樣一名女性。如果沒有這場相遇，她應該就會靜靜等待謠言消散，即使必須離開華麗的舞臺，但或

許至少可以獲得普通的幸福吧。然而她卻在絕望的谷底碰上了能夠戲劇性讓人生重新來過的機會。』

這不是完全不可能的偶然。整件事並不是什麼計畫性的犯罪，只是在偶然的慫恿之下讓七瀨花凜決心染指正常狀況下不可能發生的犯罪行為。透過這樣的說明，就能把話硬講下去。

『七瀨花凜當時失去了一切。即便重新來過也無法消除自己的過去。別說是從零開始了，根本是從負數起跑。背負殺害父親的嫌疑而淪落的偶像，這樣的烙印一輩子都不會消失。既然這樣，乾脆假裝成七瀨花凜已死，用別人的身分重新來過，至少就能消除負面的部分。這樣的誘惑驅使她染指犯罪了。』

犯罪行為不是也會形成很嚴重的負面影響嗎？對於這個疑點，岩永不予理會。人總是會期待戲劇性的發展。只要對那樣的事態發展能夠提出一個心理層面的說明，理論就會被講通。

『七瀨花凜巧妙地將這位跟自己相像的女性——在這邊就說是A小姐好了——將這位A小姐招待到自己的飯店房間，讓對方的指紋沾到自己的私人物品上。她事前先擦掉房間中自己留下的指紋，只讓A小姐的指紋留下來。最後再交換衣服，並約好深夜在建設工地碰頭。』

坐在前面駕駛座的紗季始終保持沉默。岩永雖然稍微擔心一下現任警察是不是對這說法感到傻眼了，不過她還是讓第四個解答繼續加速。

『在這裡並不清楚A小姐究竟抱有什麼樣的內情。可能是罹患心病，打算自殺時被七瀨花凜勸阻而對她產生了依賴，或是接受了金錢上的援助而對七瀨花凜言聽計從。會交換衣服也可能是七瀨花凜拜託A小姐暫時扮演自己的替身瞞過媒體，而A小姐因為高額的報酬欣然接受了。至於在下雨的夜晚約在工地碰頭，只要說是為了避開媒體目光討論事情，A小姐應該就會不疑有他地答應了。』

如果是要討論事情其實打手機就夠了，就算要交付物品應該也沒有直接見面的必要性。岩永在這邊只要能傳達出『犯人跟受害者會來到案發現場的理由，要怎麼說明都可以』的氛圍就行了。

『把交換了服裝的A小姐叫到工地的七瀨花凜，在那地方毆打對方的頭部使對方昏厥，再把自己的身分證件、手機等東西塞到對方衣服中，讓對方仰天躺在地上，最後朝對方臉上推倒鋼骨。』

就這樣，一具無臉屍體完成了。

『遺體臉部被鋼骨砸爛，因此無法從長相確認身分。打昏對方時的毆打痕跡也會被鋼骨造成的頭部損傷掩飾過去。而且這樣的狀況就能說明七瀨花凜為什麼從正面閃都不閃就被鋼骨砸死的謎團了。因為這遺體根本就不是七瀨花凜，是她的替身，在失去意識的狀態下被鋼骨砸死，當然就毫無防備了。』

在這段話中完全沒有一項真實。

然而現在跟真實與否沒有關係。岩永只要繼續補強人物掉包的解答。

『完成現場偽裝之後，七瀨花凜便小心不要留下腳印、不要被人目擊，悄悄離開了。當時是深夜又下著大雨，不容易留下腳印也不太可能有目擊者，要偷偷離開想必不是什麼難事。七瀨花凜接著便利用A小姐的身分，移居到跟A小姐毫無關係的地方，不需要在意過去的種種，重新開始自己的人生。為了改變給人的印象，或許有必要剪個頭髮變個裝，但人常說女性化了妝會宛如別人，想要不被發現其實相對上是很簡單的。』

要用不同人的身分重啟新的人生真有那麼容易嗎？或許實際挑戰起來意外地簡單，但感覺應該很考驗膽識。

在板上出現質問或疑問之前，岩永繼續躍動手指，向聚集在議場的所有人提出主張。

『並沒有證據可以證明人物掉包過。或許有人會覺得都是空談吧。然而如果七瀨花凜並沒有跟人掉包而真的死了，有一項事實將會難以說明。就是香菸。』

關於香菸的事情，一般媒體也有報導。因為是構成事件上不可缺少的一項要素，所以有些報導內容甚至跟警方資料一樣詳細。

『警方認為七瀨花凜是為了偷偷抽菸不被發現，才會在下雨的夜晚進入工地。畢竟她未成年，飯店又禁菸，想要偷偷抽菸就只能到那個場所了。案發現場有留下菸蒂，遺體身上有帶香菸跟打火機，從飯店房間也有找到香菸。這看似沒什麼問題，但其實問題可大了。』

實際上問題根本不算大。人經常會做出難以說明的行動。認為什麼事情都有辦法說明才是大錯特錯的想法。

然而，人同時也不喜歡事情無法說明。既然如此，透過謊言進行說明、插入故事之中，也就不會顯得不自然了。

『說到底，認為七瀨花凜有抽菸習慣就是很奇怪的事情。她還未成年，從高中時代就出道成為偶像。她應該非常清楚抽菸對於偶像事業會有負面影響，假設原本就有抽菸習慣應該也會立刻戒掉才對。我不認為貪於博取名氣、頭腦又聰明的她會無法做出那點程度的決心。』

在七瀨花凜出道之前，就曾經有過幾名偶像因為抽菸失去了工作。網站上想必很多人心中也有印象。正因為有過前例，這講法很快就會被人接受。

但另一方面來說，即便有過再多前例依然還是會有偶像抽菸，因此也可能被提出『這種講法並非絕對』的反對意見。不過岩永在那之前就先繼續講下去了：

『假設她是因為被懷疑殺人，在四處逃躲的生活中壓力太大而開始抽菸，或是以前戒過菸但又重新染上菸癮好了。這假設還是讓人覺得奇怪。正在躲避媒體、在意世人目光的她，真的會做出「抽菸」這種必然成為媒體炒作材料的行為嗎？就算是抱著徹底退出演藝界的覺悟自暴自棄，她為了讓人生重新開始，也應該會希望話題快點退燒、謠言快點消散、事態快點平靜下來才對。要是在這種時候抽菸被發現，就會提供媒體更多話題可以炒作，讓謠言火上加油了。七瀨花凜不可能做出風險那麼高的行

為。』

對無法斷言的事情也徹底斷言，直指自己的目標處。將不可能辦到的詭計都說成有可能辦到。

『那麼為何會有香菸掉在現場？因為香菸必須出現在那裡。為何明明自己不抽的香菸必須出現在現場？就是為了讓屍體掉包的詭計能夠成功。』

將只不過是單純在現場發現的香菸當成論述的根據。把事實上只是七瀨花凜抽過的香菸當成通往謊言的入口。

『香菸可以成為七瀨花凜深夜獨自來到廢棄工地的理由，但那應該也只是次要的效果。其實只要說她是考慮自殺而不經意來到廢棄工地，同樣能解釋她會出現在那種場所的理由。特地多加上「香菸」這種七瀨花凜過去不曾有過的要素反而應該很危險才對。她之所以即便如此還刻意加上這個要素，就是因為代替她死亡的那位A小姐有抽菸的習慣。』

將各種假定狀況堆疊出來的這個說法中不存在絲毫的真實，然而卻擁有聽起來煞有其事、讓人想要相信的力量。

『七瀨花凜在擔心的是，當警方驗屍的時候會從肺部狀態判斷出抽菸的習慣。沒有任何人會作證七瀨花凜曾經抽過菸，可是遺體的肺部卻被香菸燻黑，這將會成為一個疑點。為了消除這個疑點，必須讓七瀨花凜也看起來有抽菸的習慣。這點同時也可以成為七瀨花凜來到廢棄工地的理由，因此香菸被發現時的可疑性就能被掩蓋了。』

岩永再次提出跟一開始同樣的結論：

『今年一月三十日，在真倉坂市的建設工地發現的遺體並不是七瀨花凜。這是利用無臉屍體實行的詭計，真正的七瀨花凜還活著。名為鋼人七瀨的亡靈是不可能出現的。』

在紗季的視線前方，階梯上的鋼人七瀨搖搖晃晃地站起身子。

「鋼人七瀨、變弱了。明顯變弱了。」

雖然她站起了身子，但看起來是把鋼骨當成拐杖才總算站起來的。九郎接著用對於在警察學校正式學過格鬥術的紗季來說相當笨拙的動作擒抱鋼人，再次推倒在階梯上，並且把對手的身體拗折到後腦杓都貼到背部的程度。

見到自己熟悉的男性竟然做出如此殘酷的行為，照理講應該會忍不住遮住眼睛摀住耳朵才對，然而紗季已經連那樣的感情都不知飛到哪兒去了。她甚至漸漸無法覺得九郎是自己過去的男朋友。因為紗季所認識的九郎給人的印象絕對不會像這樣打鬥。

統整網站上的討論與九郎的戰鬥是同步的。岩永的無臉屍體假說——之前已經提出過一次，讓人覺得不可能、現在卻又主張可能的詭計，讓網站上一片騷然。

人物掉包是讓人很難相信的詭計。但是人的心中也會抱有『希望難以置信的事情真的被實行』的期待。岩永就是利用了這樣的心理。

不可能。有可能。香菸要怎麼解釋？其實抽菸也沒什麼關係吧？要那樣講就什麼都可能啦。沒有證據能證明有A小姐吧？不是有屍體嗎？但那是七瀨的屍體啊。不對，那是人物被掉包的無臉屍體。

『亡靈存在』這樣的說明很單純。同樣地，『人物有掉包』的說明也很單純。對於無臉屍體存在的必然性最為單純的解釋就是為了人物掉包，而人就是會想要相信那樣帶有衝擊性的事情。

〈那鋼人七瀨又要怎麼解釋？〉

網站上在尋求新的展開。

〈如果七瀨花凜還活著，又是誰捏造出鋼人七瀨的？〉

〈當然就是七瀨花凜啦。〉

〈為了什麼目的？〉

〈應該是想要更讓大家覺得她已經死了吧？〉

〈既然有亡靈出現就表示七瀨花凜確實死了。這樣一來，活著的七瀨花凜開始她第二段人生時，就算被周圍的人覺得長相或氛圍很相似也可以比較安全。〉

現在用不著岩永介入，被提出的謎團就自動有人會提供解答。這並不值得奇怪。這些要素都存在於岩永之前提出的三個解答之中，只是形式不同、人物不同而已。稍微思考一下，套用到現在的疑問，自然就能得出答案。

〈如果是為了讓大家覺得她死了，鋼人七瀨登場的時期會不會太晚啦？〉

〈七瀨亡靈的傳聞是什麼時候開始流傳的？〉

〈今年六月左右。這個統整網站是大概七月中建立的。〉

〈直到二月底新聞都在炒七瀨花凜的事件，可是之後就幾乎沒人在討論了。〉

〈也就是說，那時候大家都已經遺忘了七瀨花凜的事情，貿然引起亡靈騷動反而是自找麻煩吧？〉

〈畢竟這樣大家又會開始傳她的寫真照片之類的，害她被人發現還活著的危險性提高。所以七瀨花凜不可能會去擴散鋼人七瀨的傳聞啦。〉

〈等等，這樣想想看如何？或許到五月左右，七瀨花凜都生活得平安無事，但是她周圍的人卻漸漸開始在討論『那個人是不是長得很像七瀨花凜啊？』之類的傳聞。〉

〈有可能喔。畢竟整形很花錢，效果也有限。她身材那麼好，應該會受到注目。要是運氣不好讓她碰上一個對偶像很熟的傢伙，也許就會形成傳聞吧。〉

〈原來如此，七瀨花凜雖然搬離了那個地方，可是又想到將來搞不好會再度發生同樣的事情。〉

〈對對對，所以為了讓『七瀨花凜』能夠死得徹底，她就捏造出了『鋼人七瀨』啊！〉

紗季也漸漸理解了岩永之所以連續提出好幾個解答的真正用意。這行為讓網站上的其他瀏覽者開始萌生出自己也想試著解謎看看的慾望。岩永告訴了大家運用邏輯、想像與妄想，為都市傳說進行合理解釋的有趣之處。

這個網站至今是扮演著聚集大家的想像力、確保『鋼人七瀨』這個怪物持續存在的角色。然而現在卻因為岩永提出的解答，讓網站漸漸轉變為對『鋼人七瀨』抱持疑問的想像力聚集的場所。參與討論的人開始圍繞著『鋼人七瀨不存在』的想法在動腦思考。

〈那麼是七瀨花凜本人打扮成鋼人七瀨的模樣，每天晚上去襲擊路人嗎？〉

〈她應該有實際做過兩、三次吧。為了讓謠言容易擴散，故意拿鋼骨、穿洋裝、綁緞帶，還晃動她的胸部。〉

〈而且也為了不要讓人以為是生靈，刻意塑造出手持鋼骨、臉被毀容的『鋼人七瀨』這個角色是吧？取的名字也有衝擊性。〉

這部分的說明是將第三個解答中提過的內容搬過來套用的。為了讓姊姊接受妹妹已死的事實所必要的亡靈，對於想要隱瞞自己還活著的七瀨花凜本身也是必要的存在。

多重解答的手法不論透過多少理論，讓每個解答都帶有說服力，提出越多解答依然只會讓事實變得越不明確，對於揭開真相上只會造成不利才對。紗季原本是如此認為的，但萬萬沒想到居然有這樣的利用方式。

紗季抬頭望向在階梯上死過好幾次、也依然一步都沒退下的九郎。就算岩永的戰略考慮得很周詳，效果能夠發揮到這種程度，肯定也要歸功於九郎的力量。要是沒有件的未來決定能力，絕對不可能如此精采地營造出聚集於網站上的人都一起參與解謎的狀況。

「贏了呢。」

「還沒。」

紗季雖然頭也沒回地鬆了一口氣，但岩永立刻回應的聲音卻聽起來還沒有放鬆戒備。於是紗季趕緊抬頭看向後照鏡，發現鏡子中左右顛倒的那個女孩露出比剛才更犀利的表情盯著螢幕。

「我還沒有使出最後的一擊。」

「咦？」

進入第四個解答之前說過的最後一擊，難道並不是指人物掉包的事情嗎？

岩永接著小聲呢喃：

「六花小姐，我不會讓妳抓到妳所期望的未來。因為這個世上存在有任何人都不可侵犯的秩序。」

語畢，她便開始敲擊鍵盤。

紗季也把注意力放到統整網站上。

『沒錯，七瀨花凜是為了讓自己從社會上徹底死透而捏造出鋼人七瀨的。她試圖讓人在感覺她長得很像七瀨花凜的時候，腦中會立刻浮現出亡靈鋼人七瀨這個角色。之所以會產生這樣的企圖，或許是她開始新的人生之後交到的男朋友說她長得很像七瀨花凜吧。為了避免將來人物掉包與無臉屍體的詭計萬一被察覺，她才選擇了如此大膽的手段。』

這是一段交雜臆測與斷定的不可靠推測。然而紗季可以看出其中也包含有讓人覺得「或許真是如此」的詐術。岩永繼續貼出留言：

『七瀨花凜經常在晚上來到真倉坂市扮演鋼人七瀨。畢竟是自己扮演自己的亡靈，當然就有說服力了。謠言因此傳開，那名字在網路上開始成為話題。另外，為了進一步讓大家把亡靈鋼人七瀨當真，為了更有效率地傳播謠言，她還做了另一件事情。』

做了什麼事情？紗季試著從至今為止的情報中推測，然而在那之前答案就被貼出來了。

『對，那就是架設了這個「鋼人七瀨統整網站」。』

紗季差點叫出聲音來。而岩永又緊接著貼出教人驚訝的留言：

『七瀨花凜，我知道就是妳架設這個網站，自己在進行管理。妳現在肯定也在閱讀我的留言吧。我一直都是在告發妳。』

「妳、妳撒這什麼謊！」

坐在岩永前方駕駛座的紗季發出沙啞的聲音，用力把身體轉了過來。

「架設和管理這個網站的人應該是六花小姐吧！」

「我一開始就說我要撒謊啦。」

在這議場中並不會要求真相。重要的是讓幾十萬人的想像力如何解讀。而且這說法也並非完全在撒謊。「鋼人七瀨統整網站」毫無疑問就是為了讓大家把亡靈鋼人七瀨當真，讓謠言有效率傳播而架設的網站。

虛實交雜的最後一擊。岩永的目的就是這個。

『這個統整網站為了擴散、增幅鋼人七瀨的謠言可說是不遺餘力，相關的情報都可以輕鬆在這裡找到。那也是當然的，因為就是身為犯人的妳在管理、統整這些情報呀。』

板上立刻出現其他人感到混亂與激動的留言。藉由指出網站管理人就是犯人、就是七瀨花凜，讓這個網站成為整起事件的最前線，大家自然會覺得興奮了。這同樣也在岩永的計畫之內。

『妳從剛才就試圖把我提出的每個解答都捨棄掉。因為我的解答每一個都是會消除鋼人七瀨的內容，要是得出亡靈是假貨的結論就有違妳的目的，會讓妳傷腦筋。要是讓鋼人七瀨升天，希望謠言擴散的妳也會感到頭大。所以妳才會那樣固執地提出反駁，甚至還試圖限制我留言。』

六花並沒有限制留言。這也是岩永在撒謊，是她為了讓這個解答更有說服力的虛構。

『那麼我接著就來說明妳為何會殺害寺田刑警吧。妳昨晚人在真倉坂市。是為了擴散鋼人七瀨的謠言，打算扮成鋼人七瀨襲擊路人嗎？不，最近才剛發生過騷動，所以妳昨晚只是為了引發下一次騷動而在預先探路吧。我想妳應該是騎腳踏車或電動腳踏車在移動的。然後就在妳來到成為案發現場的廢棄加油站稍微休息一下，或者可能單純只是經過廢棄加油站旁邊的時候，妳碰上了正在尋找鋼人七瀨的寺田刑警。』

這也是偶然，是巧合，但大家應該會願意接受。七瀨花凜是事件犯人，是這個網站的架設者，為了擴散鋼人七瀨的謠言而利用聚集到網站上的瀏覽者們，而現在遭到告發了。此刻聚集在網站上的人們有辦法拒絕目睹這個場面的熱血狀況嗎？有辦法拒絕故事描述到途中，自己竟然成為了登場人物之一的劇情嗎？

不可能拒絕的。

既然難以拒絕，就只能認同偶然了。反正就算認同了也沒有損失，大家當然會欣然支持岩永的解答。

『寺田刑警開著車在市內巡邏的時候看到了妳，看到一名女性深夜獨自騎著腳踏車在移動。心中一直懷疑是有人在扮演鋼人七瀨的寺田刑警覺得妳很可疑，於是向妳搭話了。當時妳或許穿的是很普通、不顯眼的服裝，但刑警依然沒有漏看線索，就是妳雄偉的胸部。妳那對讓人會聯想到鋼人七瀨的胸部刺激了身為刑警的直覺，於是寺田刑警就上前對妳盤問了。』

「寺田先生似乎並不喜歡大胸部喔。」

「九郎學長也是一樣呢。我這樣嬌小的身體才……」

「九郎才不會根據胸部或身體大小判斷女性。」

岩永對坐在前方的紗季小聲呢喃的發言忍不住搭腔，結果差點演變成沒有意義的爭論。不過她接著還是冷靜地在氣氛狂熱的網站上貼出告發文：

『妳萬萬沒料到自己居然會被警察盤問，而且對方是開車，自己就算逃跑也會被追

上，徒增對方的疑心。於是妳在不得已之下只能接受問話。妳頭腦那麼聰明，肯定事先想好深夜在市區內移動的藉口吧，像是「自己雖然住在隔壁市，但住家附近的便利商店沒有賣自己喜歡吃的零嘴，所以騎車到這一帶來了。」等等。當時妳並沒有想到這位刑警在調查鋼人七瀨的事情。即使是腦袋聰明的妳也沒料到，這位優秀的刑警居然認真在調查一個並沒有造成過什麼實質傷害的亡靈。』

六花也許正在試探未來。雖然這樣的表現方式很奇怪，不過她為了尋求鋼人七瀨能活下去的未來，可能正在進行連續自殺吧。

然而已經太遲了。在六花伸手可及的範圍內已經沒有那樣的未來。

『寺田刑警對妳提出了一般公務調查範圍之內的質問，而妳為了能盡早結束對話，想必態度很合作地坦率回答了問題。然而就在這時又發生了出乎妳預料的事情。雖然妳應該有透過化妝或剪髮改變容貌，讓人不要發現妳就是七瀨花凜。但這次遇上的是一名優秀的刑警，在調查鋼人七瀨的過程中已經看過好幾張七瀨花凜的照片，將那長相與特徵都記憶在腦中。記住人的長相也是刑警的工作之一，只有稍微改變一下是瞞不過去的。寺田刑警發現了妳就是七瀨花凜。』

難道七瀨花凜沒有去整容嗎？大幅改變容貌的整形手術很難在短期間內完成，而且費用也相當高。岩永一時猶豫要不要加入這段說明，但最後還是優先考慮敘述節奏而跳過了。

『刑警肯定當場愣住了。應該已經死的七瀨花凜居然出現在眼前。雖然不是鋼人的模樣，但這是七瀨花凜。那麼難道是幽靈嗎？七瀨花凜應該已經死了不會錯。正因為是刑警，他想必一時之間無法想到警方的調查結論中認定已經死亡的人物，居然會藉由無臉屍體的詭計還存活在世上吧。所以腦袋感到混亂，甚至懷疑自己是不是遇上了真正的幽靈。擁有柔道段數而強壯的刑警在吃驚之下變得毫無防備了。』

為什麼體格強壯的刑警會毫無抵抗就遭到殺害？這點始終是這次事件中的謎團。而即使主張七瀨花凜是犯人，岩永也照樣對這點提出了說明。

『而妳沒有放過他這個破綻。妳當時從寺田刑警的反應看出他發現妳就是七瀨花凜，於是趕緊抓起手邊的東西毆打了刑警的頭部。那東西可能是放在腳踏車上的手電筒、雨傘、硬殼背包，也搞不好是妳在腳踏車上有裝防身用的棒狀物體。而妳就是用那東西毆打刑警的頭部，運氣好一點可能當場打死了他，或是將他打昏了。』

這也是第三個解答的變化型。因為是已經解釋過的狀況，閱覽者們想必也能輕易在腦中浮現那個情景。

『妳接著立刻決定把這件事偽裝成鋼人七瀨所為。如此一來，只要命案的話題能帶著七瀨花凜的亡靈謠言一起傳開就符合妳當初的目的，不會有問題。而且一個強壯的刑警居然沒有留下其他外傷與打鬥痕跡就被砸爛臉部，大家都會認為女性應該不可能辦到這種事情，讓妳不容易被懷疑是犯人。對妳而言可說是好處很多。於是妳用掉落附近的磚塊、石頭或是自己帶來的東西，完全砸爛刑警的臉部，並處理掉自己留下的痕跡之後，離開了現場。』

是誰？如何辦到？為了什麼？針對與鋼人七瀨相關的事件，岩永四度說明了這幾項問題。可說是一段漫長的虛構推理劇。

『這就是妳犯罪的全貌。如果對這點妳也想要否認，我是無所謂。但如果可以，我希望妳能證明自己不是七瀨花凜。我再說一次，七瀨花凜，妳就是整起事件的犯人。』

紗季光是要壓抑自然發抖的聲音就很吃力了。

「真是誇張的謊言。但是真虧妳能夠架構到這種地步！」

這下把大家都扯進來了。至今雖然有發言但總是退一步站在觀眾立場的網站瀏覽者們，都被拉進了故事之中。本來大家以為這網站只是讓人在網路留言板上隨便討論假說，把現實中發生的事件當成娛樂題材而已，沒想到最後居然被告發出這個網路空間正是整起事件的中心，瀏覽網站的所有人都成了事件的相關人物。

這樣大家當然會被吸引進來，會想要相信這個故事、相信這個自己也有參與的故事是真的，會願意接受「鋼人七瀨是人為創作出來的存在」這個大前提。

真是戲劇化又巧妙的手法。前三個解答被捨棄都被當成是犯人的意思，架設網站也被當成是犯人有所企圖，再加上能夠簡單明瞭地消除亡靈鋼人七瀨的『七瀨花凜其實還活著』的事實。

當初如果一下子就提出第四個解答，想必也難以被大家相信吧。岩永是利用前三個解答，將促使人願意相信這說法的基本設定浸透大家心中，穩固了使大家願意相信的基礎。
六花究竟要怎麼做才能對抗岩永的這項戰略？難道她其實應該不要理會各項解答，置之不理嗎？
但如果放著不管，九郎可能就會抓到其中任何一項解答被大家強烈支持的未來。因此六花只能設法消滅那些解答受到支持的未來。
然而在『捨棄解答只會到後來補強岩永的講法』的結構中，六花那樣做同樣會自討苦吃。
六花唯一能做的，就是在岩永提出四個解答之前創作出更有魅力的亡靈故事覆蓋上去而已。但是那同樣相當困難。
怪談故事的內容如果越複雜、越詳細、越冗長，就會越容易失去詭異的感覺。讓想像力沒有介入的空間，反而更顯得像創作出來的故事。那種內容要受到大家支持的機率非常低，就算靠六花的力量肯定也無法實現那樣的未來吧。
紗季連眨動眼皮都幾乎忘記似地睜大眼睛盯著手機畫面，同時也微微瞄向坐在後座的岩永。
「要是真正的網站管理人六花小姐跳出來留言說『我不是七瀨花凜』要怎麼辦？」
「又有誰會相信那種話？現在大部分的人都已經認為管理人是七瀨花凜，興奮地認為那樣比較有趣。不管六花小姐承不承認，局勢都不會有所改變的。」
岩永說得沒錯。留言板上大家都在挑釁要網站的管理人、架設人出面說明。雖然當中也有潑冷水對第四個解答提出疑問的留言，但大勢已定。

「九郎學長決定出未來了。而能夠改變這個未來的選項不在六花小姐伸手可及的範圍內。她已經無法再利用這個網站操弄鋼人七瀨了。」

岩永抬起頭，將她的單眼聚焦到隔著紗季與擋風玻璃的另一頭。於是紗季也轉回頭，看向階梯上的鋼人七瀨與九郎。

鋼人七瀨倒下身體滾落了十幾階的階梯，連鋼骨都脫手掉落到最下階，在地面上彈動。鋼人七瀨的手腳痙攣，雖然拚命想要撐起身子，卻像隻被踩扁的螞蟻，像個壞掉的人偶，不再有之前教人毛骨悚然的存在感。九郎則是站在階梯上方，低頭看著那個怪物。

「就算證明了網站管理人不是七瀨花凜，今後大家又能針對鋼人七瀨繼續討論什麼？會出現比我講述的故事更有魅力的故事嗎？從『已故的偶像揮舞鋼骨』設定中，會誕生出足以讓聚集於網站上的人們如此興奮的故事嗎？」

鋼人七瀨的都市傳說因為登場人物帶有強烈衝擊性的緣故，今後或許還會繼續悄悄流傳。然而在同時，瀏覽過這個網站的人們可能會討論起另一個都市傳說吧。

那就是「七瀨花凜其實還活著，當時死的是別人」的都市傳說。

這個網站上的互動過程本身可能就會成為一段傳說。七瀨花凜捏造出鋼人七瀨，而有人跳出來告發了這件事。號稱自己曾親眼見證這段討論互動的人或許會越來越多。或許這樣的人早已增加，出現在網路各處，等到天亮的時候已經固定為一段新的都市傳說了。

這大概也是岩永的目的吧。畢竟這樣的傳說不容許亡靈鋼人七瀨的存在。對於鋼人七瀨這個『想像力的怪物』來說，這傳說只會成為妨礙她獲得力量的劇毒。

岩永在四種解答中針對現實世界的事件相關人物，做出搞不好會涉及毀謗中傷、傷害名譽的發言。把七瀨花凜的父親、姊姊以及七瀨花凜本人描述得彷彿有罪一樣。

要是處理得不好，也許會對現在依然正常在過生活的姊姊初實造成麻煩，但無論警方或她周圍的人應該都不會追究才對。如果放著鋼人七瀨不管才反而會讓她受人指責，認為明明妹妹的亡靈出沒鬧事，身為姊姊怎麼可以放著不管？是不是對妹妹的祭祀供養不夠？

對於應該早已升天的七瀨花凜來說也是，與其被當成一個四處作亂的殺人狂怪物留在大家的記憶之中，不如被當成可能還活著的偶像、成為一段傳說還比較好吧。雖然在這個設定中她犯下了殺人罪行，但總比鋼人七瀨展開無差別殺人要來得好多了。

更何況岩永這場虛構的犯人告發劇因為太過戲劇化的緣故，聽過人的即使接受這個說法，也應該會覺得是跟自己所處的現實世界不同的世界，例如電視、新聞或故事中發生的事情吧。

如果是這樣，大家對於去逼問七瀨花凜的關係人物真實與否的行為就會感到猶豫。整齣劇已經在網路上結束了，要是在現實世界中追求後續下文，搞不好會玷汙原本難得精采的故事。岩永在把相關人物描述成壞人的同時，也沒有忘記要盡可能減少對那些人的傷害。

「那麼，出席本次議會的各位，表決的時刻到來了。」

岩永說著，調整一下貝雷帽的位置，在鍵盤上方十指互碰。

「不需要什麼特別的動作，只要各位憑著良心，在腦中自由許願就可以了。名為『鋼人七瀨』的亡靈到底存在還是不存在？各位的選擇將會自動被計票。」

即使岩永什麼也沒做，網站上的留言也不斷在增加。其中也有表明自己支持哪一邊的意見。

九郎繞過鋼人七瀨回到階梯的最下面，撿起掉在地面上的鋼骨。接著一副很沉重似地雙手抱著鋼骨，緩緩再度走上階梯，站在手臂扭曲、雙腳變形、臉孔缺損地掙扎想要起身的鋼人七瀨面前。

岩永閉上眼睛，小聲呢喃：

「世上雖有真實的怪物，但虛假的怪物同樣很多。虛構就應該回歸虛構。從謊言中誕生的怪物，將會因謊言而消滅。」

九郎高舉起鋼骨，直直刺在鋼人七瀨雙峰雄偉的胸口。也許是臨死前的慘叫，從想像力中誕生、設定為一個偶像亡靈的怪物當場伸直手腳劇烈顫動後，突然無力地癱軟下去。

她不動了。明明無論倒下幾次都會重新站起來的怪物，現在卻被鋼骨刺著胸口動也不動。

「表決結果，認為『鋼人七瀨是虛構』的人占多數。櫻川六花的陰謀遭到否決了。」

岩永將相碰的手指放開，從頭上拿下貝雷帽，對著電腦螢幕微微敬禮。

虛構爭奪議會就此結束了。

紗季始終在比任何人都近的位置目睹著虛構遭到爭奪，目睹著虛構反轉為真實、真實反轉為虛構。目睹這個轉開寶特瓶蓋、滋潤喉嚨的女孩辦到了這件事情。

在統整網站上，過去曾經支持『鋼人七瀨』這個怪異存在的人們繼續留言討論著。

〈喂，現在到底怎樣？管理人都不出面。〉

〈剛才講的那些是真的嗎？還是騙人的？〉

〈誰曉得？不可能知道吧。〉

〈但如果是真的，我們是不是見證了很驚人的場面啊？〉

紗季也抱有同感。

在九郎的腳邊，鋼人七瀨有如洩氣的紙氣球般變得皺巴巴，緊接著越來越薄、越來越小，最後消失不見了。跟之前從紗季他們眼前消失的情形不一樣，看起來就像是生命力耗盡而破破爛爛被吹散了。鋼骨也有如遭到腐蝕般溶解於風中，消失得無影無蹤。

或許還有人相信鋼人七瀨的存在，而且沒有在瀏覽統整網站的人應該也有很多才對。但這個網站就是鋼人七瀨的核心，是心臟，就是這網站在支持鋼人。一旦心臟消失，她自然也就會消滅了。

「唉呦，這真是出人預料。」

岩永把寶特瓶丟到座位上，帶著苦笑發出感到傻眼的聲音，並且把貝雷帽掛在副駕駛座的椅背上。

「收到一封電子郵件囉。」

聽到岩永這麼說，紗季看向她抬高起來的電腦螢幕。

「是六花小姐寄來的。畢竟這臺是九郎學長的電腦，所以她會知道電郵地址吧。」

不知道該不該說真是乾脆。至今一直在沒有現身的狀況下互相交鋒的對手居然會直接寄信過來，實在教人驚訝得忍不住揉眼確認。

寄信人的電郵住址看起來應該是手機的電子郵件帳號。主旨為『六花』，內文只有短短一句話：

「九郎、琴子小姐，這次是你們贏了。下次再見。」

看來六花也察覺在妨礙自己的是這兩個人的樣子。

仔細想想也對。畢竟能夠阻止六花未來決定能力的就只有具備相同能力的人，而且若不是這個女孩也沒辦法像這樣算盡奇計、提出虛構。

岩永把電腦放回大腿上，表情疲累地用力抓抓自己柔軟的秀髮。

「拜託，六花小姐，我明明講過好幾次不要用名字叫我的說。」

對於整封郵件內容來說，那部分根本只是小問題吧？紗季雖然如此覺得，但還是試著問了一下：

「妳不喜歡『琴子（Kotoko）』這個名字嗎？」

「這個名字自己不好講，別人也不好唸，被人那樣彆扭地叫名字也會讓我感覺不對勁呀。所以我也有要求九郎學長用姓氏叫我。」

紗季一直覺得他們如果真的是情侶，九郎不用名字稱呼很奇怪，但原來有這樣的理由。

「話說，六花小姐在信中有寫到『下次再見』呢。」

「她應該是打算再造出一個新的『想像力的怪物』吧。畢竟她不是那種實驗失敗一次就沮喪放棄的人。」

這種事情又會再度發生嗎？就算不是發生在自己居住的真倉坂市，只要想到日本的某個地方又會出現怪物、發生警方無從解決的事件，就讓紗季感到不寒而慄了。

「雖然剛才講到後來不了了之，但六花小姐究竟是為了什麼目的做出這種事情的？」

在妖貓前來報告鋼人七瀨出現之前，兩人原本是在討論這件事情，而當時是紗季先放棄思考的。

岩永重新戴上貝雷帽，握起靠在一旁的拐杖並解開車門門鎖。

「人的想像力蘊藏有各種可能性。能夠產生妖怪、亡靈、魔物，能夠在無意間創造出怪物。既然如此，或許無論什麼樣的存在——甚至是神明都創造得出來吧。」

紗季驚訝得停下呼吸。這也講得太誇張了。而且這樣並沒有回答到她的問題，創造出神明之後又打算如何？

就在紗季為了繼續追問而撐起身子的時候，岩永已經走出車外，把拐杖的前端抵在地面上了。仔細一看，除了襯衫與牛仔褲明顯破損之外，其他部分都跟剛下車時幾乎沒有兩樣的九郎也正朝這邊走過來。

岩永從座位上拿起剛才來到公園階梯下之前吃剩的兩根香蕉，對九郎輕輕揮手。時間已經過了半夜十二點。九郎明明和無敵的鋼人在生死邊界來來去去了一個小時以上，卻臉不紅氣不喘，腳步輕鬆得有如剛泡完溫泉準備走回旅館一樣，就連岩永都不禁感到傻眼了。

就算只是裝個樣子也好，至少表現得稍微吃力一點，或是看到女朋友下車迎接，至少也立刻衝過來緊緊擁抱一下不是很好嗎？

雖然這學長本來個性上就缺乏霸氣，不過照他現在這樣子，就算被說成情緒面也與一般人類不同算是沒辦法的事情吧。

對於似乎沒有意思加快腳步的九郎，岩永終於感到不耐煩地自己拄著拐杖走向車前。到了距離車子五公尺遠的地方，九郎才總算接近到岩永伸手可及的距離。

「辛苦學長了。就算是不死之身，死而復活那麼多次想必能量也會消耗過度。請立刻補充養分，拿去吃吧。」

即使心中有許多不滿，岩永還是帶著慰勞的心情遞出左手上的香蕉。

九郎頓時露出苦笑。

「需要補充養分的應該是妳啦。要創造出那麼多的可能性與未來讓我選擇，肯定會消耗很多的能量。這種程度的事情我也可以知道。」

動腦筋需要消耗的能量確實不算少，然而岩永在飯店小睡片刻之前就已經在腦中架構出幾乎可以獲勝的構圖了。就算實際敲打鍵盤、隨時觀察風向進行調整並不算輕鬆，不過岩永降臨網站之後進行的心理攻防，並沒有到過度消耗腦細胞的程度。雖然要說累也是有點累就是了。

「唉呀你就別那麼說了，請拿去吃吧。學長如果稍微像個人類一樣補充養分，紗季小姐看了應該也會比較安心嘛。我等事後再享用學長的香蕉就好了。」

「拜託妳，不要在這種時候開那樣沒品的玩笑好嗎？」

就在這時，一群有黑又有白、有貓又有狗、又有一團模模糊糊不知是什麼東西的物體或氣體等存在們，紛紛圍繞到這兩人周圍。

「真是太開心了。」

「可惡的鋼人消失啦。」

「太開心了。」

「太開心了。」

「實在太開心了。」

他們雖然都和兩人之間保持一定的距離，但各個都雀躍地搖晃著身子。看來是真倉坂市的妖魔鬼怪們一直都在遠處觀望戰況，見到勝負已分便全部聚過來祝賀了。數量應該有上百隻吧。

「萬歲！」

「萬歲！」

「公主大人萬歲！」

低沉的歡呼聲響徹四周。岩永至今也接受過好幾次像這樣的存在們前來商量事情，幫忙解決了好幾次問題，但這還是第一次看到對方表現得如此開心。對於鋼人七瀨的暴虐行徑最感到傷腦筋的，就是這群避人耳目安分生活的存在們。

岩永坦率地揮揮手回應那些存在們。不論對方是什麼樣的存在，受到感謝總會讓人覺得高興。

「我們快點回去吧。」

正當岩永享受著愉悅的心情時，九郎卻嘆了一口氣抱住岩永的肩膀，並伸手指向車子。

「紗季小姐快要昏過去啦。」

原本就對妖怪抱有恐懼的紗季，有如緊抱著方向盤不放似地趴在上面，看來是在異界存在們的歡呼喧鬧聲中，拚命想要把自己全身的注意力都移開的樣子。

第七章　秩序守護者

真是糟糕透頂的一夜。誰能受得了那樣的夜晚？

攻略鋼人七瀨成功之後，九郎雖然駕駛租用車把紗季送回了她住的公寓，但紗季整晚沒睡就迎接了早晨，也沒吃什麼東西就出門到警局上班了。

她最大的失敗就在於看到鋼人七瀨消失而鬆懈大意了。緊接著又讓她見到九郎與岩永接受妖怪們祝賀、有如百鬼夜行般的場面，害她一如當初湧上心頭的不安，對自己的日常生活變得更加無法信任了。

雖然九郎在離開紗季的公寓之前說過，他們會吩咐城市內的那些存在們今後不要出現在紗季面前，但是這種話根本連安慰的效果都達不到。紗季本來是期望跟鋼人七瀨的事件扯上關係，可以多多少少讓自己甩掉過去的陰霾，但現在看起來似乎反而讓傷口裂得更大了。

然後上午的時候，警局的組長還特地來到紗季面前，壓低聲音說道：

「關於網路上的謠言妳不用在意，搜查本部並沒有把那看法當真。」

雖然紗季立刻假裝自己完全不曉得網路上有什麼謠言，而組長也表示「妳不知道就算了」並有點尷尬地離開，不過看來「鋼人七瀨統整網站」上的文章在警局與搜查本部都有成為話題的樣子。

即便把描述得很像是紗季的員警認定為犯人的『第一個解答』後來遭到捨棄，但組長大概是擔心紗季才剛受到寺田過世的衝擊又被當成犯人看待，會不會因此罹患心病或是在意警局內人員的眼光，所以跑來試探看看的吧。畢竟今天紗季的臉色想必看起來比昨天更差，所以組長會感到擔心也是可以理解的。

說到寺田，昨晚九郎開車送紗季回公寓的時候向她道過歉。因為九郎聽說紗季從岩永口中知道了關於六花的事情。

「紗季小姐，對不起。如果我能早點行動阻止六花小姐，或許就能在寺田刑警遭到殺害之前解決問題了。」

這樣講或許沒錯，但紗季總覺得這樣的謝罪並不正確，甚至會讓人感到傲慢，於是轉頭望向車窗外往後流逝的昏暗景色。

「無論是你還是岩永小姐，應該都沒能預料到事態會演變成這樣吧。畢竟你決定未來的能力並沒有強大到能夠拯救一切呀。」

真要講起來，也許應該道歉的是六花才對，然而對於一個只有在三年前簡短問候過的對象，紗季心中也沒有湧起想要追究罪行的念頭。

「所以這只能說是沒辦法的事情吧。」

或許自己應該為了寺田感到氣憤才對，可是直接動手殺人的鋼人七瀨消滅之後，紗季心中就覺得一切都結束了。

後來紗季和九郎直到抵達公寓之前都沒有再交談。岩永雖然在車後座，但是在車子出發之前她就已經繫著安全帶睡著，甚至到車子忽然緊急剎車都沒醒過來的程度。畢竟她是獨自靠著虛構與智慧操縱了許許多多的想像力，體力會消耗殆盡也是讓人可以理解的。

她如此嬌小的身體想必本來就沒有蓄積多少的能量吧。紗季甚至都可以把這女孩抱在腋下跑步了。

然而紗季也在心中發誓，自己今後絕對不要跟這女孩為敵。

好不容易撐過上午時段後，紗季在午休時間來到警局的餐廳，一邊小口吸著炸豆皮烏龍麵，一邊用手機嘗試連上「鋼人七瀨統整網站」，可是那網站卻早已被刪除了。不過昨晚岩永的那些文章在其他相關網站或討論區也有成為話題，還有人把網頁保存起來原封不動地轉貼到其他地方，使情報擴散了。

因為統整網站消失的緣故，導致到處都在議論著七瀨花凜會不會真的還活著，在管理那個網站？那種事情也太誇張了吧？可是很可疑不是嗎？等等的話題，瀰漫著某種想要相信這個說法，可是又希望尊重常識、認為不可能有這種事情的奇妙氣氛。

話雖如此，不過幾乎已經沒有人再相信『鋼人七瀨』這個怪異存在並提起這個話題，大家的興趣都轉移到驗證七瀨花凜的生存以及岩永提出的解謎了。一方面也因為六花宣告落敗並刪除網站，九郎又決定出這樣的未來，所以怪物今後應該不會再復活了。

搜查本部應該也已經獲得了網路上的情報，然而只是區區一名警局員警的紗季，根本不可能去詢問本部的搜查人員打算怎麼看待那些情報。不過根據傍晚時聽到的小道消息，他們似乎打算姑且調查一下七瀨花凜的死究竟是否為真，以及架設那個統整網站的人究竟是誰的樣子。

但如今就算調查了也不可能證明當初認定為七瀨花凜的遺體是不同人物，也很難證實網站與七瀨花凜沒有關係。想必本部很快就會判斷這些調查是徒勞無功，認為只是被網路的情報耍了一場，並做出七瀨花凜毫無疑問是在今年一月喪命的結論吧。

七瀨花凜是在等同於自殺的狀況下被鋼骨砸死雖然是事實，然而她跟家人之間到底發生過什麼事情、她是抱著什麼樣的想法死去等等真相則終究是不為人知。或許岩永的推理中有說對的部分，也可能完全沒有講對，真相其實更為平淡無奇也說不定。

另外，殺害寺田的犯人已經消滅了。今後警方解決這起命案的未來永遠不會到來。無論九郎還是六花，肯定都沒有看到改變這個未來的選項才對。警方只能持續默默調查，卻什麼線索都找不到，最後搜查本部縮小規模，搜查人員偶爾回想起網路上流傳七瀨花凜還生存的說法只能搖搖頭吧。

紗季吐出氣息，一整天默默地完成自己的工作。持續完成自己的工作。就像是在確認唯有這個工作不會虛實逆轉，是自己永遠不變的日常生活一樣。

到了晚上八點，紗季與九郎在上次她跟岩永約定見面的那間家庭餐廳碰頭了。昨晚岩永睡著之後，他們互相交換了手機的號碼。

「岩永小姐呢？」

「她還在睡。」

兩人面對面坐到位子上點完餐之後，面對紗季提出的詢問，九郎把身體靠到椅背上。

「畢竟她昨天從早到晚一整天都在動腦筋，我早料到會這樣了。到明天早上她就會若無其事地醒來啦。」

紗季本來以為就算她說想跟九郎單獨見面，岩永肯定也會跟過來，這下倒是讓她愣住了。

「女朋友一整天沒有睜開眼睛，你也稍微表現得擔心一點吧？」

「我會擔心啊。如果有必要啦。」

九郎用溼紙巾擦著手笑了一下。雖然是讓紗季會感到有點不開心的笑容，但她還是閉上嘴，自己也擦起手來。

因為是週日晚上的關係，餐廳中八成左右的位子上都坐著攜家帶眷的客人或成對的情侶們。明明城市內剛有一名刑警慘遭殺害，紗季本來以為居民們多少會有避免外出的念頭，然而氣氛明亮熱鬧的店內卻完全看不出有受到命案的影響。即便在同一個城市內有人被殺也不會有任何改變。日常生活的不變性依然持續著。

就算是臉色很差的自己如此坐在這邊，看在別人眼中，或許也會像是沒什麼苦惱的上班族與普普通通的年輕小男友一起在享用晚餐吧。紗季雖然一時湧起這樣莫名其妙的擔心，但仔細想想現在的自己和九郎看起來，應該頂多只是個認真可靠的姊姊與就讀大學卻還沒有開始認真思考自己將來的弟弟吧。

萬一這場面被警局的同仁或是搜查本部的人撞見，就用類似這樣的關係當藉口吧。畢竟寺田才剛過世，紗季就跟以前的男朋友兩人獨處的話，肯定又會傳出什麼不好的謠言。

「妳要談的是關於六花小姐的事情吧？」

九郎把溼紙巾整齊捲起來，率先開了個頭。

「對。那個人的目的究竟是什麼？」

岩永的說明聽起來就是故意在迴避問題核心，即使紗季繼續追問應該也會被含糊帶過，因此她決定詢問九郎了。紗季難以忍受自己連對方的目的都不曉得，而必須擔心搞不好又有怪物在什麼地方被創造出來。

九郎大概是看出紗季心中那樣的想法，因此沒有刻意保留答案，而是吐了一口氣後注視著紗季的眼睛開口說道：

「我對於自己具有這個體質與能力的事情已經看開了。反正目前看來我似乎還會很正常地成長、很正常地老化，因此就算不會因為意外事故或受傷而死亡，但搞不好壽命還是跟人類一樣。我是抱著這樣的希望啦。另外只要沒死就無法使用未來決定能力，而正常的生活中也沒那麼容易遭遇到死亡的危機，所以我想自己應該可以很正常地活下去吧。」

這段話中總共講了四次「正常」這個詞。或許是九郎對於自己的能力與特異性一直以來都抱著自覺，而且隨時隨地都在警惕自己要表現得正常吧。搞不好就是因為這樣，讓他的個性與氛圍變得如此不顯眼、如此文靜、如此樸素的。

「然而六花小姐跟我不一樣。她很積極地使用這個能力，想要讓自己變回普通的人類。」

「使用能力？」

難道是嘗試探索所有的可能性，想要找到一個自己不具有不死之身也沒有未來決定能力的未來嗎？但未來決定能力並非引發奇蹟的力量，只能實現自己能夠辦到的事情，只能決定出機率很高的未來而已。

靠個人的力量、人類的技術或知識，有辦法將已經變質成異類存在的肉體恢復原狀嗎？

對了，六花曾經在大學醫院長期住院過。她想必就是在那裡嘗試能否透過醫學手段讓自己的身體復原的吧。而長年來挑戰的結果，讓她明白了透過常識範圍內的手段無法製造出那樣的可能性、無法讓她抓到自己所期望的未來，所以她捨棄了這條路。

然後呢？

昨晚岩永說過：人的想像搞不好連神明都能創造出來。

「難道六花小姐想要創造出能夠讓她的身體恢復正常的『想像力的怪物』，想要創造出擁有那種神明般力量的存在？」

紗季雖然自己講出口，但還是感到難以置信。九郎則是盯著紗季僵硬的臉頰一帶，始終沒有移開視線。

「恐怕就是那樣。六花小姐做事不擇手段，也讓人猜不透她在想什麼。想要讓自己正常，卻又會做出不正常的事情。我甚至不禁覺得，那個人在吃下件與人魚之前，搞不好內心原本就是個怪物了。」

也許就是身心都變成了怪物，才讓六花極度渴望恢復成人類的吧。有時候就是在完全失去了某種東西之後，人才會深切明白那個價值。

「可是你很喜歡六花小姐對吧？」

「這也是沒辦法的事情啊。」

紗季自己也不是因為討厭九郎而選擇分手的。人生中「沒辦法」的場面實在太多了。

從背後與左右兩邊的座位傳來其他客人談笑的聲音。下禮拜去遊樂園玩吧。我總算找到工作了。那個馬鈴薯沙拉分我吃一口。在這些理所當然的對話之中，混雜著兩人間又是妖怪又是神明、一點都不理所當然的話題。

「你們今後有什麼打算？六花小姐打算要繼續創造怪物對吧？」

「岩永不會允許那種事情的。因為無論抱著什麼樣的目的，無論是人類還是妖怪，透過不自然的手段創造出自己期望的怪物，都是違背秩序的行為。」

要是誰都可以自由創造出能夠實現自己願望的神明，這個世界究竟會變得如何？搞不好可以知道所謂的『混沌』是什麼顏色、什麼氣味呢。

紗季也能理解。

那樣的世界根本完蛋了。不能允許那樣的事情發生。秩序必須受到維護才行。

「畢竟那傢伙可以說就是為了這個目的，獻出了自己的右眼與左腳啊。」

就在九郎直截了當地如此說道後，店員剛好把餐點端來了。接著確認完餐點都到齊，等店員離開之後，紗季才又開口：

「而你也跟那個女孩一樣，不允許那種事情對吧？」

「雖然那一點都不符合我這個人的特質啦。」

紗季倒是覺得九郎即使不會把自己的意思講出口也充分擁有那樣的特質，只要自己相信是正確的事情就絕不退讓。而紗季也喜歡他這個部分就是了。

沒有必要的感情又差點湧上心頭，讓紗季趕緊用指甲抓抓自己的臉頰。

九郎接著拿起了湯匙。他點的是蟹肉炒飯配海鮮沙拉的套餐，紗季則是烤雞套餐。到頭來，紗季終究是沒能跟寺田一起去吃烤雞了。或許自己今後只要吃到雞肉就會回想起那壯碩的背影，為他的死哀悼吧。

「你的手機，有把我的號碼刪除掉嗎？畢竟這是我們最後一次見面囉？」

「有，妳打來之後我立刻就刪掉了。因為岩永她很囉唆啊。」

「就算她不囉嗦也不可以留號碼啦。她就是會在意這種事情的類型。」

如果換作紗季站在岩永的立場，肯定會很討厭這種事情吧。這次換成九郎抓了抓臉頰。

「話雖這樣講，但我們也不可能重新來過了吧，紗季小姐？」

「嗯，即使久別重逢，我還是感覺自己無法接受。」

紗季至今依然很喜歡九郎。直到快要大學畢業之前，她都努力嘗試過不要分手，但終究還是太勉強了。自從知道了九郎的體質祕密後，光是兩人擁抱就會讓紗季寒毛直豎。努力嘗試接吻時，她緊接著就會感到噁心、當場嘔吐。

那時候肯定讓九郎感到很受傷吧。長年來交往的女朋友居然跟自己接吻之後立刻嘔吐出來，換作個性懦弱的男性搞不好就會上吊自殺了。

紗季即使腦袋接受九郎的異質特性，依然難以抑制心靈與身體的全力抗拒。接著又變得沒辦法吃牛肉和魚肉，讓紗季只能下定決心分手了。畢竟當時那樣下去只會彼此傷害，怎麼想都不可能維持遠距離戀愛。

「跟你接近到現在這個距離倒還好，但如果要接觸，我首先還是會感到抗拒。對不起。」

「不，隱瞞這件事情的我也有錯。」

若在交往之前，也就是在高中時代聽說這種事情，紗季應該也只會覺得是玩笑話吧。不過如果九郎真的有告訴紗季這件事，兩人之間又會變得如何了？

事情已經過去。就算得出答案，也不會反映到現在兩人的關係上。

於是紗季也拿起筷子，擺出已經出社會工作而且年紀較大的前輩態度說道：

「你要好好珍惜岩永小姐喔。」

「我有啦。那傢伙本來就對於自身面臨的危機很遲鈍，甚至可能比我還要不知恐懼是何物。因為幫忙妖怪們仲裁而受傷的經驗也已經不只一兩次了。」

出乎紗季預料地，九郎用嚴肅的聲音如此回應。這麼說來，那女孩之前還用她嬌小的身體衝撞過鋼人七瀨，膽子再大也該有個限度吧。

「老實說，我本來不想讓岩永跟六花小姐的事情扯上關係，希望在牽扯到她之前我自己就先設法擺平。」

九郎嘆著氣把湯匙插進炒飯中，語氣懊悔地繼續說道：

「經過這次的事情，六花小姐肯定察覺到岩永是她達成目的的路上最大障礙。既然如此，她下次可能就會對岩永下手了。」

紗季頓時感到手中的筷子變得沉重。她並沒有思考到那個層次。

既然出現障礙就要設法剷除。比起迴避或繞路，這樣做最不會礙事。畢竟六花甚至促使鋼人七瀨成長到足以大量殺人的地步，遇到關鍵時刻，想必也會毫不猶豫地斷送岩永的性命。

「所以你才會瞞著岩永小姐自己去找六花小姐？」

照那女孩的個性，只要九郎找她商量，她就肯定會二話不說地介入其中。然後無論是以什麼樣的形式，只要岩永對六花來說成為礙事的存在，她終究會被六花盯上。九郎就是為了避免這樣的展開，才會對岩永什麼也不說地獨自去設法阻止六花小姐。

九郎沒有回答紗季的問題，只是盯著自己舀到湯匙上的炒飯說道：

「我不會讓岩永死的。因為她是應當要得到幸福的人啊。」

就在此刻，紗季明白了。她總算可以在心中對一切做出了斷了。

自己今後想必不會再跟九郎見面了吧。

吃完晚餐，走出家庭餐廳後，九郎把一輛電動腳踏車讓給了紗季。據說那是岩永為了在市區內移動而購買的東西，但今後已經不會再用到，要帶回去又很麻煩，所以打算讓給紗季接手了。這電動腳踏車肯定不便宜，直接送人也未免太慷慨了。不過岩永家的資產似乎多到這點程度的事情根本不算什麼的樣子。

紗季雖然沒有自己購買的打算，但既然是送的，她就樂意收下了。今後要爬那段斜坡應該可以比較輕鬆吧。

目送九郎的背影朝著飯店的方向離去之後，紗季便跨上那輛電動腳踏車，並拿出自己的手機，刪除掉九郎的號碼。

黑夜讓人害怕。甚至感覺比以前更恐怖了。比起以前，紗季變得更加感覺一成不變的便利商店或速食店的招牌陰影處，搞不好也有妖魔鬼怪潛伏著。

然而她勇於面對恐懼的意志也變得比以前強烈。畢竟以前的男友與他的新女友會為了維護秩序而戰。尤其自己目睹了那個嬌小的女孩不依靠超自然的力量，只利用自己的智慧與合理說法奮鬥的場面。見證了她構築出為混沌帶來秩序的謊言。而以前的男友也表示他不會讓那女孩喪命。

這個世界並不會變得荒誕無稽到讓人恐懼的程度。阻止荒謬事物的力量同樣存在。如今自己可以這麼相信了。

紗季深深吸了一口氣後，緩緩踩下腳踏車的踏板。

星期一早晨，岩永懊悔呻吟著。

搞砸了。又再一次搞砸了。

竟然昏睡了整整一天半，讓九郎與紗季有充分的時間可以見面交談，實在失敗透頂。

上午九點半多，當九郎在飯店櫃檯進行退房手續的時候，岩永則是坐在大廳沙發上抱著自己的頭。她今早六點醒來時看到飯店房間附設的電波時鐘上顯示的時間，還以為自己才睡了四個小時居然就神清氣爽的，但是就在尋找拐杖的同時看到顯示的日期，才發現原來整整過了一天。何止是四小時而已，自己竟然睡了二十八個小時。

雖然岩永打手機給九郎後他就立刻來到岩永房間，但是卻毫不隱瞞地承認了自己在岩永睡覺的期間有跟紗季見過面。理由是因為岩永說過既然已經討伐完鋼人七瀨，乾脆把腳踏車讓給紗季，所以九郎覺得早點把事情辦完比較好而見面了。

話是這樣講沒錯，但兩人又是怎麼聯絡見面的？對於這問題，九郎同樣毫不隱瞞地說他們在回程車上交換過手機號碼，接著把自己的手機交給岩永說道：

「紗季小姐的號碼我已經刪掉了。今後我不會再跟她見面啦。」

問題不在那裡呀。這男人真的是一點都不理解女人心。

然而就算繼續爭執下去也沒意義，於是岩永只好打理儀容、吃完早餐後，進入退房程序。反正在真倉坂市該做的事情已經做完，要是再多留一天，搞不好又會在什麼偶然之下跟紗季碰到面。

「妳還在生氣？」

「我沒有生氣，只是在反省而已。」

辦完手續的九郎走回來，於是岩永如此回應。不管再怎麼誇張，自己睡個半天左右就應該要醒來才對。為了不要再重蹈覆轍，必須把鍛鍊體力與精力當成自己今後的課題才行。

九郎接著提起他自己與岩永的行李。兩人各自都只有帶一個手提包來，最大件的行李反而是九郎的筆記型電腦。畢竟原本根本沒有預定要長期逗留，因此準備的行李連一日行的分量都不到。

岩永戴上貝雷帽，握著拐杖的小貓裝飾站起身子。九郎則是開口問道：

「要叫計程車嗎？」

「車站那麼近，我們用走的吧。」

兩人走出飯店，發現天空一片陰暗。氣象預報說過今天午後的降雨率有百分之八十，上午也高達百分之六十的樣子。

「感覺要下雨啦。難道我又得在哪裡的長椅上陪妳打盹了？」

「就算是我也不可能睡了二十八個小時之後還能打盹好嗎！」

居然在辦完一切事情、睡完覺之後馬上下雨，時機真的是差透了。

岩永來到人行道上，拄著拐杖往前走。步伐較長的九郎則是雙手提著行李，跟在岩永旁邊。

「學長，雖然六花小姐應該不會立刻展開下一波行動，但我還是會通知全國各地的妖怪們，只要發現什麼線索就立刻向我報告。畢竟我不想再重演那樣徒增麻煩的攻防戰，最好是能夠直接跟她見到面，說服她住手。」

九郎的電腦收到的那封郵件據說昨天他已經回信了，但之後都沒有下文的樣子。

「還有，就算得到了什麼新的情報，也請你不要瞞著我擅自行動喔。」

「我盡量啦。」

「我就說……」

就是因為九郎這樣不清不楚的態度，才會讓岩永對於他跟前女友單獨見面的事情感到在意、猜東猜西，難以抑制想要確認九郎手機通話紀錄的衝動。

然而九郎卻彷彿對岩永那樣的怨憤毫無興趣，突然語氣嚴肅地說道：

「岩永，既然妳知道久延毘古，那麼應該也知道石長比賣吧？」

以前岩永有對九郎用《古事記》中記載的久延毘古比喻過自己。而石長比賣同樣是在日本神話中登場的名字。

「我怎麼可能會不知道。」

雖然漢字寫作『石長比賣』，但發音（Iwanagahime）就跟自己的姓氏岩永（Iwanaga）一樣，當然不可能忘記。

石長比賣是木花之佐久夜毘賣的姊姊，姊妹倆一起嫁給天神之孫邇邇藝命，可是邇邇藝命卻只娶了木花之佐久夜毘賣，把石長比賣退了回去。

石長比賣正如其名中的『岩（石）』所示，能夠賦予如岩石般永恆的生命，無論經過多少歲月都不會改變。但因為邇邇藝命把她退還回去的緣故，從邇邇藝命以後代代天神子孫的生命都變得如木花般會凋謝散落，成為了壽命有限的存在。

九郎接著說道：

「那妳應該明白吧。能夠跟不死之身的我在一起的並不是木花之佐久夜毘賣，而必須是石長比賣啊。」

這句話可能聽起來很像是浪漫的告白，然而岩永卻一邊走，一邊不愉快地用拐杖戳戳九郎提在右手的包包。

「或許你以為自己講話很妙，但你應該知道石長比賣為什麼會被退回去吧？」

「別在意那種小事啦。」

「才不是小事。石長比賣是因為長相太醜才被退回去的呀。」

拿這例子來比喻女生完全是個錯誤。不，搞不好九郎是故意的。如果不是故意的就好，但這男人可沒那麼簡單。明明平常是個遲鈍又不懂女人心的大木頭，偶爾卻又會耍帥來個變化球。

九郎避開岩永的拐杖，非常自然地、感到有點奇怪地回應：

「但就是因為妳比花還漂亮，我才沒有把妳退回去不是嗎？」

天上的灰雲看起來很厚，感覺隨時都要下起雨來。在這樣陰暗的天空下，為什麼他可以把這種話講得那麼自然？太卑鄙了。尤其他看起來應該不是刻意算計過，更教人感到火大。這下不是要生氣也氣不起來了嗎？

岩永因為無處宣洩的感情而揮動拐杖，最後抵到地面上，用手壓著貝雷帽加快了腳步。

「不管怎麼說，用外貌判斷一個人就是不好。明明是個人魚跟件的混合物，請不要講得一副自己很了不起的樣子好嗎？」

如果從某種基準來看，九郎才醜陋得多了。就算要他對於有幸跟岩永交往的事情心存感激，態度再恭敬一點應該也不為過才對。

空氣中可以聞到雨的味道。可是兩人就快要離開真倉坂市了，在這裡下起雨來也跟岩永的睡眠沒有關係。不過如果烏雲會跟著飄來，或許到了晚上，岩永居住的城鎮也會開始下雨吧。

「學長，你今天要不要來我家過夜呢？爸媽也想見你呢。」

「也好。畢竟我也該去道個歉說給他們添了不少麻煩。」

「不用那麼見外嘛。就當作是自己家、自己親人也沒問題呀。」

「大有問題啦。我可不想被進一步斷絕後路啊。」

「你以為自己還能逃得掉嗎？」

在這個世界上，理所當然地存在有被稱為妖怪、妖魔、怪異、鬼怪、魔物、幽靈等等的東西，有超自然的法則，無理與道理也呈現兩立。

然而不需要感到害怕。這一切都是有秩序的。

岩永的責任就是守護那個秩序。無論六花用上什麼手段、抱著什麼樣的想法追求新的神明，岩永都絕對會守護到底。如果有必要，甚至不惜架構出合理的虛構、超越真實的虛構，在虛實之間守護這個世界。

岩永快步走向車站。今天應該會是久違的平穩日子吧。

主要參考文獻

《獨眼小僧與葫蘆　性與犧牲的民俗學》飯島吉晴　新曜社　二〇〇一
《改訂版　雨月物語　附現代文翻譯》上田秋成／鵜月洋譯註　角川Sophia文庫　二〇〇六
《看穿〈謊言〉的心理學　從「口供的世界」談起》濱田壽美男　NHK Books　二〇〇二
《日本的妖怪》小松和彥編著　Natsume社　二〇〇九
《日本幻獸圖說》湯本豪一　河出書房新社　二〇〇五

本書為二〇一一年五月講談社Novels出版之《虛構推理　鋼人七瀨》一書，於二〇一五年講談社文庫以《虛構推理》為書名出刊之書籍。

逆思流

虛構推理

（原名：虛構推理）

作者／城平京　封面插圖／片瀨茶柴　譯者／陳梵帆
執行長／陳君平　榮譽發行人／黃鎮隆
協理／洪琇菁　國際版權／黃令歡、高子甯、賴瑜妗
總編輯／陳昭燕　美術主編／李政儀

發行／英屬蓋曼群島商家庭傳媒股份有限公司城邦分公司　尖端出版
台北市南港區昆陽街十六號八樓
電話：（〇二）二五〇〇－七六〇〇（代表號）
傳真：（〇二）二五〇〇－一九七九

中彰投以北經銷（含宜花東）／楨彥有限公司
電話：（〇二）八九一九－三三六九
傳真：（〇二）八九一四－五五二四

雲嘉經銷／威信圖書有限公司　嘉義公司
電話：（〇五）二三三－三八五二
傳真：（〇五）二三三－三八六三
客服專線：〇八〇〇－〇二八－〇二八

南部經銷／威信圖書有限公司　高雄公司
電話：（〇七）三七三－〇〇七九
傳真：（〇七）三七三－〇〇八七

香港總經銷／城邦（香港）出版集團有限公司
香港灣仔駱克道193號東超商業中心1樓
電話：（八五二）二五〇八－六二三一
傳真：（八五二）二五七八－九三三七
E-mail：hkcite@biznetvigator.com

馬新經銷／城邦（馬新）出版集團　Cite(M)Sdn.Bhd.
E-mail：Cite@cite.com.my

法律顧問／王子文律師　元禾法律事務所
台北市羅斯福路三段三十七號十五樓

二〇二〇年一月一版一刷
二〇二四年四月一版七刷

■中文版■

郵購注意事項：
1. 填妥劃撥單資料：帳號：50003021戶名：英屬蓋曼群島商家庭傳媒（股）公司城邦分公司。2. 通信欄內註明訂購書名與冊數。3. 劃撥金額低於500元，請加附掛號郵資50元。如劃撥日起 10～14日，仍未收到書時，請洽劃撥組。劃撥專線TEL：(03) 312-4212 ・ FAX：(03) 322-4621。E-mail：marketing@spp.com.tw